年賀状は小さな文学作品

1996-2025

牛島信

幻冬舎

年賀状は小さな文学作品

令和7年の年賀状とはじめに

平成8年から令和7年までの私の年賀状を集めてみた。西暦では1996年から2025年である。

最も新しい令和7年の年賀状には、

新年おめでとうございます。

75歳。昔の人が60歳で感じた還暦というものがこれなのでしょう。

二回り目の人生です。

ヘミングウェイの〝A Moveable Feast〟を毎日聴きます。25歳のパリの日々です。

若い気持ちは少しも変わりません。私は35歳から40年間、独立した自営業者なのです。

相変わらず若い同僚と議論し合っています。熱いままです。法の支配に沸騰し続けています。

その他にもBS11やラジオNIKKEIに出ていたり、週刊現代のネットに書いていたりします。

もちろん新しい小説も書き続けています。石原慎太郎さんに言われた女と男の世界です。

でもそれだけではないもの、横の糸が老人の狂おしい恋、縦の糸が戦後80年史です。

週2回の運動がこうしたすべてを支えてくれています。

令和七年 元旦

とある。

75歳が還暦というのは実感である。遂にやってきた。前方へ、上向きにとばかり念じて生きてきたこの身が、どうやらそればかりというわけにはいかなそうだなと感じ始めたのである。

だから、61歳で自殺したヘミングウェイの若きパリ、嘘ばかりの青春がいっそういとおしい。彼の『移動祝祭日』、“A Moveable Feast”をスマホで聴くことで、私は25歳の、無名だったころのヘミングウェイといつも一緒にいる。若い友人同士だ。怒鳴るように大きな声の英語が聞こえる。

何年か前から、外国の方に出す、いわゆるクリスマスカードに年賀状の英訳を付けてお送りするようにした。すると、わざわざそれを毎回愉しみにしていると言ってくださる方がいらっしゃる。今年なぞは、もう父は亡くなったがカードを愉しみにしているから今後も続けて送って欲しい、とまで言われた。ありがたいことである。

弁護士業には定年がない。

そのうえ、私は小説を書く。今書いている小説は、私にしか書けない小説だと思って書いている。石原さんに言われた女と男の世界、それを横糸に、戦後日本の80年間の歴史を縦糸に織りあげた物語である。

ついでに。この本で、毎年の年賀状の紹介のあとに付いている短い小説が途中で消えるのは、石原さんについての文章「石原さんとの私的思い出」をこの年賀状のシリーズに付けて綴り始めたからである。その石原さんについての文章は先に『我が師　石原慎太郎』と題されて幻冬舎から出版された。

最近、石原さんについてしきりに思う。命は儚い、ということである。あれほど世を騒がせていた男が、死んでしまうと、もう存在しなかったも同然になっている。
私は『我が師　石原慎太郎』の本の帯の裏側に、

「石原さんは亡くなった。
私はボードレールの

『さようなら
余りに短かかりし
我らが夏の煌めき』
という詩句を想い出す。
太陽は沈んだ。
しかし
『人生は一行の

『ボオドレエルにも
若かない』

と芥川龍之介は言っている。
石原さんの作品はその人生を超えて、
生き残り、輝き続けるに違いない。」

と書いた。

帯の表には「石原慎太郎は日本のゲーテだ」とも。


それも、もう2年前のことになる。

人生を超えて作品が残ったところで、死んでしまえばいったいなにになるというのか。

「七十の半ばを過ぎて折節に自分の老いを感じ認めるようになると、誰しもがその先にあるもの、つまり死について、それも誰のものならぬ自分自身のこととして予感し意識するようになるようだ」と石原さんは書いている（『「私」という男の生涯』幻冬舎、２０２２年）。

しかし、人は死んでも、その人を知っている者の大脳のなかで記憶として生き続ける。

知っている者がこの世にいなくなったとき、初めて、そして遂に、人は消滅してしまう。

それでも作品は残る。それが作品を書く意味だろう。

私の年賀状は約30年間にわたる。もちろんその前から出している。手元に残っていないだけである。今回収録することができたのは46歳から75歳までの分である。文中に出てくるが、昭和56（1981）年には毛筆で宛て先と「謹賀新年」だけを何千枚も書いて閉口した。

それ以前もそれ以後も、毎年なにがしかの文章を書いて年賀状を出したはずである。私はいつも、自分の年賀状が小とはいえども一つの文学作品であると意識して綴ってきた。彫琢してきたと言ってもいい。

そういえば結婚した昭和51（1976）年にもそのご挨拶を兼ねた年賀状を出している。それは何人かの方々に衝撃を与えたと後に聞いた。

この本に載せることができたのは23回分。抜けたのは両親などの死で3回、他にも或る年などは、何千枚と印刷までしてあったのにどうしても気に入らず、ギリギリで出さないと決めたのだった。156頁に事情が書かれている。

今回も安倍宏行さんの主宰する「Japan In-depth」に連載させていただいたおかげでできあがった。記して感謝申し上げたい。

私の30年間にわたる新年のご挨拶の文章の数々とそれに添えた目も当てられぬ文章の数々、では、貴方に見ていただくことにしよう。

年賀状は小さな文学作品　目次

平成8(1996)年の年賀状

年頭にあたり皆々様のご健勝をお祈り申し上げます。

昨年のご報告を一、二、申し上げます。

夏に転居致しました。境川という旧江戸川の分流の小さな川を越えただけですが、久しぶりの引っ越しでした。思えば、生まれてから三二歳になる迄に一四回家を変わりましたが、その後の一四年間は、動かないでいたことになります。

秋、能登半島に出掛けました。輪島の朝市で、「時雨る」という美しい響きの言葉の示すものを、頭や肩や背中で感じ取ることが出来ました。

毎朝。東京駅の地下五階から一気に一三〇段の階段を二段ずつ上ります。地上へ出ると息が切れ、汗ばんできます。そしてタクシーの運転手さんに「どうしたんですか?」と訝しげに尋ねられます。寒い冬の朝に窓を開けられる運転手さんにしてみれば迷惑千万なことでしょうが、実は私にとって唯一の運動なのです。

「アンヌ・マリー帽」という帽子がどんな帽子なのか、とうとう去年も分かりませんでした。十九世紀の末頃、鷗外がベルリンにいた頃、欧州で流行ったはずと目星はつけているのですが。

何とぞ本年も宜しくお導き下さいますようお願い申し上げます。

『社外取締役――30年前の風景――』――小説――

「アンヌ・マリー帽」についての疑問は長く解けていないでいた。この年賀状を受け取った方が親切にも鷗外のなかに出てくると教えてくださったのも、今では懐かしい思い出である。鷗外の『普請中』という短編小説に出てくる帽子だが、私が当時読んでいた筑摩書房版の森鷗外全集には「注（一六）」とありながら、「未考」となっていたのである。須藤松雄という方の語注となっている。それで、どなたかに教えていただこうと年賀状に書いたのである。

ところが、『普請中』を読み返してみると、文中には単にアンヌ・マリー帽とあるのではなく、「麦藁の大きいアンヌマリイ帽」とあるではないか。早速グーグルで検索してみるとそれらしい画像が出てきた。さすがに「珠数飾り」のついたのは一見したところでは見つからなかったが、それにしても、「麦藁の大きい」というだけでも、麦わら帽子だと気がつきそうなものなのにと、昔の自分が滑稽に思われてしまう。

鷗外に出ていますよと私に教えてくださった方は或る著名な上場会社で税務を担当していた方だった。私はその会社の顧問弁護士として親しくしていただいていたのである。

その会社では大きな内紛があった。顧問弁護士であった私は当然のように社長派ということになり、そのうち取締役会が割れていることがわかってきた。

超大手のコンサルタント会社と親しくしていた社長は、「株主が大事だ」と言われました、と私に告げた。私は、その有名な超一流コンサル会社のアドバイスに呆れるとともに、社長に、「株主ではなく、今の状況では取締役の頭数の問題です。取締役の過半数の支持を失ったら、社長はいつでもクビになるんですよ」と警告した。

その私のアドバイスに対して、社長はあっけらかんとしていて、「大丈夫です。ウチは社外取締役が多いんです。社外の方々は私の味方ですから」と平然としていた。たしかに、財界のお歴々といった方々の名前が取締役として多数あった。

社長がだんだん社内で追い詰められていく様子は、顧問弁護士の身にも伝わってきた。私との相談に、以前と違って私の事務所に出かけてみえるようになり、私の用意した粗飯を「こういうのが美味しいですね」と言いながら召し上がるようなことが何回も重なるようになっていった。

顧問弁護士は、社内取締役の力関係についてはわかるものではない。社内のことは社外の人間にはわからない。顧問弁護士でも社外取締役でも同じことである。社内の人間が伝えてくれたことだけが材料である。もちろん材料の料理には腕を振るう余地がある。しかし、それも材料次第なのである。魚の切り身からはトンカツをつくることはできない。

私の事務所に来ていることを見つからないようにと、事務所の入り口からではなく裏口から出入りしてもらったりもした。しかし、そもそも社長は会社の車で私の事務所に来ていたのである。私の事務所に向かったことどころか、そこに何時から何時までいたかなどすべての詳細な報告が担当の役員に上がっていたに違いない。どうやら担当の役員は反社長派であったらしく、私の名は会社の有力な取引先でも取りざたされていたという。

週刊誌にも会社の内紛は大きく取り上げられた。私は電車の中吊り広告で依頼者である社長の顔に対面したことがあった。

結論はあっけなく出た。

取締役会の前夜、私の自宅に社長から電話がかかってきた。

「先生、社外取締役が裏切りました」

という知らせだった。

「次々と電話があって、みな口をそろえたように『明日は欠席する』と言うんです。なぜかと尋ねると、『他人の会社のことに口は出せません』とはっきりしたもんです」

私には意外ではなかった。

今から30年以上も前の話である。コーポレートガバナンスなどという言葉は聞いたこともなかった。その会社にたまたま社外取締役として財界の重鎮が何人もそろっていたのは設立の経緯からそうなっただけのことである。もちろん、そのときの社長が頼んでのことではあるのだろうが、その後の社長が人選に口を出すことができたわけではない。

昔はそんな風だったのだ。

取締役会当日、私は顧問弁護士として取締役会に出席した。弁護士が取締役会に出席することは珍しい時代だった。私の姿を見かけた社長室担当の取締役は、「なんであんたがここにいるんだ」と非難の言葉を投げつけた。私はなにも答えなかった。私は社長に頼まれて取締役会の場にいるのだ。私を追い出したければ取締役会で決議するしかない。

社長の解任議案が出た。すかさず、反社長派があらかじめ用意していた弁護士が取締役会の場に姿を現した。

反社長派は別の弁護士を頼んでいたのだ。計画されたクーデターだった。

目の前で社長解任の議案が可決されそうになり、私は取締役会にこう提案した。

「社長を解任すれば、これだけの会社です、それ自体が大きなニュースになります。私と社長と二人で話す時間をください」

社長本人を含めて、誰にも異議はなかった。

二人だけで別の部屋で対面すると、社長は、

「先生、私は負けませんよ。頑張ります。取締役会で決議したって、先生を頼りにして裁判で戦います」

と意気込んだ。

私は、

「そうはいかないんですよ。私は会社の顧問弁護士です。あなたが社長でなくなった瞬間、

別の社長が選ばれたその瞬間から、私はその方の指示で働く弁護士になるんです。私は会社の利益のために働く弁護士なんです」

一瞬社長は驚きの表情を浮かべた。理由がわからないのだ。なにが起きているのか事情がまったく呑み込めていない様子だった。

私は同じことを繰り返し、

「取締役会の席に戻りましょう。私から、社長は自発的に辞任するので、もう解任の決議は不要だと皆さんに申し上げます。なによりも会社のためです。皆さん、きっとわかってくれます。どなたも会社の登記簿に代表取締役解任などという不名誉な記録は残したくないはずです」

翌日の新聞は社長の辞任を報じた。がっくりと肩を落として、階段を降りる前社長の背中からの写真が紙面を飾った。私は、会社のために良かったと感じていた。顧問弁護士としてやるべきことを果たしたという満足感と、個人的には社長に忍びない気持ちとがない交ぜになっていたが、法律家としてはすっきりしていた。

もう30年以上前のことである。


もちろん、ここに書いたとおりのことがあったわけではない。これはあくまでフィクションである。材料はあった。だが、魚の切り身はトンカツに変わっている。それは作家としての技であると思っている。

関係した方の多くは鬼籍に入ってしまった。私は40歳になったばかりだった。
だが、この社外取締役についての経験は、私がコーポレートガバナンスを考えるときに忘れることのできない出発点となっている。当時の、財界の錚々たる人々は「他人の会社のことには口を出せません」と宣言したのだ。

今は違うだろうか？

平成9(1997)年の年賀状

新年おめでとうございます

年頭にあたり皆々様の御健勝をお祈り申し上げます。

昨年のご報告を一、二、申し上げます。

春、ロンドンに出掛けました。何故かこの街ではいつも美味しい紅茶を飲みながら、窓の外のロンドン・ブリッジを眺めつつ「ロンドン橋落ちた」の歌を歌っていたのですが、実はタワー・ブリッジだったらしい、と後で分かりました。

初夏、長良川に行きました。卒業して三十年、大きく変わった体形と少しも変わらない心での高校の同窓会です。首に縄を付けられて魚を追う鵜は、実は船の上にいるのだと思うと、物悲しくもある一晩でした。

秋、ニューヨークに一週間いました。昔馴染みの五番街に、この二十年の歳月が思い返され、月並みですが「初心忘るべからず」と自戒しました。

毎晩。十四年前に買って放り出していた谷崎潤一郎の全集が引っ越しの時出て来、去年の正月休み以来ベッドの中で少しずつ読んでいます。最晩年の巻から読み始め、今は三十歳代の後半の作品に入りました。

毎朝。相変わらず、東京駅の階段を駆け上がっています。エスカレーターを歩いて上ると、日によって段数が違うので、体調が数字になって分かります。

そして。今年は年男です。

何卒本年も宜しくお導き下さいますようお願い申し上げます。

ロマンチックな国際結婚とその宿命

前年、平成8（1996）年に私はロンドンに行っている。ノルウェーの船会社の日本支店で起きたトラブルについて、ベルゲンというノルウェーの街に本社のある会社の首脳とのミーティングのためにロンドンに出かけたのだ。

ロンドンでこんなことがあった。

「先生、飛行機が朝早く着いてしまったので、とにかくホテルまで行きましょう。チェックインだけして、それから外へ出てお茶でも飲んで時間を過ごすというのはどうですか？」

二人で成田を旅立ったイギリス人のビジネスパーソンが、飛行場からのタクシーのなかで私に話しかけた。

「いいですね。早朝のロンドンでモーニング・ティーとは、そいつは洒落ているじゃないですか」

私は間髪いれず、応じた。

インターコンチネンタル・ロンドンに荷物を預けた二人は、早朝の冷たいロンドンの街へ繰り出した。そして、私たちは10分後には「なぜかこの街ではいつも美味しい紅茶」を味わっていた。小さなコーヒーショップのような、カウンターと椅子席とがある、ごく普通の店だった。

彼は46歳であった私よりも数歳年上で、長い間日本に住んでいる白人の男性である。驚くほど流暢な日本語を話す。まったくのところ、日本人と話しているのと同じくらいに滑らかなのである。奥さんが日本人であると聞けば、なるほどと思いはする。しかし、配偶者が日本人であってもほとんど日本語を話さない人もいる。いわんや、長い間日本にいるからといって日本語が自然に喋れるようになるものではない。

彼が日本人の女性を妻に得たきっかけがまことにロマンティックである。

学生だった彼が金沢を旅行していたとき兼六園へ出かけ、素敵な女性を見かけたのが始まりだった。彼は一人、相手は女性の二人連れ。彼女に惹かれた彼は、運命的なものを感じ、二人の女性に話しかけた。

後に私は、彼の妻となった女性と何度もお会いしているのだが、日本人である私から見ても少し西洋人的に肉感的で、日本的な愛嬌に溢れていた。絶妙なコンビネーションといったところか。

「私、生粋の江戸っ子なんですよ。江戸時代からある赤坂の米屋の跡取り娘だったんです。それが、金沢に行ったばかりにこの人と巡り合ってしまって、一緒になることになったんですよ。米屋？　米屋は番頭さんに継いでもらうことになりました」

そうして日本語で私と話している彼女を、彼は目を細めるようにして見つめ、その妻の顔に見入っている。そのときだけ、彼が日本語で3人で話してはいても、イギリス人だと感じさせられる。日本人は自分の妻を、人前であのようにぞっこん惚れこんだ我が姿をさらすようにして眺めていたりはしないものだ。

だが、それはとても気分のよい光景だった。

奥さんは、亭主が自分に惚れこんでいること、それを自分が嬉しいことだと感じていることを、第三者である私の前で、少しも隠そうとしないどころか、

「この人、二人連れだったのに、私ばかりに話しかけてきちゃって、私、一緒にいたお友だちに申し訳ない思いがしましたの」

「でも、あなたも私と二人だけでのやりとりをエンジョイしていたよ」

「そう。だから、一段とお友だちに悪くって」

日本人である彼女も、夫を見つめ返す。それは日本の妻に一般的な態度ではない。しかし、私には、二人の仲睦まじさがとても好ましかった。

私が二人を知ったときには、二人が兼六園で偶然に出逢い、彼女の側の家業の都合にもかかわらず結婚してから20年は経っていたろう。子どものない二人にはお互いだけがこの世にあって、その他のことはなにもかも二次的だったのかもしれない。

しかし、彼は有能なビジネス・パーソンだった。後に、同じ海運の世界で日本の巨大海

運会社に移籍したときには、当時外国人の助っ人として阪神タイガースの選手として大活躍していたバースになぞらえて、「バース級の助っ人登場」と業界では大きな話題になったと聞いたものだった。

ロンドンへは、そのノルウェーの船会社のために2回出かけた。2度目は、ロンドンからスタバンガという街で飛行機を乗り換え、目的地のベルゲンに向かった。あの、フィヨルド観光で名高いベルゲンである。

私はその街で、ノルウェー人の昼ご飯の習慣を知った。簡単な薄切りのパンの間にハムなどを挟んだサンドウィッチを食べながら仕事を続けるのだ。

そうやって私は本社の首脳とともに日本支店から呼び出された支店長の日本人に退職を迫り、英語の合意書を即席で作って署名をもらい、弁護士としての役目を果たした。

その間、連日、私はタラを食べ続けた。滞在していたホテルのメニューにもタラがあったし、ノルウェーの方々にとっては気の重い日本支店の支店長の事実上の解任という仕事がうまく運んで、上機嫌の会長さんが「先生、今日はお礼にご馳走したい」と言われて連れて行ってくださったレストランでも、当たり前のようにタラのバター煮のようなものが食膳にのぼった。

私はタラが嫌いではない。しかし、ベルゲンの街で毎日のようにタラを食べてから後、あれほどタラを食べたことはない。今では、ときどき食べるだけだが、そのたびにベルゲンの街でケーブルカーに乗って山頂の公園に行ったことを思い出す。目鼻を誇張した顔の人形がベルゲン土産として売られていたが、私は買わなかった。フィヨルドを訪れる時間はなかった。弁護士の出張というものはそんなものである。

2度目のロンドン出張から何年後のことだったか、私は彼の奥さんから電話を受けた。

「先生、聞いてください。亭主が突然に別れたいと言い出したんです。相手は白人の女性なんですよ。やっぱり、国際結婚の末路ってこんなものなんでしょうかね」

私は彼女に彼と話してみると約束し、彼と会った。

彼は私に、「先生、お手数をかけてすみません。私は、新しい彼女に会って、ここにこそ人生があると感じてしまったんです。妻には申し訳ないと言うしかありません」。

幸い弁護士としての出番はなかった。

その後、彼からは妻と二人でロンドン郊外に自宅を自分で造っているという便りがあった。

「ああ、イギリス人の最高の趣味は、文字どおり、自分の手足を使って自宅を作り上げ、そこに住むことだって読んだことがある。イギリス人の文化、伝統か。そういうことが新しい女性との出逢いの背景にあったんだな」

と、私は新しい人生を謳歌している彼の前途を祝いたい気持ちでいっぱいだった。

孵らなかった芸術家の卵の思い出

初夏の長良川への旅は泊りがけだった。何十人かの同窓生が集まった。そのなかには、もう、十人をもって数えるほどの物故者がいる。鷗外の『扣鈕《ぼたん》』に出てくる「えぽれっとかがやきし友　こがね髪《がみ》　ゆらぎし少女《おとめ》」たちは、みな老い、なかには死んだ者もいるということである。

一人の友人がいた。今でいうイケメン、昔でいう二枚目、それも甘い感じのマスクの男だった。長めの前髪を左から右に流している姿がなんともかっこうが良かった。山岳部に入っていて、太宰治が好きだと言い、手の形を何種類もの彫塑にして美術展に出したりしていた。私に、「もう読み終わったから」と芥川の『黄雀風《こうじゃくふう》』の文庫本をくれたこともあった。

ともに浪人生として上京した。夏に広島に帰ると、もっとも繁華な通りを歩いていて出逢うことが何回もあった。東京に比べれば、いかにも狭い町なのである。出逢うたびに当たり前のように喫茶店に行き、一杯のコーヒーで長い時間を過ごしたものだった。当時、広島の喫茶店はコーヒーを飲み終わると緑茶をサービスしてくれた。それも、客が席を立つまで何杯も何杯も。

タバコを高校生のころから吸っていて、一度なぞ、喫茶店で口にくわえたタバコめがけて私が輪ゴムを伸ばして打ったことがある。輪ゴムは見事に的にあたり、タバコが弾け飛んだ。「なにをするんならい！」と、怒った彼は広島弁で叫んだ。どうしてそんなことをしたのか。もちろん忘れているが、たぶん、いかにも美味しそうに唇の間に挟んだタバコを吸い、煙をゆっくりと吐き出す動作にいたずら心をそそられたのだろう。

彼は一浪してまた東京藝大を受けた。合格発表の前の晩、3、4人の友人が彼のアパートに集まり、電気ゴタツを囲んでワインを飲んだ。ワインといっても彼が自慢していた一升瓶入りのもので、その夜は雪が降っていたので窓を開けて雪のなかにねじ込んで冷やした。窓を開けて摘まみ上げるとグラスに注ぎ、また外の天然の冷蔵庫のなかに放り投げるように立てる。

一人、一橋に合格が決まった男がいて、皆の前でくわえタバコのまま、入学書類を書いていた。

一晩中起きていた。眠いままに、皆で彼の合格発表を見に行こうということになった。「どうせ通っとるわけなんかないわい」と言う彼に、「そりゃ、見てみにゃわからんよね」と声をそろえて急き立てるようにして国立の駅から上野の駅へ向かった。上野の駅から東京藝大への急な坂道を登ったことを、なぜかよく覚えている。

彼の番号はなかった。

「そりゃそうじゃ、途中で出てきたけえの」と言い出した彼に、皆して「えー、そんじゃ無駄足に決まっとるわい」と、わいわい騒ぎながら上野駅で解散になった。

彼は、「わしは国立は嫌いじゃ」と言っていて、結局、或る私立の芸術大学に入り、抽象彫刻のようなことをしていた。一度展覧会を観に行ったら、膨らませた、両手で抱えるくらいの大きさの色とりどりのポリエチレンの袋の端を床に貼りつけた芸術作品が置かれていた。

未だ学生だったころのこと、彼は学生運動に熱中し、バリケードのなかに寝泊まりするようになっていた。「桃屋の海苔の佃煮はほんまに便利よのう。あれと電気釜があれば、他になにもいらんけえ」と言っていたが、私は白髪が増えているような気がした。

そのバリケードを機動隊に襲われて電気釜を置いたまま逃げ出した直後のこと、私は恋人とともに彼の同じアパートを訪ね、彼に恋人手製の料理を振る舞ったことがあった。小さな台所で腕が十分に振るえたものかどうかわからないが、それでも、ハンバーグだったかの料理を、「こんな美味しいもん、何年ぶりかのう」と嬉し気な様子でパクついてくれたのを覚えている。電気釜がなくなってからはインスタントラーメンばかり食べていたという。

大学を出てからは専門学校の講師などをしていたが、そのころには付き合いもなくなり、結局広島に戻って父親のやっているハンコ屋を継いだということを聞いた。

長良川で会ったのは、久しぶりだった。もともと髪は白かったのが完全に近い白髪になっていた彼と近況を話し合った。広島随一の銀行の仕事を一手に引き受けているので暮らしにはなんの心配もないと言う。贅肉がついた体に相変わらずアルコールを注ぎこみながら、「今は宅配便があるけえ、お前のところでハンコがいるようじゃったら頼んでくれえや」と、昔と同じ遠慮のない調子で話した。弁護士だから会社の設立をするたびにハンコは必ず入用だったから、何回か頼んだものだった。しかし、私が自分で直接そうしたことまでしなくなってしまって、そのうちに立ち消えになってしまった。

長良川で、皆で船に乗って鵜飼を観ていると、花火を売るべく船が近づいてきた。「おう、花火か、ええのう」と言って、彼は何千円かを花火に費やし、川の水面の上で火のついた花火を振り回し、「ええのう」と喜んでいる。その姿は、すっかり中小企業のオヤジになりきっているように見えた。ああ、商売人らしく金回りがいいのだな、と私は感じた。しばらくして、肺ガンになったが手術して治ったと聞いた。それが、その2年後、鹿児島に遊びに行っているときに倒れ、そのままになったと間接的に聞いた。

人生の一時期親しく付き合い、その後会うこともなくなっていた男だった。そうした付き合いだった彼が亡くなったと聞いて、私は自分の人生のある部分が剝ぎ取られたような気分になったのを覚えている。

追記

一昨年の2月から書いていた「石原さんとの私的思い出」が本になることになった。いつものように幻冬舎から出してもらうのだが、今回は一段と感慨深い。

それは、4月、見城さんに石原さんについて書くように強く使嗾《しそう》されるということがあったからである。見城さんには、私の初めての小説『株主総会』を1997年6月に出していただいた。その直前の4月以来の付き合いである。石原さんとの出逢いも見城さんのおかげだったことはこの本のなかでも書いている。

これからは、しばらく小説を書いてみようと思っている。年賀状がその種である。どんな芽を出すのか、我がことながら愉しみである。

青山ツインタワーのこぼれ話 ——小説——

32年の間に14回の引っ越しをして、それから14年後に久しぶりの引っ越しをし、それを最後に、もう28年の間、引っ越しというものをしていない。

しかし、仕事をする場所、人生の主たる時間を過ごす場所の移転は、何回かあった。

1985年に、それまでのアソシエート弁護士として働いていた丸の内のAIUビルから青山ツインタワーに独立した弁護士として事務所を構え、2004年に山王パークタワーに移転した。それぞれが20年ほどになる。山王パークタワーにはまだまだいることだろう。

青山ツインタワーではこんなことがあった。

或る日、若い女性が電話をしてきて、相談したいことがあるという。男女関係に絡んでのことのようで、本来私が関与すべきビジネス上の案件とも思えなかった。それでも私がその女性に会うことにしたのは、相手の男性が世間に広く知られた会社のトップであるのみならず、経営者の団体の首脳も務めている著名な実業家であったうえにコーポレートガバナンスの分野で大いに発言力を持った方だったからだ。すでに老年の域に入りつつあるその実業家は、ビジネスの分野では広く知られた名家に連なる方で、私も面識のある方だった。

女性の相談は、その老実業家との男女関係にかかわることだというのだ。

事務所に来ていただいてお会いしたその女性は、とくに派手な印象もなく、ごく普通の容貌と良い環境で育ったことをうかがわせる言葉遣いの持ち主だった。独身で結婚歴はないとのことだった。たぶん20代の後半くらいの年齢で、ぼーっと太い眉に細く切れ長の目をした、昔の日本なら流行ったに違いない顔をしていた。

或るとき新幹線に乗っていて、網棚の上に荷物を上げようとして苦労していると近くの席に座っていた紳士が、当たり前のことのようにごく丁寧な物腰でその女性の大きくて重い鞄を網棚に持ち上げて置いてくれた。その偶然のできごとが始まりだったという。

グリーン車だった。

荷物を網棚に持ち上げてやったことをきっかけにその紳士は、たまたま空いていたその女性の隣の席に移ってきて、積極的に女性に話しかけてきた。初めに、自分がなにものであるか、すなわち上場している広く知られた食品会社のオーナー社長だという自己紹介があったのだそうだ。

「私の会社の商品、ご愛用になっていますか」といった調子で、老紳士がリードしながら二人での会話は大阪に向かう新幹線の車内でスムーズに進んでいった。

老紳士は地味なスーツにブルーのワイシャツ、そして赤が主体になった明るいネクタイを身に着け、同じ布地のポケットチーフを胸に差していた。

女性が、「すみません、私、その製品、食べたことないんです」と答えると、「おや、そうですか。それは残念。あなたのように素敵な方にはぜひ食べていただきたいんですがねえ。私からあなたに差し上げてもいいですか」と微笑んだ。

「えっ、そんなこと、結構です。申し訳ないですから」と女性が反応すると、待ってましたとばかりに、「あなたにこうしてお会いしてウチの製品のお話をさせていただいたのも、なにかのご縁です。失礼でなければ、ぜひ」、そう老紳士は穏やかな声で、女性の目をじっと見つめながらもう一度微笑んだ。


それが始まりだった。

相手の視線がたびたび自分の顔の上で止まる。

彼女としては目のやり場に困ってしまって、男の胸のポケットチーフにふと気づいたようにして、「素敵な色ですね」と褒めると、「いやー、そいつはありがとう。あなたのような方に褒めていただけるとは嬉しいかぎりですよ。私は若くなくなってしまったので、こうした明るい色のものを身に着けることで、自分自身の気持ちを引き立てるようにしているんです」と言って、胸から、ごく自然にすっとチーフを引っ張って外すと、「ほら、こんな風にして形を作るんですよ」と、左手の親指と4本の指とで小さなくぼみを作ってみせた。

そのくぼみに大きく広げて平らになったポケットチーフの中央部を差し込むと、右手の人差し指と中指を使って、左手のくぼみに押し込む。

「こうやって、もっと押し込む。するとと、ほらこんな風にチーフが指の間からはみ出してくる。そいつをつまんで少し引き出してから、一番下になる部分をほらこうやって右手でつかんで折りたたむんです」と、左右の手を少し上げて彼女の目の前に突き出すようにして、実演してみせる。

「ほら、そのまま折りたたんだ側を下にしてスーツの胸ポケットに押し込むと、ごく自然な感じでポケットチーフの出来上がり！　という次第です」

そう言うと、男はポケットチーフを差し込んだスーツの左胸を女性に示すように、大きく体を右にひねって、上半身全体を女性のほうに向けた。微笑を絶やさない。

「へえ。自然な感じでとってもきれい。簡単なんですね、知りませんでした」

女性が思わずそう口にすると、「ありがとうございます」と小さな声に出してから、「これ、フランス人の友人、といっても仕事上の友人なんですがね、すっかり仲良しになった男がいて、その男からワインを飲んでいるときに教えてもらったんですよ」

一瞬の沈黙が流れる。男が続けた。

「その男、ジャン＝クロードっていう名の男なんですが、とってもワインが好きなんです。でも白しか飲まない。膨大な白ワインのコレクションを持っていて、自宅には入らないので、凱旋門の近くにある行きつけのレストランに頼んで預かってもらっている、っていうくらいなんですよ。その男が、そのパリの行きつけのお店で二人で食事をしているときに、こうやるんだって教えてくれたんです。ふふっ」

新大阪で別れるときに食事に誘われた。それで出かけて行った。そうしたことが何度か続いて、そのたびに高価なプレゼントを贈られた。

何回目だったか、「今日はお誕生日ですよね。特別な趣向でお祝いしましょう」と男が言い、女性は男に言われるままに、男が用意していた夕食のテーブルについた。

「でも、それって、赤坂プリンスホテルのスイートだったんです」

彼女が言ったのは、建て替え以前の丹下健三が設計した赤坂プリンスホテルのことである。

ロビーで会ったとき、夕食をスイートルームで特別にセットしてあると言われた。男がなんのためらいもなく女性の横に立って、座って待っていた女性が立ち上がるのを促すように待って、立ち上がった女性と一緒にエレベータのほうへ歩いてゆく。

「え？　と、ちょっと思ったんです。でも、もう何度もお会いしているし、とてもお高いプレゼントをいくつか、一個何十万円もする時計やネックレス、ブレスレットなんかをいただいていたので、なんとなく嫌ですなんて言えなくて」

「で、黙って付いていった？」

弁護士である私は、下を向いたまま小声で話し続ける彼女に尋ねた。

「はい」

「スイートルームの応接室部分にテーブルがしつらえてあって、ウェイターの方が二人、立って待っていました。二人ともあの方が偉い方だからか、とっても礼儀正しくて少し緊張しているのがわかりました。すぐあとで知ったんですが、そのうちのお一人はソムリエだったみたいです」

「で？」

私は彼女に先を促した。悪い予感がしたのだ。

（きっと、その部屋で食事をしたあとに男女のことになって、それを理由になんらかの金銭の請求をしたい、といった話になるんだろうな。それにしても、新幹線で荷物を網棚に上げてあげたのを機会に、あの中山さんがこの女性とねえ）

私は、たぶんこの女性の依頼を受けることはないだろうと思いながらも、あの著名人である中山令三氏のプライベート・ライフの一面を垣間見たことへ、ビジネスの弁護士として興味を抱いてはいた。

「私、そんな場所でそんな風にお食事したことなかったものですから、すっかり緊張してしまって、それで」

「それで？」

「少し飲み過ぎてしまったみたいなんです。ですから、あの方が『誕生日のお祝いです。受け取っていただけますか』って言いながら、小さな花束がそえられたジュエリーのお店の小さな包み紙を出されたとき、もう、なにがなんだかわからなくなっていました。ええ、いただいたんです。持って帰りました。私が、『私、ちょっと気分が悪くなってしまったみたい』と申し上げたら、食事の途中だったんですが、あの方が急いで車を呼んでくださって、そのまま自宅へ戻りました」

「ほう。それで、それからなにかあったんですか」

「はい。ご相談はそのことなんです。誕生日から2か月ほどして、あの方から連絡があって、『あのときの誕生祝は返してほしい』と言ってこられたんです。少しびっくりしました。先生、私、お返ししなければならないんでしょうか」

私はことの成り行きに少なからず驚いた。

返してほしいと言い出した中山令三氏にである。

「ほう、その誕生祝いというのは、なにでいったいどのくらいするものだったんですか?」

「大きなダイヤがついた、プラチナのネックレスです。ハリー・ウィンストンのものですから、500万円はするかもしれません」

私はまた驚いた。中山令三氏の金銭感覚にである。

私の目の前に座っている女性は、もちろん、蓼食う虫も好き好きだろうが、日本人女性としては古風な顔立ちの方だった。なぜ中山令三氏が目の前のこの女性にそれほどの贈り物をしたのか、理解できるはずもない。

中山氏はいったい彼女との間でどんな関係に発展することを望んでスイートルームでの

夕食を手配し、500万円もする誕生祝いを用意したのか。

もちろん中山氏は私などよりもはるかに金持ちである。おそらく私の何十倍もそうだろう。

それにしても、500万である。いったいなにがあったがゆえに中山令三氏はそんな贈り物をしたのか。

そのうえ、なにが中山氏に「返してくれ」と言わしめたのか。中山氏としては、どこかに不当なことが起きているという思いがあるからゆえの返還要請なのだろう。しかし、なにが不当だと思っているのか。そんなこと、男がいったんプレゼントしたものについてすることがあるだろうか。

法的にいえば、履行済みの贈与である。民法550条に解除できないと定められている。

私は、とにかく依頼を引き受けることはしないなと思いながら、

「私が弁護士として関与することではないと思います。中山さんには、いただいたものはお返ししなくてよいはずです、とでも言っておけばよいでしょう。そこでなにか問題になれば、私が知り合いの信頼できる弁護士さんをご紹介します」とだけ言って、その女性には引き取っていただいた。

たぶん彼女の話には語られていないなにかがあって、それで中山令三氏は贈り物を返してほしいと言わないではいられなかったのだろう。私は弁護士としての経験からそう想像

していた。

合理的でないことはこの世では起きない。不合理なことが起きているように見えるときには知らないなにかが隠れているものなのだ。それは中山氏の心のなかで、ふだんの生活で身勝手さをとおしていることから、そしてそれは経営のトップとして大切なことでもあるのだが、彼女との間に心が通じていると決め込んだ可能性も含んでいる。対等な人と人との関係は、力のある者にはなかなか実感しにくいことなのだろう。

「先生、わかりました。でも、私、悔しいんです。向こうから一方的に近づいてきて、私が欲しいといったわけでもないのに贈り物、それもとっても高価な、私なんかには手の出ないような贈り物をして、そのあげく返せだなんて、馬鹿にした話ではありませんか。私、中山令三という人に他人を馬鹿にするのもいい加減にしろって思い知らせてやりたいんです。だから、先生のような力のある方にお願いしたかったんです。でも、わかりました」

帰り際、彼女は思いがけないことを口走った。

彼女の側にしてみれば、そういうものかもしれない、人の心というのは難しいものだ、としみじみ思い知った小さな挿話である。

私は、いつもの習慣でエレベータホールまで彼女を見送って頭を下げ、ドアが閉まってから頭を上げながら、もう一度考えた。

（男と女の違いということではないんだろうな。誰にでも起こることに違いない。自分だけの勝手な常識で判断すると危ないということだ。それにしても、中山令三氏はいったい彼女になにを期待していたのだろうか）

今でもときどき思い出す。

中山令三氏はもう10年以上前に亡くなってしまったし、そもそも私から尋ねることができるようなことでもない。幸い私はそういう立場にも立たなかった。

それにしても、なにか語られなかった事実が隠されているのだろうか。

青山ツインタワーではいろいろなことがあった。

平成10（1998）年の年賀状

年頭にあたり皆々様の御健勝をお祈り申し上げます。

昨年のご報告を一、二、申し上げます。春。子供二人の受験に追われました。普段はさぼりがちな父親業のツケをダブル・ヘッダーで一挙に払いました。

夏、その一。髪を、昔「慎太郎刈り」といった、あの形にしました。お蔭で最近は良く床屋に行きます。

夏、その二。初めて小説を出版しました。

夏、その三。出張先のニューヨークからパリへ、コンコルドに乗って行きました。天井の低くなったところに頭がぶつかった時、ゴツンと音がしました。まわりの人は「あ、音速を超えた音だ！」と思ったかもしれません。二十三年振りの「薫る巴里」です。

秋。広島へ帰り、それから父と一緒に九州へ行きました。生まれて四度目のゴルフもしました。

冬。浪人時代の寮の同窓会がありました。会場への途々「十九年にもなるのか」と感慨に耽っていたのですが、実は二十九年振りでした。私の四回目の「牛の年」は目眩《めくるめ》く間に過ぎてしまったようです。

何卒本年も宜しくお導き下さいますようお願い申し上げます。

パリ、レンヌ通りの夏

ニューヨークのJFK空港にはコンコルドのための特別のチェックインカウンターがあった。エールフランスだった。

そこには2名の先客があって、中年の男性と女性がチェックインの手続き中だった。見たところご夫婦のようだ。後ろ姿だけだったが、エールフランスのコンコルド用の受付カウンターという特別の場所にふさわしく、上品で優美な、エレガントな姿がエドワード・ホッパーの描いた絵からそのまま抜け出してきたような雰囲気を漂わせている二人連れだった。

自分の番になった私は、手続きを終えて歩み去る二人を見送るかたちになった。急ぎ足で遠ざかってゆく二人はなにやら会話を交わしている様子だ。その姿が、エールフランスの広告用のポスターか映像にでもふさわしいような、上質な香りが立ちのぼるような素敵な光景だった。私もコンコルドに乗るので少し高揚していたのかもしれない。

連れの女性がなく独りきりなのが少し残念な気がした。コンコルドの座席は二人が並んで座るのだ。1997年の真夏のことだった。

私はニューヨークでの仕事が終わり次第、コンコルドに乗ってパリに向かうことにしていた。パリにいる家族がシャルル・ド・ゴール空港まで迎えに来るという。ニューヨークを出発した時刻は覚えていないが、たしかパリ時間の夕方に着いた。頼んでいた大型のリムジンに4人が乗ると、車は黄昏どきのパリの街を疾走し、あっという間にレンヌ通りのアパルトマンに着いた。

家族はだいぶ以前からパリに滞在していた。レンヌ通りに面したアパルトマンの3階を3週間借り切っての暮らしがそれらしくなっているようだった。大学生の長男はレンヌ駅からのメトロを自在に乗りこなしてパリ中を歩き回っていた。高校生の次男はパリが合わなかったのか少しホームシック気味の様子。

アパルトマンのリビングで家族そろってトランプ遊びをしていたときのこと、突然長男が「うわあっ」と大声を上げた。「なんなんだっ」という叫び声が続く。どうしたのかと皆で長男の顔を覗きこむと、彼が座ったまま左手を後ろに回している。なにげなしに左手を伸ばしたら、椅子の背もたれの後ろ側に妙な手触りのなにかがあったようだ。なんだかわからないそれに手が触れ、びっくりして声を上げたということだった。

椅子の後ろに回って見てみれば、はみ出していたのは果物などを箱に入れるときに詰め物に使う、ごく薄い木を2ミリ幅くらいに細長く切って丸めた塊で、それがソファの背もたれの裏側の布地の破れ目からたくさんはみ出していたのだ。木毛《もくめん》と呼ばれている詰め物材だ。ソファの背もたれの裏側がそんなことになっているなんて誰も考えたりしない。長男の大声は瞬間的に出てしまったのだった。

皆で大笑いをし、なにごともなかったようにトランプを続けた。パリの貸アパルトマンの家具はときとして壊れていることがあるということだ。

そういえば、このアパルトマンには冷房がなかった。パリでは普通のことらしいが、日本でもニューヨークでもいつも快適に暮らしている私には、ほんのちょっとの高い室温も耐えがたく感じられる。

それに浴室のお湯が情けないほどの水量でしか出ない。古いアパルトマンだったのだろう。家にあればゆったり入る風呂も旅にあればこそ臍までの湯につかって済ます。これもまた旅情ということかとしみじみと味わうしかない。

レンヌ通りに面したアパルトマンの近くにはボンマルシェという古い百貨店があって、家族はそこでいろいろな買い物をしていた。そのうちの一つ、ウサギ肉の入ったポテトサラダには大いに閉口した。私はポテトサラダは大好物なのだが、入っているハムがウサギ肉で作られているなどとは想像するはずもない。日本人なのだ、ウサギ肉には親しみがない。味が強過ぎるのだ。


パリではいろいろなところへ出かけた。もちろんルーブルにも出かけ、モネのための楕円形の大きな地下美術館オランジュリーへも、鉄道の駅が改装されて美術館になったというオルセー美術館にも行った。今調べてみるとオルセーは1986年に開館したらしい。たくさんの観光客に交じって、同じように混んだ食堂で昼を済ませた。

あの、なんとも変わったデザインのポンピドゥー・センターへも出かけた。

毎日出歩いていた。その後にパリに定期的に出張に来ることになってからも、パリの街中を歩く習慣は続いた。歩いているとどういうわけか何度もレピュブリック広場に出くわす。ピカソ美術館の近くのカフェーのことは以前書いたことがある。二人の青年がテーブルに仲良く並んで座って白ワインを楽しんでいた。今思えば、二人は恋人同士だったのかもしれない。少しも違和感がなかった。

私には5日間だけのパリ。家族をパリに残して先に帰国しなくてはならなかった。仕事があったのだ。いつもそうなのだ。私には夏休みは存在せず、夏休みの子どもたちとの時間を過ごすために仕事に合間を作って一定期間をともに過ごす。そうしたことがいつもの習いになっていた。パリも、私のニューヨークでの仕事の都合でたまたまコンコルドに乗ればひとっ飛びだったというに過ぎない。

家族がニューヨークに来て私はそれを迎えることにしなかったのは、たぶん私がコンコルドに乗ってみたかったからなのだろう。友人のアメリカ人弁護士がポルシェの顧問で、毎月のようにニューヨークからコンコルドに乗って往復していると聞いていたので、コンコルドに乗ってみることに興味があったのだ。あるいは家族が、パリでアパルトマンなるものを借りて長い期間の滞在をしてみたい、ニューヨークはいつでも行けるのだから次の機会でいいと望んだのだったかもしれない。

帰国の前日、空港までのリムジンを頼むと、電話での案内人に「日本語のできるドライバーが良いか、できなくてもかまわないか」と訊かれた。「どちらでもいいが、値段が違うのか」と尋ねると、同じだという。それならと、日本語のできるドライバーを頼んだら、30歳くらいの、少し長めの髪をした日本人青年がやってきた。

私は、その青年がどんな人生の流れの途中で、今こうしてパリで旅行者相手のリムジンのドライバーをしているのか興味にかられた。私は47歳で、その夏の数か月前に初めての小説を出版してもらったばかりだった。

「運転手さん、こうやってパリで旅行者相手の運転手っていう商売をしているのは、そもそもなにか他の目的があってパリにお見えになっていたからなんですか」

というような私の質問でやりとりは始まったと思う。私は、絵の勉強にパリに来ていましてね、それがパリジェンヌと仲良しになって少しは金を稼ごうということになりまして、といった問答を漠然と予想していた。

そのうちに、日本ではなにをしていたのかという話になった。

「自衛隊にいたんですよ」

と、少し思いがけない答えだった。パリと元自衛官とはあまりありそうでない取り合わせだと感じたのだ。

「へえ、そうですか。でも、自衛隊っていうのも素晴らしい仕事だと思うんですが、どうしてパリに来ることになったんですか。自衛隊、辞めちゃったんでしょう」

私が問うと、青年はこともなげに、

「自衛隊にいてもつまらなくってね。それでフランスの外国人部隊に入ったんです」

と前を向いてハンドルを握ったまま、後部座席に座っている私に向けて少し大きめの声で答えた。

私は、思わず、

「えっ、外国人部隊。あの、フランスの外国人部隊。それって危ないんじゃないですか」

驚きを隠さず、質問を重ねた。

「どちらにいらしたんですか」

「ソマリアに」

青年は簡潔に答えてくれた。

「ソマリア！　そいつは世界で最も危険な場所の一つなんじゃないですか」

その質問への青年の答えに、私は心底感銘を受けた。

「なにを言ってるんですか。危ないからいいんじゃないですか」

こともなげだ。

「えーっ、でも外国人部隊っていうのは実際に戦争をする前線にいるんでしょう。それもソマリア。弾がビュンビュン飛んでくるんでしょう？」

「だから外国人部隊に入ったんですよ。自衛隊にいても実弾を使って撃ち合うようなことはできないってわかったんでね。私は実戦の場に身をさらしたかったんです」

「そうなんですか」

と私は一瞬絶句した。

「弾の飛んでくるとこねえ。そうか、あなたにとっては危ないからいいんですよね。外国人部隊なら、そりゃ願ったりかなったりなんでしょうが、でもねえ」

平和な日本に生まれ育った私には、戦争というものは、仕方なしに出征し戦うものであって、好んで戦場などに赴く人がいるなどと想像することもできなかった。

「でも、こうしてパリでハンドルを握ってらっしゃるってことは無事帰って来られたっていうことだ。ご無事で良かったですね」

と感想を漏らすのが精いっぱいだった。

青年は私の言葉が不満だったのか、

「ここ、見てください」

と、運転中のハンドルから片手を放すと自分の髪をかき分けて私に示した。

「ほら、ここ、ヤケドみたいになっているでしょう。ええ、ここです」

たしかに、長い髪を手で分けた頭皮にヤケドでもしたような、横1センチ足らず、縦3センチくらいの傷跡がはっきりと確認できた。

「これ、ここ、弾がかすったときにできた痕なんですよ」

私はまたもや驚いた。そして、素っ頓狂な声で、

「えーっ、それって、あと1センチずれていたら死んでいたっていうことじゃないですか」

「そうですよ」

こともなげにつぶやくと、青年は髪を元に戻し、両手でハンドルを握りなおした。

「いやー、驚いたなあ。私は弁護士をして戦争みたいなことをしているけれど、実際の戦場とはなんの縁もない、安全な仕事です。それを、あなたは、自ら望んで鉄砲の弾が飛び交っているところに飛び込んでいったんですね。

私はしないなあ。いや、恐ろしくてできない、できっこないなあ。フランスの外国人部隊ですか。私にはどうにも不思議な話だなあ」

「そうですか。私は実弾が飛び交うところへ行きたかっただけです」

「それが、どうにも理解できないんですよ。いや、ごめんなさい。失礼なことを申し上げるつもりはないんです。でも、生まれてから50年近くになるんですが、戦場に行っていましたという方にお会いするのは初めてで。

いや、そうじゃないな。友人のアメリカ人の弁護士、テキサスの人ですけど、ベトナム戦争で戦ったと言っていたのがいましたね。でも、その男からはなにか危ない目に遭ったとは聞かなかったなあ。

第一、彼は戦場に行きたかったなんてひとことも言っていなかったしなあ」

この運転手さんとのやりとりは強い印象を私に残した。広い世間には、自ら望んで鉄砲の弾のビュンビュン飛び交う場所に身を置きたいという欲望に駆られ、それを抑えることができない人間がいるのだ。誰もが平和主義者だと頭から決めてかかっては判断を間違えてしまうのかもしれないな、と感じ入ったのだ。現に、20年以上経った今でも、運転手さんの少し長い髪、それを分けて頭皮を示してくれた手つき、ヤケドのようになって光っている傷痕がくっきりと記憶に残っている。

大げさにいうと、その青年との出逢いは私の人生観、世界観を変えたような気がしているのだ。広い世の中には、好んで銃弾の飛び交う場所に身をさらしたい人がいるのだという事実は、私にはにわかに信じられないことだった。

ウクライナへ志願した日本人がいるとニュースで聞いたが、ひょっとしたら彼だったのかもしれない。いま現在も、ウクライナのどこかで、ロシア軍の砲弾が雨あられと降り注ぐ最前線の部隊の指揮を執っているのではないか。そんな気がすることがある。世の中は、まことに広く、人はさまざまというほかない。

追記

レンヌ通りはヘミングウェイの『移動祝祭日』に出てくる。パリのその通り沿いのアパルトマンにいたとき、私はそのことを全く意識していなかった。

そういえば、若かった私はヘミングウェイをそれほど気にしていなかったのかもしれない。彼が61歳で自殺したことが、私のなかで大きな事実となったのは、私自身が、石原さんの言う通り、死を確認するようになってからなのだろう。

最初の小説を出すまでの日々

『株主総会』（幻冬舎、1997年）という小説を出したのは、28年前のことになる。

思い出す、その年の正月、平成9（1997）年の正月、私は家族との団らんの時間を中断し、この小説の執筆に勤しんだのだった。気象庁に勤めていた新田次郎が初めての小説を書くべく、「戦争だ、戦争だ」と声に出して自分を励ましながら書斎のある2階への階段を上っていたという逸話がある。私はその話を思いながら自らを叱咤激励していた。

私なりの小説を書く目的があったのだ。

書き上げたのは3月ごろだったろう。

出来上がった原稿を持った私に、別の難題が押し寄せた。出版社探しである。心あたりはあったつもりであったが、法律書を出しているところでは食指を動かしてくれない。探しにさがしたあげく、或る友人の弁護士に相談したところ、幻冬舎の見城徹社長を紹介してくれることになった。

勇躍訪ねていった幻冬舎は、今と違って、四谷の雑居ビルのなかにある雑然としたオフィスだった。そこで私は、初めて見城社長に会った。見城さんは、すでに私の原稿を読んでいてくれていた芝田暁編集長を呼び、その場で引き合わせてくれた。

「どうなんだ、おい、芝田。お前が出せるって言うなら出すぞ。ウチじゃ無理、ダメだっていうんならそれでいい。ほかの会社を紹介するから」

身を乗り出すようにして芝田さんに問いかける見城さんの態度は、小気味よいほど明確だった。具体的な他の出版社の名前もその口から出た。

「多少の修正をすれば、出せます！」

芝田さんもはっきりとしていた。もちろん、私はその場で「多少の修正」をすることに応じた。

後になって見城さんはそのときの状況を面白おかしく、何度も第三者にこう語った。

「いやあ、凄い弁護士だっていうんだよな。そういう触れ込みだった。で、本人に会ってみた。すると、『ボク、この小説を出せなかったら、死んでしまいます』っていう雰囲気が漂っているんだ。まるで少年のような一途さがあったな。良かった」

47歳の弁護士であった私は、見城さんの目にはそういう風な人間に映ったらしい。もっとも小説を出してもらう人間としては、まさに少年だったのは事実だったのだが。

ときの運があった。1997年はバブルの崩壊が本格化し、巨大銀行のトップが総会屋との癒着を理由に次々と逮捕されるという事態が出来した年だったのだ。逮捕の指揮を執っていたのは、私の新人検事時代の指導官だった熊崎特捜部長だった。

出版されたのは6月の定時株主総会シーズンの直前だった。もちろん幻冬舎としてそれを意識してのことだったろう。特捜部の捜査の大々的な発展とそのテレビや新聞での報道が格好の宣伝になっていった。未だSNSは存在していない。

新人作家の第一作の出版物が何十万部と売れることは、ほとんどないだろう。私は運が良かったというしかない。「慎太郎刈り」にした頭が週刊ポストのグラビアに大きな写真として出た。私なりに石原さんの髪型にしたかったのだ。

第一勧業銀行の宮崎邦次会長が自死したときにはテレビ局にいた。その経緯は、最近出た『会社が変わる!日本が変わる!!』(田原総一朗・牛島信著、徳間書店、2023年)に書いている。田原さんが司会のサンデープロジェクトに出演していて、その場の田原さんにテレビ会社の人からメモが渡されたのだ。

私は小説を書き始めたことでなにかを得たろうか。失ったものはわかる。時間である。それでも書かずにおられなかったのには、なにがあったのか。「戦争だ、戦争だ」という新田次郎の思いに共感しながら思いつめるようにして書いていたのは、なにを求めてだったのか。

「小説の形にまとめたい、という抑えがたい欲求が自らのうちに発生したのは、私が年齢的に若くなくなったことと関係しているのだろうと思う。『人生は移動祝祭日の連続ではありえず、必ず終わりがある。とすれば、夢中になるだけではなく、反芻してみることも、また一興ではないか』」と、私は『株主総会』のあとがきに書いている(文庫版)。

本当にそういうことだったのか。それだけでは、私が石原さんの髪型にしなければならなかった理由の説明にはならない。同じ年に起きた二つのことは偶然であろうはずはない。私はなにかに焦っていたのだ。弁護士としての私は順風満帆だったと言ってよい状況だった。では、なにに焦っていたのか。

わからない。わからなくなってしまっている。

しかし、今の私にはその焦りはない。静かで穏やかな海面が傾きかけた太陽の光をキラキラと反射してまぶしく輝いている。海と溶け合う太陽。その間28年。11冊の小説を出し11冊のエッセイ集を出した。つい最近には田原総一朗さんとの対談も本になった。

なにが私の身体のなかを通り過ぎたがゆえに、私の心のなかの焦りの気持ちが沈静し、それでも未だ輝いているのか。私の弁護士としての仕事の成果は、その28年の間に勝ち得たものだ。

「春。子供二人の受験に追われました」と書いているから、その前には執筆を終えていたのだろう。次男を私立高校の受験会場に車で送り、長男の大学受験には日吉が受験会場だったので横浜にホテルをとって一緒に泊まり込んだ。それだけを聞けば熱心な教育パパということになる。しかし、事実はまことに「普段はさぼりがちな父親業」であった。

未だ6ヶ月だった長男を連れて広島に転勤したことを思い出す。

私は検事になって初めの1年が終わる前にもう辞めたいと言い出した。もともと国際関係の弁護士になることと迷いに迷った末の任官だったのだ。辞めたいと言い出した私は何人もの上司に面談しなければならなかった。はるかに地位の上の方は、「君なんかには、こんなことでもなければ会うこともないんだよ」と率直に言ってくださった。最終的には、「どこへでも転勤させてやるからもう少し検事でいろ」と言ってくれた。それで両親のいる広島へと願いを出した。

その結果、私は広島の官舎に移り住むことになり、6か月だった長男が歩行器に乗ったまま自由自在に動き回る広いリビングで引っ越し荷物を作り、広島へ新幹線で移動した。狭くて暗い官舎の風呂に長男を入れたとき、長男が見慣れない周囲を見回して大きな声で泣き出したのを覚えている。それまでは広いマンションの明るいバスルームに慣れていたのだ。私は、自分の決心がもはや自分ひとりのものでは済まないのだということを思い知らされた。3人の家族の運命が私の決心のせいで一つのまとまりとして変転するのだ。

それでも、広島で無事1歳を迎えた長男は、私が広島地検に通勤すべく5階建ての官舎の2階の窓の下を歩いてゆく姿に手を振ってくれたこともあった。

結局、広島には1年しかいなかったけれども、いろいろなことがあった。仕事でも私生活でも、私は若く、未来に希望しか抱いていなかったのだ。28歳から29歳までの1年間なのだ、当然のことだろう。

広島地検での初めての仕事が火災現場の検証だった。文字どおり、未だ煙がくすぶっている木造の2階建ての家屋に遺体が複数あり、私は遺体とともに大学病院へ行った。そこで解剖に立ち会ったのだ。私は翌日の新聞で火災で死んだ方の顔に大きなホクロがあったことを知った。

解剖といえば別の機会のもののほうも強い印象として残っている。殺人だった。被害者は未だ若い女性で、法医学教室の男性の教授と助手の女性が二人で、次々と作業を進めていった。私は、人間の皮下脂肪というものが皮膚に切り込みを入れるとまるでガウンを脱ぐようにはがれてしまうものであること、その皮下脂肪は、皮膚の色と違って真っ黄色であることを見て、知った。芥川龍之介の『偸盗』という小説に、その黄色い皮下脂肪が描かれている。さらに、彼の『或阿呆の一生』には、その小説を書くために知り合いの医者に頼んで解剖を見学する場面についての記述がある。

若い法医学教室の女性が被害者の心臓を切り離し、手に掲げていた。最後に教授は「ホトケさんのものはみな返してあげないといけないからね」と言いながら、内臓をすべて遺体に戻し、丁寧に大きな傷口を縫い合わせて見事に塞いだ。

私は、自分が解剖に立ち会っていることになんの不快感もなかった。それどころか、犯罪で死ぬことになってしまった被害者への深い同情の念と犯人処罰への強い意欲があった。

もっとも、広島での検事の日々のほとんどは暴力団員と付き合う日々だった。覚醒剤事犯が多く、警察の供述調書を読むたびに犯罪者は貧しい人々なのだということをつくづく実感させられた。

しかし、私は自分について検事を辞めても失うものはなにもないように感じていた。逆に、私の心のなかでは、早く弁護士にならなくてはライバルに置いて行かれてしまう、という焦りが渦巻いていた。30歳になるまでに辞めなければ一生検事をしていることになるという強迫観念があった。

年末、私は勇んで新幹線で上京し、アンダーソン・毛利・ラビノウィッツ法律事務所の面接を受けた。アーサー・K・毛利先生の部屋のドアを開けると、恐ろしく広い部屋の向こうに大きな机があって、そこからゆっくりと立ち上がって私を出迎え、ソファに座るように勧めてくれた。そこで私がフィッツジェラルドの話をしたこと、一瞬の間をおいて毛利先生が「オー、スコット・フィッツジェラルドね」と言ったことを覚えている。「君は英語の本ではどんなものが好きかね」と尋ねられたのだ。

27歳になって心定まらぬ父親に連れられて広島に連れていかれた長男は1歳半になっていた。辞職の挨拶をすると地検の公安部長だった中年の検事は、「それはいい決断をしたね。検事はね、なんといっても結局転勤転勤だからね。子どもが犠牲になる」と、意外にも、しかしなんとも優しい言葉で祝福してくれた。

私は小学校を3つ転々とした。言うまでもなく父親の転勤に伴ってのことである。私の子どもはどちらも、一度も小学校を変わっていない。弁護士は強制的に住所を変えられることはない。そして父親は転居の際には子どもの学校を最優先にするものだ。

私はその法律事務所に6年いて独立したが、自宅は転居していない。オフィスが丸の内のＡＩＵビルから青山ツインタワーに移っただけである。

平成11（1999）年の年賀状

年頭にあたり皆々様のご健勝をお祈り申し上げます。

昨年のご報告を一、二、申し上げます。

春。琵琶湖の西岸へ行き、米原から昔の東海道線に乗りました。窓の外を眺めていると、風の向くまま旅に出ているような、束の間の寅さん気分です。

夏。学生の法律相談に少し付き合って、琵琶湖の南端に行きました。琵琶湖大橋を車で往復しつつ、春の大津の高楼上で食べた湯葉のことを思い出していました。あれほど美味しい湯葉は初めてだったのです。

秋。四年生の終わりまでいた東京の小学校の同窓会がありました。何年か前に乗ったタクシーの運転手さんがたまたま同級生で、転校生の私にまでわざわざ連絡してくれたのです。おかげで三九年振りにまりちゃんと滋子ちゃんに挟まれて間に立っていました。

冬。深夜、仕事の合間をぬって事務所で年賀状を書いています。

通年。この一年も慌ただしく過ぎてゆきました。「日の要求」を果たしつつ、その傍ら相変わらず「青い鳥」を夢見てもいます。今年は五〇歳になります。

何卒本年も宜しくお導き下さいますようお願い申し上げます。

「あゝ　いつも花の女王」

私は豊島区の大成小学校に4年生の終わりまでいた。それが私にとっての東京の小学校である。父の勤務していた総合電機メーカーの社宅が豊島区の東長崎にあり、同じクラスの友人が3人いた。社宅というのは4階建ての鉄筋アパートで、それが3棟並んでいたのだ。1号館、2号館、3号館と呼んでいた。私は3号館の1階にいた。

私が広島に行ったのと同じ春に1号館の少年は名古屋へ、2号館の少年は横浜へ移って行った。1960年、昭和35年。日本の高度成長を主導した総合電機メーカーは成長に忙しかったのだ。

以来二人とは会ったことはない。人の別れとはおおかたそんなものだということは、高校を卒業する際に、明日また会うかのように挨拶して別れたのにもかかわらず以来ほとんどの人と会っていないから、人生とはそういうものだと、ここまで生きてくると珍しいことでもなんでもないとわかっている。

しかし、私にとっては、その前の若松、今の北九州市若松区から東京への転校は小学校の1年生の夏だったからほとんど引っ越しの記憶はない。東京から広島への転居は事実上人生初めての引っ越しの経験だったといっていい。東京の小学校に移りたて、「チェッ」

と担任の先生の前で口にしたら、「東京ではそんな口はききません」とたしなめられた。荒井節子先生といった。母親から「九州の田舎では多少成績が良くったって東京ではそうはいきません」と言われたと、憤慨の言葉を聞いた記憶がある。

大成小学校では、荒井先生が2回出産をしたので、二人の臨時の先生に出逢った。蒲原光子先生と沢田秋子先生。どちらの先生もとても可愛がってくれた。蒲原先生は少しふっくらとして優しく、授業の他に怖い怪談をいくつもしてくれたのを覚えている。沢田先生はさっそうとした筋肉質の体つきで子ども心にも美人だった。

荒井先生は小学校の裏手に住んでいて、出産後子どもたちが訪ねて行ってもいいとお許しが出て、クラスの全員が校舎の裏に走って行って小さな庭に立って手を振っている荒井先生に会ったことを覚えている。私よりも20歳くらいは上の方だ。未だご存命かもしれない。小学校の先生というのは、なんとも素晴らしい職業なのだと今更ながら感じる。

小学校の先生の話をしていると、広島の幟町小学校での川崎百合江先生のことを書かずにいられなくなってくる。40歳くらいの、少しきつい顔つきのフチなしのメガネをかけた女性で、離婚していて、私たちと同じくらいの歳のお嬢さんが一人いるということだった。

とても熱心な先生で、毎晩ガリ版に前の日のできごとをB４一枚いっぱいに書いて、それをクラスの全員に配布してくれる。そのころはガリ版を「切る」といったものだ。『松の実だより』という名だった。私はそれを綴じた冊子を今でも書庫に持っている。

私のクラスは6年松組だった。面白いクラスの名前の付け方をする小学校で、松、竹、梅、そして桜、藤、桐、桃、椿と8組あった。1クラス64人。上の学年には杉もあって9クラスだった。団塊の世代という言葉は後の時代に使われ始めた言葉で未だなかった。私たちの学年までの3年間、毎年250万人の子どもが生まれていたのを指す。その下の学年を入れると1000万人を超える。小学生の私にとって、人口ピラミッドが正三角形のピラミッド型であるのは、ごく当然のことだった。

川崎先生についての一番の思い出は、私が校庭での朝礼のときに立ち眩みして倒れてしまったときのこと。もう6年生になっていた少年の身体をひょいと軽々と横抱きにして保健室へ運んでくれた。すぐに回復した。母親に報告したかどうかも覚えていた。ただ、そんなに力があるとは見えなかったのに、川崎先生ってすごいんだなと思った記憶がある。そういえば下半身のしっかりした体つきの方ではあった。

大成小学校の続き。

私は、大成小学校の同窓会に出席したことがある。池袋だった。卒業もしていない私が同窓会に出ることができたのは、ある因縁があってのことだった。

弁護士になって十数年が経っていたころ、タクシーに乗ったときのことだ。もう私にとって公私ともにタクシーに乗ることは日常生活の一部になっていた。

見るともなくフロント・ウィンドウの上に貼ってあるタクシーの運転手さんの名前を見

て私はおやっと思った。記憶にあった大成小学校の同級生の北島春夫君の名と同じだったのだ。私は、車が目的地で止まろうとするとき、「運転手さん、失礼ですが大成小学校のご卒業ですか？」と尋ねた。頭のなかには小学校4年生の、当時でもすでに珍しかった坊主刈りの頭と丸い鼻と丸い顔が浮かんでいた。

私の唐突な質問に運転手さんは、「なに？　なんだって？　どうしてそんなことを訊くんだ？」と少し強い調子で問い返した。当然であろう。だが、一瞬振り返ったその顔が、小学校のときの北島君の顔そのままだった。

私は、「どうも失礼しました」と詫びてから、「私は牛島と申しますが、運転手さんと同じ名前の北島春夫さんという方と大成小学校で4年生まで同じクラスだった者なんです。運転手さんのお名前が北島春夫さんとあるので、ひょっとすると私と同じクラスにいた方かなと思いまして、それでうかがいました」と説明した。

「ああ？　牛島？　そんな名のヤツがいたっけな。そんな気もするな」

「いや、無理もないです。卒業はしていませんし、途中でいなくなったのですから。4年生までしか大成小学校にはいませんでしたから」

丁寧に説明すると、運転手さんはようやく思い出してくれたようだった。

「牛島。そんな名のヤツがいたな」

ということになった。

私は名刺を渡し、タクシーを降りた。

それだけだった。私はそのときに彼のタクシーを降りた場所を今でも覚えている。その北島春夫君が、年賀状にある「何年か前に乗ったタクシーの運転手さん」で「転校生の私にまでわざわざ連絡してくれた」のだ。北島春夫君のおかげで「三九年振り」にたくさんの人々との再会ができたのだった。

まりちゃんは私の住んでいた総合電機メーカーの社宅の隣にある一戸建ての家に住んでいた。私は彼女の家の玄関を知らない。いつも社宅との間にある生垣の穴をくぐって遊びに行ったり来たりしていたのだ。社宅の一角には砂場があった。

砂場と書いて、私はあることを思い出す。

私と同じときに名古屋に転校した浜名君のことである。その砂場で、浜名君から彼の二つくらい上の姉について、こんなことを聞いたことがあった。どういうわけか今でもよく覚えている。

「胸が大きくなってきてるみたいなんだって。ちょっとでも押すととっても痛いらしいんだよ」

すらりとした素敵なお姉さんだった。私は彼とは仲良しだったから、いろいろな話をしているのだが、どういうわけか、今でもそのことが記憶に残っている。

似たことで覚えていることが他にもある。私が広島の小学校に転入した後のことだ。私の家は学校から歩いて5分ほどのところにあった。私が風邪で休んだとき、同級の女子生徒2、3人が病気見舞いに自宅を訪ねてくれた。そのなかに、クラスでも飛びぬけた美人といわれていた女子生徒がいた。

そのときの会話の内容は少しも覚えていない。私が覚えているのは、その彼女が水色のカーディガンを着ていて、そのカーディガンの胸の部分が大きく白地になっていてその白地が細い小豆色の7センチ角ほどの格子模様で飾られていたことだ。私と話しながら、彼女はそのカーディガンの左右の裾を、はにかむように何度も両手の指先で下へ引き下げた。カーディガンにはくっきりと彼女の二つの乳房の膨らみが浮き立っていた。このことは誰にも話したことはない。ただ、それまで意識していなかった異性を彼女に感じたのだ。どきどきしたと言っていい。

後に大学生になって、私は加藤周一の『羊の歌』を読み「さくら横ちょう」という詩の存在を知った。

「春の宵　さくらが咲くと　花ばかり　さくら横ちょう」というリフレーンが何回も出て来る、ロンデルの脚韻を踏んだという韻律詩だ。そのなかに、「あゝ　いつも花の女王　微笑んだ夢のふるさと」という一節がある（『加藤周一著作集　13』平凡社、1979年）。

加藤周一はその女子生徒について、「彼女は大柄で、華やかで、私には限りなく美しいと思われた」と書いている。「女王のように崇拝者たちを身の廻りに集めている」とも書いている。私は、彼女のその詩句に接したときに、小学校の同級生だった彼女を思い出さないではいられなかった。大柄ではなかったが、とても華やかだった。美しい女子生徒だと担任の女性の先生も認めていた。「笑顔があるといいのにね」というのが先生の寸評だった。

加藤周一は「私は彼女と一度も言葉を交わしたことがなかった」と記している（『加藤周一著作集　14』平凡社、1979年）。私は同級生だったからその女子生徒と話したことは何回かあった。しかし仲良しグループではなかった。彼女はすぐ近くに自宅兼店舗があり、履物を商っている店の次女だった。

加藤周一は、その花の女王について、「さくら横ちょう」の最後の部分で、「会い見るの時はなかろう『その後どう』『しばらくねえ』と　言ったってはじまらないと　心得て花でも見よう」と詠っている。その後にロンデルの韻律にしたがって、「春の宵　さくらが咲くと　花ばかり　さくら横ちょう」というリフレーンが続くのだ。

私はその後、その水色のカーディガンの少女と会ったことがない。それなのに、こんな些末なこと、それも60年以上前の細かなことがどうして大脳の記憶装置からひょっこり出てくるのか。逆に60年経ってしまったから思い出すのか。

しかし、彼女の水色のカーディガンはずっと覚えていた。それもいま思えばセーターだったのかもしれない。どちらにしても、水色と白地、そして小豆色の格子模様だけははっきりと覚えている。彼女も、その子どもだった自分がいつも着ていたカーディガンのことを覚えているに違いない。

私はつくづく思う。少年には、誰にも「花の女王」がいるのだと。加藤周一のように、たとえ話したことがなくとも、どの少年にも、限りなく美しいと思われる少女の思い出があって、それは一生心のなかにとどまり続ける。相見るのときはもちろんなく、もはや口にして誰かに話すことはなくとも、少年でなく老人になった男の心のなかに目の前の人生以外の人生があり得たかもしれないよすがとして、ひっそりと残り続けているものなのだ。

ご存じの方もあろうか。加藤周一のこの詩は別宮貞夫と中田喜直の二人が曲をつけている。東大の合唱部にいた友人に誘われた演奏会で中田喜直の曲を聴いたことがある。また、加藤周一の石碑がさくら横ちょうにあり、ステンレスの丸く巻いた角をつけた羊の石像の下の台石にこの詩句が刻まれている。渋谷区の金王神社近くである。

日の要求と青い鳥

「日の要求」を果たしつつ、「青い鳥」を探しているのは、鷗外にならってのことである。『妄想』に出てくる。もう何回読んだことか。1911年の作だから鷗外49歳のときである。陸軍省医務局長にして軍医総監。軍医のトップの地位にあったときに以下のように書いているのである。

「日の要求に応じて能事畢るとするには足ることを知らなくてはならない。足ることを知るということが、自分には出来ない。自分は永遠なる不平家である。どうしても自分のいない筈の所に自分がいるようである。どうしても灰色の鳥を青い鳥に見ることが出来ないのである。道に迷っているのである。夢を見ているのである。夢を見ていて、青い鳥を夢の中に尋ねているのである」

これが49歳の軍医総監の心のなかなのである。

「なぜだと問うたところで、それに答えることは出来ない。これは只単純なる事実である。自分の意識の上の事実である」

私は49歳のときの年賀状に、49歳の鷗外の言葉の断片を引用したのである。

鷗外は1907年に就いた陸軍省医務局長・軍医総監の地位を1916年に退く。54歳である。それから6年を生きた。本人は自分が結核であることをわかっていたから、寿命についても覚悟はあったのだろう。それでも役人としての生活と文筆の二重の生活を変えなかった。

最後には『元号考』という、ほとんど読者の想定できない、しかし彼なりに国のために大切と考えた書き物に残り少ない人生を捧げた。このためになら命が縮んでもかまわない、そうでない生活をして長生きしようとは思わないとまで言い切っている。こめかみにできた血管の膨らみを指して、これが輪になったら終わりだとつぶやいてもいる。

鷗外は死んで著作が残った。その人生を探求する者は後を絶たない。殊にドイツから訪ねてきたというエリスのモデルについての探索が盛んである。

とうに鷗外の死んだ年齢を超えた私にも「青い鳥」は見つからない。尋ね続けている。しかし羽音すらも聞こえない。たぶんこのまま終わるのだろうと思っている。

「自分は此儘で人生の下り坂を下って行く。そしてその下り果てた所が死だということを知って居る。併しその死はこわくはない。人の説に、老年になるに従って増長するという『死の恐怖』が、自分には無い」

『妄想』の続きである。

私が初めて『妄想』を読んだのは1970年の6月12日である。その年の4月4日にパルコにあった三省堂書店で450円で買った『鷗外全集　2巻』に出ているのを読んだのである。私が大学に入った年のことである。

いま私は鷗外の『渋江抽斎』の朗読を聴き、本に戻ってはまた聴くことを繰り返している。その前には鷗外の別の著作であり、漱石でもあり、最近では坂口安吾でもあった。殊に芥川龍之介の『或阿呆の一生』は何度も何度も聴いた。35歳で自殺した青年作家の遺言とも呼ぶべき著作が心を打つのである。

鷗外には「休まずに努力した」という意味の言葉がまことにふさわしい。ところがなんと死に際しては「馬鹿らしい！　馬鹿らしい！」と叫んだと伝えられる（『文豪の死に様』門賀美央子著、誠文堂新光社、2020年）。

それは、努力に終始した自らの人生への呪詛であったのだという解説である。

死に際して、鷗外は穏健なニヒリストであった自分について、最後の一瞬に後悔したということになるのだろうか。「かのように」を信条とした鷗外にふさわしくもあり、また気の毒でもある。どうして穏やかに「とうとう疲れた腕を死の項《うなじ》に投げ掛けて、死と目と目を見合わす。そして死の目の中に平和を見出す」ことができなかったのだろうか。当の鷗外自身が「死の憧憬」ゆえに35歳で自殺したというマインレンデルについて述べた『妄想』のなかの一節である。芥川も、鷗外のこの文章から知識を得て『或阿呆の一生』のなかで触れている。

鷗外の死に対しての態度ということになると、遺言に触れたくなる。

「死ハ一切ヲ打チ切ル重大事件ナリ奈何ナル官憲威力ト雖此ニ反抗スル事ヲ得スト信ス」

と、死の3日前に友人の賀古鶴所に口述したという遺言である。

その後には、

「余ハ石見人森林太郎トシテ死セント欲ス。宮内省陸軍皆縁故アレドモ生死別ル、瞬間アラユル外形的取扱ヒヲ辭ス。森林太郎トシテ死セントス。墓ハ森林太郎墓ノ外一字モホル可ラス。……宮内省陸軍ノ榮典ハ絶對ニ取リヤメヲ請フ。……コレ唯一ノ友人ニ云ヒ殘スモノニシテ何人ノ容喙ヲモ許サス」(句点は筆者が補したもの)

この部分を再読していて、私は石原慎太郎さんのお別れの会を思い出していた。たしかに天皇陛下からの祭粢料の袋が置かれていた。

それだけではない。私は２０２３年に刊行した『我が師　石原慎太郎』（幻冬舎）のなかに、

「そのすぐ右に、額縁に入った勲章についての賞状額がある。明仁と、くっきりと署名がされている。旭日大綬章である。平成27年とあった。安倍晋三首相の署名もある。さらに向こうには、その勲章そのものが鎮座している様子だった。しかし、そこまで歩いて行って確認するわけにはいかない。祭粢料に戻って左を見ると、『正三位』とあって、岸田総理が署名している」

と書いている。

人は誰でも死ぬ。例外はない。石原慎太郎さんは89歳だった。石原さんが唯一私淑したという賀屋興宣は88歳だった。

二人とも、死ねば一人切りで暗いトンネルをとぼとぼと歩き続け、そのうちに世間はもちろん家族にも忘れられてしまう。それどころか、自分でも自分のことを忘れてしまうのだと、独特の死後観を述べている。

漱石は49歳である。谷崎潤一郎79歳、永井荷風79歳、そして伊藤整64歳。

こうして並べてみると、まず、誰も自らの寿命について知らないままに生き、死んだのだという感慨がある。

江藤淳は66歳で死んだ。自殺したのである。芥川龍之介も自殺している。35歳であった。私は25歳で死んでしまった青年を知っている。彼は生きようとしていたのに、くも膜下出血で寝ている間に死んでしまったのである。死んだときに自分が死ぬとわかっていたのかどうか。ガーンとバットで殴られたような感じがすると、生き延びた人は言うらしい。医者がそう解説している。

彼について、私は「あるほどの菊投げ入れよ棺の中」という漱石の俳句を思う。秘かな思い人でもあった大塚楠緒子が35歳で死んだときの句である。35歳も人生なら25歳も人生である。私の父親は95歳だった。母親は87歳。寿命は人が決めるものではない、天が決めるものだというのが私の考えである。しかし、天は私の寿命について教えてくれない。

安倍晋三元総理は、死ぬときに自分が死ぬとわかっていたのだろうか。

シーザーは突然の死が最善の死だと言っていたという。シーザーの死も安倍晋三元総理の死も、また井伊直弼の死も、どれも突然の死である。シーザーのいうところの最善の死である。

自殺した人間は違う。

寿命を自ら決めて実行した男が53年前にいた。三島由紀夫である。彼については石原さんと話したことがある。『我が師　石原慎太郎』に書いている。

自分の死について考えることが多くなった。75歳であれば、もうこの世にいない知り合いも多いのである。

まず、どういう原因で死ぬのかと考える。

私は健康診断を毎年欠かさず受け、かつ毎月血液を採取して検査してもらっている。その際には血圧を測る。血圧はその他にも週1回の鍼の前後に測る。週2回の運動の前後にも測る。医師の処方してくれる薬を多種飲んでもいるのである。

鷗外は、決して医者の診断を許さなかったという。結核とわかっていたから家族のために隠したかったのである。

鷗外には二つのことを聞いてみたいものだと昔から思っている。

一つは、言うまでもない、ドイツから来た女性のことである。私が鷗外に尋ねてみたいのは、「あの女性、『独逸日記』に出てくる『カニ屋』と日本人留学生が呼んでいたクレッブス珈琲店にいた『ツルゲエネフの説部を識る』女性のことですよね。加治という日本人とご一緒だったと書いていますが、でもその女性は『売笑婦』だったとも書いてあります。だから帰国後『舞姫』を書いて、森林太郎のドイツ留学正史をしたためておく必要があったのではないですか?」という質問である。

もし怒らないで正直に話してくれれば、たぶんそうだと、その女性を心から愛したのだと、150年経った今となっても涙を流さずにはいないだろうと私は期待しているのだ。

「牛島さんとやら、ありがとう。そのとおりだよ。『クロステル巷の古寺』の『閉ざしたる寺門の扉に倚りて、聲を呑みつつ泣く一人の乙女』というのは、本当はそのカニ屋で出逢った女性のことだったのだよ。寺院の傍らで泣いていた16、17歳の乙女にしたのは、あなたの見通したとおりの理由さ。

私がベルリンで娼婦に本気になってしまったことは、留学生取り締まりの福島大尉だけじゃない、軍医の大ボスの石黒忠悳にも知られていたことだからね。だから、百年後を相手に私は書いた。ね、牛島さん、文章の力というものはそういうものじゃないかね」

「そうですか、やっぱりね。でも、森さん、あなたはそのドイツから日本にやってきた女性を捨てたかったのではない。母上が決めていた赤松男爵のお嬢さんとの縁談を進めないと、母上、おっかさんが『自殺する』と真顔であなたに告げたから、ひとまず自分も後からドイツへ追いかけていくからと言って、その女性を納得ずくでドイツに帰し、そして8か月後に山縣有朋に随行してドイツへ行った賀古さんに頼んで、もう森はドイツに来ないと告げてもらった」

「そうだ。そのとおりだ。だから、それからの私の半身は生ける屍、抜け殻だった」

もう一つは、2番目の奥さんのしげさんのこと。

「『安井夫人』で、安井息軒という大儒学者の妻について、『若くて美しいと思われた人も、しばらく交際していて、智慧の足らぬのが露見してみると、その美貌はいつか忘れられてしまう。また三十になり、四十になると、智慧の不足が顔にあらわれて、昔美しかった人とは思われぬようになる。』と書いていますよね。

これって、森さん自ら『美術品のような妻を迎えた』と表現した2番目の奥方、しげさんの批判になってますよね。書かずにおれなかったから書いたのでしょうが、よく書きましたね。あなたはいつもすべての他人を馬鹿だと思っていたそうですからできたのでしょうか。すると、あなたにとって女性とはどんな存在なのですか」

私は、鷗外の答えの予想を持っていない。たぶん、右記の「半身は抜け殻」という言葉が戻ってくるのだろうかと思っている。人はそのようにも生きることができるのだろう。それは私たちに勇気を与えるのだろうか、そうではないのだろうか。

平成12(2000)年の年賀状

年頭にあたり皆々様の御健勝をお祈り申し上げます。

昨年のご報告を一、二、申し上げます。

春。香港へ行き、酔っ払い海老にまたお目に掛かりました。香港返還もこの海老の味には何の変化も与えなかったようです。

夏。濃いサングラスをかけ、白いボルサリーノの帽子をかぶって陽光の中を散歩に出掛けました。しかし、日本の夏に外歩きをすると汗が出てたまりませんでした。

秋。五十歳になったばかりの或る土曜の昼下がり、西麻布、広尾、白金台をあてもなくさまよい歩きました。どうやらそのエリアの人々の平均年令を確実に上げてしまったようです。

冬。恵比寿ガーデンプレイスにあるオープンエリアのレストランで、仕事を兼ねたランチをとりました。こんなに気持ちの好い日はあと何回あるだろうと数えてしまいます。

通年。以上の例外が年に数日ある他は、毎日忙しく立ち働いています。昔、数学で単調増加という言葉を習いました。私の「日の要求」がそれです。

通年、その二。伊藤整の全集を毎晩ベッドの中で読んでいます。最晩年の彼から始めましたが、最近同じ歳になりました。これから若くなる一方です。

恵比寿のシャトーレストランでの時間

「恵比寿ガーデンプレイスにあるオープンエアのレストラン」とは、ジョエル・ロブションのテラスを指す。23年前。私は或るフランス人のビジネスパーソンと「仕事を兼ねたランチ」を食べたのだ。

冬のことだったようだが、外での食事がとても快適で、「こんなに気持ちの好い日はあと何回あるだろうと数えてしまいます。」と書いているとおりだった。その日から23年が経っているが、その間に「こんなに気持ちの好い日」が何回あったことか。なんとも心もとない。

あれは、仕事がうまく行っていたこともあって爽快さが倍加されての気分だったのだろう。しかも私は50歳になったばかり。まだまだ先のことなど意識しない、未来が無限だとすら感じもしない年齢だ。フランスで2番目の金持ちが日本の生命保険会社の買収をする手伝いをして、首尾よく成功したのが2年前、1998年だった。

私は依頼者に頼まれて、英語で取締役会に参加できる日本人を何人も推薦した。日本の大手都市銀行の専務でアメリカの子会社のトップも務めていた方や大蔵省（当時）の財務官だった方を取締役に、外国の銀行の日本支店長だった方を監査役にお願いした。監査役にはもう一人、私の主宰する法律事務所の弁護士にもなってもらった。私自身は、日本の生命保険会社の仕事をしていたから役員には就任せず、顧問弁護士として関与した。そうなのだ、あれから23年も経ってしまったのだ。亡くなった方もいる。

依頼者の意向で、取締役会を年に一度パリで開くということが何年も続いた。

私がジョエル・ロブションでランチをともにしたフランス人も取締役だった。彼自身、フランスの巨大な保険会社の国際部門のCEOをした経験があってのコンサルタントだったから、買収計画の開始のときから事実上強いリーダーシップを発揮していた。

つい最近も東京に来たので夕食をともにする機会があった。ホテルオークラのヌーヴェル・エポックに招待したら、日本酒が飲みたいと言う。それで日本酒を頼むと、ソムリエは自慢のブランドを出してくれた。

ところがそれをほんの少し口にするなり、彼は、「これは栓を開けてからもう2週間経っている。だめだ」とそのソムリエに宣告した。そのとおりだった。私は顔見知りのそのソムリエに頼んで、まっさらな未開栓のボトルを持ってきてもらった。グラスから一口だけ口に含み、ご満悦の様子だった。

彼には1997年に初めて会ったのだが、当初は白ワインしか飲まないと公言していたのが、いつの間にか和食党になり、日本酒についても大変詳しくなっていた。なにしろ、ロブションのベルギー人のソムリエと一緒になって日本中の酒蔵を回ったというくらい、実際に日本全国の各地に足を運んで熱心に日本酒を探求し、味わっていたのだ。

他人に食事を奢るのがあたかも趣味のような男だった。ニューヨークにアラン・デュカスが出した新しい店がとても美味しかったというので、どのくらい払うものか尋ねたら、即座に"I do not care!"と答えた。なんでも、CEO退任時に巨額のストックオプションをもらい、その報酬の管理のためにアドバイザーを雇っているとかで、夜も昼も豊かな生活をエンジョイしていた。"I don't want to sleep"というのが口癖で、夜の3時、4時までダンス付きの日本のナイトライフを愉しんでいながら、朝8時からのミーティングを招集したりするのだ。

仕事についても、プライベートなことでも、いろいろなことを教えてもらった。ワインについても、わざわざ紙に舌の絵を描いてみせ、この部分は苦みを感じる、この部分は酸味だと説明してくれた。

また或る時には、ジョエル・ロブションの2階に私ともう一人アメリカ人の保険数理の専門家と二人を前にし、シャトー・ラトゥールとマルゴー、それにシャトー・ラフィット・ロートシルトと3種類の赤ワインのボトルを並べて奢ってくれた。しかし、猫に小判とはこのことだろう。3枚の小判。私にはまったくありがたみがわからなかった。いや、ほとんど、だったか。

逆に個人的な相談をされたりもした。大変に日本が気に入ってしまって、そこでの発展家ぶりも余人のうかがい知ることのできないほどだった。恵比寿の或るレストランには、その印として、トイレに女性の書いた彼宛のメッセージが残っていたほどだった。

或る時、昔からの友人のアメリカ人弁護士が彼の仕事ぶりについて、"wild and crazy"な男だそうじゃないかと慨嘆するように尋ねてきたことがあったが、まことに彼に似つかわしい表現だという気がしたものだ。


ところで、私の「単調増加」の生活は変わっただろうか。

そう書いてから24年になる。忙しくなった気はまったくしない。弁護士という定年のない職業だから定年どころか退職ということもない。大規模な法律事務所の友人たちは65歳とか70歳が一つの区切りになっていて、パートナーという立場から顧問という立場に変わるのが当たり前のようだ。しかし、私は中規模の法律事務所であるうえに創業者だから異なる。

第一、毎日忙しいのだ。以前のように弁護士としての仕事以外に、大企業の社外役員の仕事や社団や財団法人それにNPOの理事の仕事が増えている。講演の依頼も多い。新聞やテレビなどのメディアの方々から取材を受けることも数多い。そのうえ、自ら望んでのテレビのレギュラー番組もある。

もともと「単調増加」と自らの生活を評した時点でも、24時間しかない一日は十分に忙しかったのだ。量的には増加の余地はない。たぶん、質が変わってきているのだろうと思う。

一緒に働いてくれるパートナーやアソシエートに支えられているから、自分で一から手がけることは減っている。しかし、ますます忙しいという主観的な思いは増加している。だからやはり単調増加ということになるのだろう。

そう書いていると、「自分は此儘で人生の下り坂を下って行く。そしてその下り果てた所が死だということを知って居る」という、鷗外の『妄想』にまた立ち戻る。鷗外は、

「若い時には……自分の眼前に横たわっている謎を解きたいと、痛切に感じたことがある。その感じが次第に痛切でなくなった。次第に薄らいだ。……解こうとしてあせらなくなったのである」

と書いている。

そういえば、私も焦らなくなったような気がする。

なぜだかわからない。いろいろな人を見ていて、結局は死に至るだけだと悟ったということなのかもしれない。

いや、そう簡単に死なせてはくれないだろう。苦しみの果てに死ぬことになる可能性が相当ある。伊藤整の『発掘』を思い出す。

「熱が更に高くなり、胸を力いっぱい持ち上げるような呼吸をしはじめ、あの、母の死ぬ前にあったような鼾に似た喘鳴を病人ははじめた」と死を迎えつつある老女が描写される。

その老女に、同じくらいの年齢の老女が話しかける。冒頭近くの場面だ（『伊藤整全集第10巻』新潮社、1972年）。

「この世のお暇乞いは楽じゃないんだよ、楽じゃないんだよ」、そう話しかけるのだ。

そうだったのか。そんなこととは露知らず呑気に生きてきてしまった。実はそれが人生の実相なのだとは、誰も教えてくれなかった。

『発掘』を読んだのは1978年7月24日のことだ。28歳。同じ文章を読んでも、年齢によってわからないことがあるのだ。

「年寄りの気持ちは歳を取らないとわからない」いつも父親が繰り返していたものだった。

私は年寄りだろうか。元気に仕事をこなし、会話をし、食事をするこの私。運動も定期的にしている。確かに筋肉は運動を始めた7年前よりも太く強くなっている。しかし、人間の肉体のうちで鍛えることのできる部分は限られている。30〜40代の暴飲暴食のツケは確実に払わされるのだろう。

未だ、「助けてくれ」という悲鳴をあげるほどにはなっていない。

私は友人の医者にこう話すことがある。たくさんの富裕であったり権力を持っている患者を抱えている医療クラブを経営している男だ。

「先生、人間は、いろいろ金や権力とかを誇っていても、最後は結局、先生のところに頼ってくるんですよね」

その後に私が、

「先生は、蟻地獄の一番下にいる蟻食いのように待っているだけでいいんだから、いい仕事ですよね。どんなに必死にあがいても砂がサラサラと崩れて、蟻は食われてしまう運命から逃れることはできないってわけですからね」

と付け加えると、嫌な顔をした。

しかし、本当なのだ。それどころではない。真実は、その友人は蟻地獄にいる蟻食いではなく、蟻地獄に落ち込んでしまった蟻にあらゆる救いの手を差し伸べてくれるありがたい存在なのだ。彼の患者への献身ぶりを近くで見聞きしている私には、彼の存在がどれほど患者にとって貴重かわかる。

なにせ、私自身が何度か蟻地獄の境目で足を滑らせ、ずるずると体が下へ落ちてゆくのを感じ、恐怖にかられて大声で彼を呼び、彼がその太くたくましい腕を伸ばしてくれたおかげで助かったのだ。彼の名を水町重範という。

しかし、結局は行くところとはわかっている。

そろそろ覚悟を決めるべきか。本人は未だ早い気がしている。気を付けはするが、死がやってくるのは未だだと思っている。少なくとも統計的には、などと気休めを自分に言い聞かせながら。

伊藤整全集のことなど

伊藤整については、石原慎太郎さんと話したことが懐かしく思い出される。伊藤整のファンの方ならわかってくださると思うが、伊藤整は『発掘』の雑誌連載の完結後「ついに単行本にまとめることなく、時日を過ごし、遺作の一つとして残された」（『伊藤整全集第10巻』〈新潮社、1972年〉瀬沼茂樹による編集後記）。

瀬沼によると、伊藤整は「実は結末の部分に不満があり、なお百余枚を書き加えたいと願っていた」という（同）。天が伊藤整に時間を与えなかったのだ。なんとも残念でならない。

長編三部作のうち、最後の『変容』も、最初の『氾濫』も素晴らしい。しかし、どうも未完としか言えないままの『発掘』には、伊藤整の最後の日々が赤裸々に描かれているような趣があって、最も生々しい会心の作になったはずだという気がしてならない。

なによりも、彼自身がこの作品には直接的に登場している。この作品のなかで、伊藤整は癌に罹った自分を意識し、その前提でものごとを考え、その視点で動いている。

たとえば、伊藤整の分身である土谷圭三は、愛人である大学の助教授鳥井久米子と二人だけの場で、目の前の久米子の「うるんだ大きな目を見たとき、圭三は急に、自分がこの人に逢える時間はもうあまり長くないのだ、と感じた」。そして、「おれはこの人をこの世に置いて近いうちに居なくなってしまう、という直感が圭三の胸に湧いた」。伊藤整はそう書いている。

さらに、そのすぐあとで、「久米子のそばにいて圭三は、自分の今の生活が三月か半年くらいで断ち切られるかもしれないことを、顔に炎がかかるような切実さで考えていた」と表現する（『伊藤整全集第10巻』）。

1962年から2年間にわたっての連載だったというから、伊藤整が57歳から59歳の間の作品ということになる。

伊藤整は64歳で死んだ。癌である。その彼は『発掘』のなかにこんなことを書いている。鳥井久米子との快楽の作業が終わってすぐのこと、

「何という虚しいことを人間の肉体はするものだろうと思った。そのとき彼はあの孔子も釈迦もひどく年老いるまで生きていたことを考えた。彼等も五十歳から六十歳の間に、たぶんこんな風にして、欲望は郷愁に過ぎないことを知り、そしてその時、道徳というものが生身の人間に体現され得ることを見出したのかもしれない。己の欲するところに従って則を超えずと言ったり、若い弟子たちに色慾は空虚だと語ったりしたのは、そういう理解に基づいてのことだったのかもしれない」

「欲望は郷愁に過ぎない」というのは、小説のなかで彼がいつまでも達することなく行為を続けながら、「それは、現実の快楽でなく、以前に持った快楽のための郷愁の行為に似ていた」という部分を指している。「神の好色に似ていた」という表現もしている。

この『発掘』という小説は、主人公である国立の明治文化研究所の所長という地位にある土谷圭三が、昔付き合いのあった村井露子という女性の突然の訪問を受ける場面から始まる。露子は、二人の間にできた子どもがいま東京に大学生でいることを土谷に告げるのだ。

その時、土谷圭三は危篤になった姉を看取るために北海道へ行かなければならない状況にあった。

その姉は、早くに両親を失った圭三の母親代わりであり、「世に出る前の弟のために、という古風な考え方で、町の酒場の女露子を彼から遠ざけた」という、はるか昔の物語のなかで活躍し、「その結果圭三は、官立の大学の教授になるという、言わば出世のコースを進むことができた」のだ。

札幌と小樽の中間にある村の牧場にいる姉を見舞った土谷圭三は、もう彼のことがよくわからない姉に向かって、こうつぶやく。

「あなたが骨折ったほどの値打ちが僕の生活に生まれたわけではなかった」

圭三は「自分の生活が贋ものだという気持ちから抜け出すことができなかった」と伊藤整は彼自身の心境を吐露する。流行作家としての名声、また「チャタレー裁判」で人々の大きな支援を得ながらも、伊藤整が行きついたところはそんなところだったという索莫たる思いに引き込まれる。「贋もの」なのである。

そういえば、石原慎太郎さんが伊藤整について、「あんな女好きの人はいなかったなあ」と教えてくれたことがある。自らを『「私」という男の生涯』（幻冬舎、2022年）のなかで「好色」と形容する石原さんにしての伊藤整評である。

そういえば「仮面紳士」というのも伊藤整の表現だった。彼は東京工大で文科系の教授となり、その立場を江藤淳に譲ったのだった。

私は平成12年の正月からどのくらいして伊藤整の全集を読み切ったのだろうか。

全集を読んだ作家は何人かいる。同時代を生きたから、その人の本が出るごとに、雑誌の表題が目に付くたびに読んでいた人が何人もいる。石原慎太郎はその第一だったろう。加藤周一もそうだった。それは、今では平川祐弘先生に完全に替わっている。江藤淳も『夜の紅茶』（北洋社、1972年）以来、いつも愉しみにしていた。

既に亡くなった人の全集を読んでいるのは、なんといっても漱石と鷗外になる。どちらが先だったか。大学入試が終わって鷗外を読み、司法試験が終わって漱石を読破したのだったろう。

次いで、谷崎潤一郎。谷崎の全集は、私が検事を辞めて弁護士になってすぐに出始めた。事務所のライブラリアンに頼んで毎号確実に購入していたから、よく覚えている。ただし、手に入るごとに読んでいたわけではなく、自宅の書斎に積み上げるだけで結局読まないで終わるのかなと思っていた。

たぶん、「最晩年の彼から始めた」のは、谷崎の全集の時からだったような気がする。なぜなら『夢の浮橋』という作品が強く印象に残ったからだ。幻想的な作品だったが、妙に心惹かれた記憶がある。

伊藤整ももちろん全集を読んだ人に入る。これは古本屋で求めたのだった。谷崎潤一郎の全集を読んでから後のことである。若いころの詩が素晴らしかった。

伊藤整については、「歿後50年　伊藤整展―チャタレー裁判と『日本文壇史』」というのが2019年に日本近代文学館で開かれたのを観に出かけているようだ。はっきりとした記憶はない。ただ、ああした裁判を戦うのは大変だったろうなと思ったくらいのことだったか。観に来ている方の数も限られていた。

それは江藤淳について「没後20年 江藤淳展」が、同じ2019年にあったのを神奈川近代文学館まで観に出かけたのと好対照をなしている。あの時は、雨のそぼふる寒い日だったことをよく覚えている。江藤淳に似つかわしい天気だった。観ている人の数は伊藤整と同じく少なかったが、私は、「江藤さん、生き埋めになってしまって大変でしたね」という思いで館をあとにした。やはり伊藤整は同時代人ではなく、江藤淳は同時代人だったからだろうか。

そういえば、最近、文学についておもしろい体験をした。

石原慎太郎の『火の島』（幻冬舎文庫、２０１８年）を読んだごく親しい友人とこんなやりとりをしたのだ。

彼が、「いや、僕は礼子さんに惚れてしまったみたいなんだ」と言い出したのがきっかけだった。礼子というのはヒロインの名である。

「えっ？　でも彼女は小説のなかの女性だよ」と私が応じると、

「わかっているよ。でも、僕は彼女に惚れたんだって自分でわかる。本気だよ」と来た。

「でも、あなたの心のなかにいる礼子さんてどんな方なの」と尋ねると、

「上品で、清楚で、中肉中背でね」と、まことに具体的である。

「おもしろいですね。あなたの心のなかにある礼子さんは私の心のなかに住んでいる礼子さんと姿形がまったく別個なんでしょうけどね」

もともとそうした議論になる素地はあったのだ。

彼は、『火の島』という小説の末尾で、西脇礼子の幼馴染みだった浅沼英造が礼子と心中することがどうしても許せないと言っていたのだ。私にとっては素晴らしい、必然の結末だと思われたのだが、彼はあまりに礼子さんが可哀そう過ぎるというのだ。

「好きな男に抱かれて、その男の手のナイフで死の数秒前に胸を刺され、そのまま強く抱

きしめられて何十メートルかの断崖から抱き合って飛び降りる。こんな素晴らしい人生はないのではないかと思いますよ。長く生きていることが人生の価値とは思えない。死ぬべき時に死ぬことができることは、人生での最大の果報だと思いますけどね」

私は自分の考えをそう話した。

そんな話を何回かしたあげくに彼が言い出したのが、「僕は本気で礼子さんに惚れてしまった」だったのだ。

私は、読者のそれぞれの心のうちに別々の人物を想像させ創造してしまう言葉というものの凄さを改めて感じさせられた。

もしそれが、著名な女優が演じた話題作である映画であれば、こんな食い違いは起きないだろう。画面に実際に映っている「西脇礼子」は具体的なイメージとしてあるから二人の間に大きな食い違いは起きようがない。「西脇礼子」を演じている女優の範囲を超えない。

しかし、文字は違う。言語は異なる。

それが芥川が『侏儒の言葉』のなかで引用した王世貞の「文章の力は千古無窮」という言葉の意味なのかと思い知らされた気がしたのである。

ついでに、私は、もしChatGPTに画像を描いてもらったら、西脇礼子という女性の外観は一つになるのかどうか、心はどうなのかに興味が湧いた。つまり、生成ＡＩは文学を陳腐なものにするのかという疑問である。

『日本半導体 復権への道』（牧本次生著、ちくま新書、２０２1年）を読んでいる。著者は１９３７年生まれで日立の専務を経てソニーの専務も務められた方である。本の著者紹介によれば、半導体産業における標準化現象とカスタム化のサイクル現象が「牧本ウェーブ」と呼ばれるほどの方のようだ。

私は、産経新聞の「トレンドを読む」という寺田理恵さんの書かれた欄で「日本の半導体産業の盛衰を日本の立場からたどる」本として教えられた。失われた30年に問題意識を持ち、その原因を１９８５年のプラザ合意にたどっている私としては、なんとも興味深い本として読み始めたところだ。

１６２頁からの半導体戦争の始まりから１８５頁の昇る米国、沈む日本までを読むと、いったいなにが起きたのかが具体的にわかる。殊に１７６頁に示された「日米半導体協定前後のＤＲＡＭシェア推移」という図を見るとなんとも納得感がある。世界80％のシェアから10％まで転げ落ちてゆく急傾斜の坂道がそこにはある。どれほどの日本人の涙がその過程で流されたのか。想像にあまりある。

谷崎潤一郎のあま『夢の浮橋』を読む私は、同時に現在と未来を生きることを強制されている。

読書は多分野に及ばざるを得ない。私にとって最近とてもショックだったのは、或る大学の先生に「私は若い学生に言うんですよ。もう日本はダメになるのだから、外国に行って活躍しなさい、と」と言われてしまったことだ。留学しなければダメですよというのではない、外国に行って、もう日本には戻ってこない方が良いという意味なのだ。

　私は、反論はしなかったが、いったいどこのパスポートを持って外国に滞在するつもりなのかと思った。それが日本国のものである以上、日本の盛衰はパスポートの価値に直接関連する。極端な話、日本がなくなってしまったら、その人はパスポートのない人間になってしまうのだ。

　あるいは、その外国でその国の国籍を取得すればよいという発想なのかもしれない。しかし、それは相手の国の決めることでそうは問屋が卸さないかもしれないし、それ以前に、私には日本以外の国を祖国とすることは考えられない。


　そういえば、つい最近、或るイギリス人の投資家が「ウクライナでの戦争は、ウクライナにとって悲惨な結果になるのではないか。アメリカはいずれウクライナへの援助を止める時が来る。それはウクライナ問題がアメリカにとってはアメリカ自身の国内政治の問題に過ぎないからだ。私には、アメリカ人が今のウクライナとの関係を長い将来にわたって継続するとは考えられない。もしそうなったらどうなるか。ウクライナはロシアに全面的に敗北することになるに決まっているではないか」というのだ。

　そうかもしれないな、と私は考えた。おぞましい推論だが、一つの現実味のある可能性であることは間違いない。

平成13(2001)年の年賀状

年頭にあたり皆々様の御健勝をお祈り申し上げます。

昨年のご報告を一、二、申し上げます。

春。年末から正月を棒の如く貫いて、忙しく働きました。

夏。久し振りに車の運転をするようになりました。しかし、酒を飲まない日だけなので、限られたものです。

秋。漱石を、『三四郎』『それから』『門』『彼岸過迄』『行人』『こころ』『道草』と通読しました。何十年か振りです。『こころ』に出てくる先生の「記憶して下さい。私はこんな風にして生きて来たのです」という叫びが、中原中也の「あゝ　おまへはなにをして来たのだと……吹き来る風が私に云ふ」という一節を思い起こさせました。

冬。仕事の区切りがつくと散歩に出ます。「もしもステッキ買い込んで、黒い鞄をもったなら」と歌いながら、落ち葉を踏みしめます。

今年こそイスタンブールへ行って、金角湾に沈む夕日を眺めながら、小舟の上で揚げた魚のフライを食べてみたいもの、と思っています。

何卒本年も宜しくお導き下さいますようお願い申し上げます。

車と私

「久し振りに車の運転をするように」なったのは平成12年の夏のことだったようだ。

私はよく覚えている。あの夏に私が再び車の運転をするようになったのは、三田に買ったマンションからの通勤のためだった。三田にマンションを買ったのは、長男が慶應義塾大学の専門課程に行くことになったのがきっかけだった。長男はそのマンションにガールフレンドを連れてきては二人でテレビゲームをやったりしていた。そこでは私と長男と二人、いろいろな話をしたものだった。たくさんの思い出がある。

私は三田にマンションを買ったのをきっかけに車で事務所に通うことになったのだが、やがてマンションを持っている必要がなくなっていたところへ、隣人が売ってほしいとのことだったのでそれに応じて売ってしまった。もう何年も前のことである。イタリア大使館に隣接し、左手下に綱町三井倶楽部の緑の広がっている、綱坂に面した素晴らしい場所だった。私は5階に住んでいたが、その上には丹下健三が住んでいたことがあるというマンションでもあった。

車については、最高の友人がいた。高原敬武という。カーレースのレーサーとして何年も続けて日本一になったどころか、日本初のF1レーサーになったほどの男で、私がさて何を買ったものだろうとアドバイスを求めたら、ベンツ、の一言だった。

彼はとても親切で、いい車があるから一緒に見に行きましょうと国道8号付近の外車の中古車屋さんに、自らの車の助手席に私を乗せて連れて行ってくれた。車についてまったく知識も興味もない私は、彼の車の助手席から降りて辺りを見回し、どうやらこの辺りにはそうした店が多いらしいなという程度の感覚だった。

白いベンツ、E200が一目で気に入った。前部のタイヤの上側の部分、フロントフェンダーの部分の盛り上がりが、鍛えられた女性の太腿の膨らみを思わせ、左右のその張り切った姿態がなんとも官能的に感じられた。そこに惹かれたのだ。白い色、そこに黒い革の内装が歯切れのいい印象だった。満点。彼に大いに感謝し、その場で買うことに決めた。

三田の家から青山ツインタワーまでの数キロ。快適な日々が始まった。自分がベンツを運転して事務所に通う身分になっていることが不思議なような、こそばゆいような、嬉しい思いがする寸刻だった。ほんの10分かそこらだったのだろうが、それでもいくつかの経路がある。何回かの試行錯誤を繰り返して、これが一番楽で早いという道を探し当て、そこを運転して往復する日々が始まった。

青山ツインタワーの地下にある駐車場には、それまでにすでに馴染みはあった。1985年4月18日に青山ツインタワーで働き始めたときの私にはネームパートナーがいて、その方は大変な金持ちと噂されている弁護士だった。自ら、あるいは専用の運転手さんが運転するベンツのS560という大きな車に乗っていた。弁護士会で同じ委員会に属していたから、その委員会に出たときには帰りに便乗させてもらうことが何度もあった。

ビルの駐車場というものは、ビル自体とは違って、化粧仕上げのされていない、コンクリート剝き出しの粗野な造りである。私はそのことにとても違和感があった。なぜビル会社は駐車場の見栄えを良くしようと考えないものなのかと不思議な気がした。

今の山王パークタワーの駐車場は、出入口などがだいぶ立派にできている。仕事の関係で車に乗ってお訪ねするいろいろなビルもずいぶんきれいな仕上げになっているようだ。だが、やはり車が走行し駐車する部分はコンクリート剝き出しである。

高級ホテルにしても同じこと。車のための走行、駐車スペースというものは、ほんの附属物に過ぎないということなのか。それとも車が相手の場所だから、ぶつけられたり擦れたりする機会が多く、そのうえ油も飛んだりもするから、上質な仕上げなど意味がないのか。わからない。車というものはもともと馬車から発展したものだし、馬車の時代には自分で運転する人はいなかったから、ビルの顧客自身が出入りすることはなかった歴史のせいなのか、などと独りで考えてみたりする。


しかし、マンションの駐車場というのも、どんなに高級なマンションであっても同じである。そこを大理石張りにしたところで建設コストを賄うことがかなわないのか、購入する人間がそんなものを求めないのか、よくわからない。

そういえば、私はエレベータについても同じ感想を持っている。

超高級のマンションであれば、個別の玄関とそのユニット専用のエレベータがあってもよさそうな気がするのだ。一度、ある大手デベロッパーが分譲したマンションの最上階を見に行ったときに、そうした配慮に近いユニットに出逢った。地下の駐車場は他の人と共用だが、そこから自分のユニット専用のエレベータがあって、そのエレベータの入り口にはそのユニットの人だけしか入れない。そして、それがそのままその最上階のユニットの玄関内につながっているのだった。

100坪を超える広さのマンションだったから、管理費も相当な額にのぼったのだろう。そこにエレベータの維持管理費用を加えれば、それだけで普通以上のマンションを借りることができるほどの金高になったに違いない。

私は、親しい不動産業者に、買わなくてもいいから一度見てみてくれと言われて見ただけだから詳細は知らない。買う予定も予算もなかった。そのマンションは今でもあるから、そこに住んでいる方は、あの個別の地下エレベータで自室の玄関まで昇り、降り、そして巨額の管理費を負担しているのだろう。

ベンツの話に戻ると、私はその白いベンツが大いに気に入ってしばらく乗っていた。ところがである。あるとき信号待ちで停車していたら、前の車が同じベンツではあってもSクラスなのである。SはEよりも少し大きく、したがって値段が高い。私は早速、例の友人に電話した。

「高原さん、ベンツ、Sに替えたいんですが」

「どうしたんですか？」

私は信号待ちの際に前にSクラスのベンツがあって惨めな思いをしたと告げた。

「Eもいい車なんですけどね。まあ、Sにしたいのなら、さっそく探してみましょう」

彼は、いつものように、とても親切だった。

そして、すぐに、「きっと先生の気に入りますよ、見に行きましょう」と電話をくれ、またしても私を助手席に乗せて中古車屋さんに連れて行ってくれた。

ワインレッドの車体に薄いアイボリー色の革の座席。私はこれも一目で気に入った。

その車を横にした私が、2006年5月の『ゲーテ』誌に出ている。56歳の私だ。若い。なんとも若い。幻冬舎の見城さんが手配してくれ、私についての記事を出してくれたのだ。

「愛車は友人である元日本一のレーサーの見たて」とキャプションが添えられている。

そういえば、三田のマンションの書斎の写真も出ている。綱坂に面したベランダに立った姿もある。向かいの緑は綱町三井倶楽部だ。事務所での写真も出ている。今、17年後にも同じ場所で同じ机に向かっている。椅子も同じだ。ただ、机の上のリングファイルはもうない。パソコンの横の書棚に置いてあるピエタ像の写真は次男がローマから買ってきてくれたお土産だ。この時にもうあったとわかる。

雑誌の記事では、その下になんと石原さんの署名の写真がある。「石原慎太郎氏が牛島のために署名してくれたジイド『地の糧』の一節」との説明が付されている。最新刊の

『我が師　石原慎太郎』（幻冬舎、２０２３年）にも書いたが、揮毫用の台紙にその一節を印字して持って行き、石原さんに頼んで署名してもらったのだ。

あの石原さんの独特の署名。その左下には花押もあるようだ。「ナタナエル」を「ナタニュエル」と、石原さんが手書きで訂正してくれているのもわかる。石原さんが「こんな文学青年みたいなことするなよ、と私をたしなめながらも、丁寧にナタナエルをナタニュエルと手書きで訂正までしてくれた」とその本に書いている。

２００４年に私は事務所を青山ツインタワーから山王パークタワーに移した。『ゲーテ』誌の記事は、石原慎太郎さんと会い、彼の小説のために、文学の師である石原さんとしばしば電話で話をしていたころのことだ。

そのワインレッドの車との別れはしばらくしてやってきた。運転しているとハンドルががたつき始めたのだ。当然、すぐに高原さんに相談した。

「そりゃ大変だ。事故を起こす前で良かった。すぐに森岡君に言って代車を出させましょう。買い替えなくっちゃいけません」とのご宣託だった。森岡君というのは高原さんご贔屓の外車ディーラーの方である。

それで私はまた白のベンツに乗ることになった。ただしSである。この時は新車だったのだが、それがどういうわけかスタート時にエンジンがかからないトラブルが重なり、同じタイプ、同じ色の中古車に乗り換えた。

未だ終わりではない。その車を運転していて擦ることやぶつけることが重なったのだ。

心配した高原さんが、

「先生、Eに戻しませんか。小さいと運転、楽ですよ。私も最近はEを運転するけど、とっても楽」

F1ドライバーにとってすら運転が楽だというのだ。私は直ちに彼のアドバイスに従った。それが今乗っている車である。よく平気で乗ってますねと言われてしまいそうなほど、前のバンパーのペンキが削り取られ、フェンダーにも凹みがある。私は気にならない。

一度など、たまたま私の車を見た高原さんが、「先生、たまには車洗ってやりなさいよ、可哀そうじゃないですか」と忠告してくれたくらいで、私は洗車にも神経質ではない。

「フランス人は車を洗わない。彼らにとって車は下駄と同じで、別段汚れていても気にすることがないのだ。その点、日本人は愛車をとても大事にして、少しの汚れもとどめない」と読んだことがある。下駄とあったのを奇妙に感じたので今でも覚えているのだ。私はフランス風ということになる。

最近はほとんど毎日運転している。事務所までほんの少しの距離だから歩いてもよいのだが、仕事の書類をたくさん持っている身なのでかなわない。

ところが、それが理由だったのだがもう今の時代は書類を持ち運びしなくなってしまった。だから歩くことも可能なのだが、やはり車に乗る。

大昔、小田実がその著書『何でも見てやろう』（講談社文庫、1979年）のなかで、アメリカ人の習慣として、歩いて3分のところへ行くにも車に乗ると嘆いていたが、今はアメリカ人の気持ちがわかる気がする。アメリカ人風に暮らしているということになる。

さて、この脱炭素の時代、省エネの時代である。私は、世の中のため、そして自分自身の健康のために車の運転を廃した方が良いかなと考え始めている。まあそのうち電気自動車に変わるだろうと思ってもいるのだが。

23年前の年賀状には車を運転するのは「酒を飲まない日だけなので、限られたものです」と書いている。そのとおりだった。検事の時代、酒酔い運転で何人かを死に至らしめた青年被疑者の事件を扱ったことを今でも覚えている。

取り調べに彼は、「やおう行こうや、と言いながら皆で飲み始めたのですが」と供述していた。やおう、というのはやわらかく、という意味である。しかし結果は悲惨で、取り返しがつかないものだった。彼は交通刑務所へ行ったに違いない。

ところが、私はこの1年ほど前から酒をまったく飲まなくなってしまった。別に医者に止められたわけではない。体調が悪くなったのでもない。ただ、美味しくなくなり、そうなると酔っている時間というのがいかにも無駄な気がしてきたのだ。

最後のころ、やはり仕事をした一日の後のビールの一口は人生の生きがいの一つだな、などと未だ感じていた。今でも、一緒に食事する方がアルコールを飲むのを眺めていると、それがビールでもワインでもシャンパンでも日本酒でも、羨ましい気がしないでもない。しかし、もうアルコールの匂い自体を受け付けなくなってしまった気がする。

ビットブルガー・ドライヴというドイツ製のノンアルコールのビールをホテルオークラ

のソムリエに紹介してもらったのも、アルコールと別れるきっかけになった。なんとも苦みが強くて美味しいのだ。これを飲みなれた今では、普通のビールを飲むと、甘い。甘ったるい。アルコールというものはこれほどにも甘いのか、と思わされる。

ベルギーの同じノンアルコールビールのビア・デザミ・ブロンドというのは、ザ・キャピトル　東急のORIGAMIで教えてもらった。同じホテルの中華、星ヶ岡でよく飲む。フルーティな香りがあって、これまた乙なのである。

時間は飛んでしまうが、令和4年、2022年の年賀状に、「最近はアルコールとの縁が薄れつつあります」と書いている。つまり2021年の終わりごろにはお酒との縁が切れ始めていたのだ。終わりの始まり。あれほど飲んでいたのに、「今や後日談」になってしまった。実のところ、少し寂しいのである。

4歳違いの二人の息子が幼いころのこと、「お父さんの匂いはジン」という兄と「お父さんの匂いはブランデー」という弟に分かれていた。その違いができた過程は私が努力して生活を豊かにしていった過程なのだろう。これももう昔のことである。

それにしても、私は「久し振りに車の運転をするように」なった2000年以来、ベンツ以外の車種に乗ったことがない。そもそも車に興味がないのだ。そういえば青山に事務所を開いたときには日産のローレルに乗っていた記憶がある。

車生活の最初は、父親から兄が貰い、それをさらに私が貰い受けたマツダのルーチェという車だった。その後にホンダのシビックになり、日産のブルーバードに替わり、そしてローレルになったのだったか。ローレルはちょうど独立したときだと覚えている。1985年のことだ。

思い出す。そうした国産車に乗っていた時代には後部座席に二人の幼なかった息子を乗せて、毎週の日曜日に家族4人でドライブに出かけていた。千葉方面が多かった。運転している後ろから大きな声で歌う二人の声が聞こえてくる。「ヤーレン　ソーラン　北海道」ときて「牛の歌でないかい」と下の子どもが私の右耳元にまで口を近づけて大声を出したのには閉口したものだった。

九十九里浜まで行って、簡素な海岸の家で海老やサザエを焼いたものを食べ、一緒にラーメンを平らげた。いつの年のことだったか、こどもの日に千葉のこどもの国という遊園地へ出かけて当然のように大渋滞に遭い、真夜中になってやっと自宅にたどり着いたこともあった。今となっては、ただただ懐かしい記憶である。良き父親であった日々が私にもあったのである。

追　記

今のベンツは何台目だろうか。全て高原さんのお世話になった車ばかりである。本欄に記してお礼を申し上げたい。

人の心と会社経営

私は漱石の『心』の初版本を持っている。11年前、2012年の5月に買った。ただし、1979年7月に日本リーダーズ ダイジェスト社が出した復刻本である。4000円だった。

頁を開くとすぐに気づくのは、漢字にルビが振ってあることだ。それも全ての漢字にである。復刻された奥付を見ると大正3年9月20日発行とある。「夏目漱石」と刻まれた縦長の四角い印が左上から右下にかけて斜めに押捺されている。なんと緑色の印肉だ。

主にちくま文庫の全集と種々の文庫本とで『心』を何回も読んだ私は、それらでは以下の「序」に出逢っていなかったはずである。しかし、どこかで読んだ記憶がある。たぶん、岩波の全集で読んだのであろう。

「装幀の事は今迄専門家にばかり依頼していたのだが、今度はふとした動機から自分で遣って見る気になって、箱、表紙、見返し、扉及び奥附の模様及び題字、朱印、検印ともに、悉く自分で考案して自分で描いた」(序の後半)

夏目漱石という緑色の印も漱石自身が考案して描き、色も自分で決めたのだろう。

この本は朱色石鼓文の表紙で名高い。その模様を見ると誰もが岩波書店の本だと思うと、世に知られ権威のある作家が評したことのある模様である。

私はこの複製の初版本の事件に新米弁護士としてかかわったことがある。日本リーダーズ ダイジェスト社が岩波書店ほかの出版社等に訴えられたのである。初版本を復刻して出すのは法律違反だという言い分だった。記憶では不正競争防止法が根拠の一つであった。

私は、検事を1979年の3月末に辞めて二人のアメリカ人である準会員と日本人の弁護士とが一緒にやっている弁護士事務所に入ったばかりだった。準会員というのは占領の遺産で、アメリカの弁護士資格を有しているアメリカ人が、日本の司法試験に合格することなく法律業務の一部を日本で行うことができる資格を与えられ、日弁連の準会員となっていたのである。

この事務所はもちろん日本リーダーズ ダイジェスト社側であった。決して訴訟実務に長けていたというわけではない。おそらくアメリカの本社が迷うことなく選任したのが私が所属することになった弁護士事務所だったのであろう。

事務所にアソシエートとして入ったばかりだった私は、検事をやっていたのだから陳述書が書けるだろうということでチームの一員に選ばれたのだった気がする。私が日本リーダーズ ダイジェスト社の従業員の方の陳述書を作成するためにいろいろ質問をしたのを、その方が「味方の弁護士のはずなのにまるで取り調べのようだ」という苦情を、私の上司であるパートナーに言い立てるという一幕もあった。

出身高校の東京での同窓会で三大紙の一つの敏腕記者の方と話していたら、社会部でこの件を取材しているとのことで、日本リーダーズ ダイジェスト社がおかしいよと言われた。それまで検事だった身には、おまえは変なことをやっていると言われたこと自体が心外だったのだ。

この方は高校の3年先輩で、この件の後もいろいろな事件が起きるごとにお世話になった。

「オマワリとブンヤはツブシが利かない」という言葉があるが、その最良の意味で新聞記者とはこうあるべし、という見本のような方だった。

その記者の方は、時代は下ってバブルの時代、「煮えたぎる乱銭列島」という題での連載記事を書いておられ、そのうちの一回として当時私が携わっていた仮処分事件を取り上げてくれたことがあった。

「俺が書くときは、こんなじゃないからな」と言って両手の人差し指と親指で四角をつくり、「これくらいにはなるんだよ!」と左右の二つの指でつくった四角を大きく引き伸ばして見せてくれた。そのとおりだった。それが、その連載記事だったのだ。裁判所の心証に大きな影響を与えたと思っている。大成功だった。私が裁判官とメディアの関係に目覚めた最初の事件だった。

最近、非上場の少数株主対策という講演をした。そのなかで、私は、「非上場の場合は、会社の株の過半数を持っていなくてはいけない」と力説した。「特に、番頭的存在のナンバーツーが危ない」と説明した。私自身の職業的経験に基づいての解説なのだ。

似たような件をいくつもやってきているのである。番頭だからとトップは気を許して使っている。怒鳴りつけなくてもなんでも言うことを聞く。しかし、気の利いた番頭は株を手に入れれば会社を乗っ取ることができると知っているのだ。番頭という言葉が流行らないということなら、管理畑の専務と言ってもいい。

そういえば私の最初の小説『株主総会』（幻冬舎、1997年）の主人公は総務部の次長だった。創業者が技術者あるいはセールスのプロといった会社の場合は、経理や総務といった仕事をバックオフィスの仕事とし、軽い扱いにしてしまう。その結果、そうした仕事は番頭に任せがちになるものなのだ。

それが創業者の息子の世代へ会社が引き継がれると、後継者がアッと驚くような事態が待っていることがある。いつの間にか株が番頭、管理畑の専務の手に移ってしまっていることを後継社長である創業者の長男は発見するのだ。その番頭にしてみれば、準備の時間はたっぷりとあったのである。

あるいは初めからそう企んでいたのではなかったのかもしれない。もともとはそんな野心なぞなかったとしても、創業社長が認知症気味になってくると良くない心がむくむくと頭をもたげる。「考えてみれば、社長は売って回っていただけで、この会社をしっかり管理していたのはこの自分ではないか。つまりこの会社を大きくするための経営らしいことをしたのはこの俺なのだ」と、自らを納得させる理屈はいくらでも心のなかに浮かんでくる。

社長の決裁がなければ譲渡禁止の株を動かすことなどできない。しかし、その社長は自分が認知症気味であることを周囲に隠そうとしていたら？　番頭にとっては、目の前に丸々と太った子羊がいたということになる。

漱石の『心』のなかに、こんな場面がある。

先生が、主人公である語り手の「私《わたくし》」に兄弟の数を訊いたうえで「みんな好い人ですか」と尋ねる。「私」は、「別に悪い人間という程のものもいないようです。大抵田舎者ですから」

先生はここに引っかかる。

「田舎者は何故悪くないんですか」

そして、

「先生は私に返事を考えさせる余裕さえ与えなかった。

『田舎者は都会のものより却て悪い位なものです。それから、君は今、君の親戚なぞの中《うち》に、是といって、悪い人間はいないようだと云いましたね。然し悪い人間という一種の人間が世の中にあると君は思っているんですか。そんな鋳型に入れたような悪人は世の中にある筈がありませんよ。平生はみんな善人なんです、少くともみんな普通の人間なんです。それが、いざという間際に、急に悪人に変るんだから恐ろしいのです。だから油断が出来ないんです』」

このやりとり後、しばらく二人で緑のなかを歩く。「私」は我慢ができず先生に尋ねる。

「さき程先生の云われた、人間は誰でもいざという間際に悪人になるんだという意味ですね。あれは何《ど》ういう意味ですか」

しかし、先生ははっきりと答えない。

「意味といって、深い意味もありません。――つまり事実なんですよ。理屈じゃないんだ」

「私」が執拗に、

「『事実で差支ありませんが、私の伺いたいのは、いざという間際という意味なんです。一体何《ど》んな場合を指すのですか』

先生は笑い出した。恰も時機の過ぎた今、もう熱心に説明する張合がないと云った風に。

『金さ君。金を見ると、どんな君子でもすぐ悪人になるのさ』

私には先生の返事があまりに平凡過ぎて詰まらなかった」（『心』）

『心』を読んだ方は、先生が田舎で叔父からどんなにひどい目に遭わされたのかを知っているだろう。父親を亡くした先生の財産を預かって、勝手に使ってしまったのだ。そのうえ先生にその娘、従妹を娶《めと》らせようとする。

いつでも、どこでも、今この瞬間にも、起きていることだと私も知っている。弁護士である私はもっと知っている。金を見たときが借金の返済に苦しんでいるときであれば、ふだんなら出てこない手が喉から出てくる。人の世は恐ろしい。人は恐ろしい。

芥川龍之介は『侏儒の言葉』のなかで言う。

「人生は地獄よりも地獄的である。地獄の与える苦しみは一定の法則を破ったことはない。……しかし人生の与える苦しみは不幸にもそれほど単純ではない。目前の飯を食おうとすれば、火の燃えることもあると同時に、又存外楽楽と食い得ることもあるのである。のみならず楽楽と食い得た後さえ、腸加太児《カタル》の起ることもあると同時に、又存外楽楽と消化し得ることもあるのである」（『芥川龍之介全集　7』ちくま文庫、

１９８９年）

世に盗人の種の尽きない理由である。どんな犯罪でも必ず処罰されるなら罪を犯すものはいないだろう。追い詰められて、必死になって我知らず敢行してしまった犯罪。犯人はその罪の意識にしばらくはおののいている。ところが、なんと誰もなにも気づかずに過ぎてしまうことがある。よくある。

そうなると、止める理由がなくなってしまう。心が麻痺してしまうという表現があるが、あれである。勝ち続けている賭け事から降りるのは難しい。完全犯罪が実行できてしまったら、それを繰り返さないことは困難極まる。１回目にはそれを決して繰り返すまい、一度限りと固く心中に誓ってみても、次の誘惑に打ちかつことは難しい。

なにも犯罪といった極端なことに限るわけではない。

たまたま或る事情で、たとえば社外役員になるのなら自社株を持ってほしいと言われて買った株が値上がりしたところで退任して売却が自由になり、たんまりとキャピタルゲインを得たとする。今度はそうした事情がなくとも株を買ってしまう人はいるのではないか。2度目も上手くいったら？　二度あることは三度あるとなる。

私が浮利を追うことを蛇蝎のごとく嫌うのは、それが怖いからである。もし上手くいってしまったら又繰り返さない自信が持てないからである。もし2回目も上手くいってしまったら？　きっと3回目もする。なぜなら、もう自分の心が腐ってきているからである。浮利は自分の心を蝕む、食い殺す。浮利が得られるならば勤労なぞバカらしくなる。自分の心、魂といえども、一度腐ってしまえば元に戻すのは難しい。

しかし、他方で、今の世の中にはリスクを取れという言葉が満ち満ちている。もちろん、その真意はリスクは取れ、しかし浮利は追うなということであろう。では、リスクと浮利とを結果以外で区分けすることはできるものなのだろうか。

そこで社外取締役が役に立つ？　つまるところ、衆議を尽くしてその結論に従う、ということなのだろうか。それは、要するに、過度なリスクは取るなということであり、それではそれまでの議論がなにが過度なのかという議論にすり替わったに過ぎない。

「完全市場の土俵では企業が資本コストを超えるキャッシュ・フローを獲得するというのは不可能な願い」（『［新解釈］コーポレートファイナンス理論』宮川壽夫著、ダイヤモンド社、２０２２年）と言われてしまっては、どうしたら良いのか。

いや、すぐ後には「企業価値の拡大は企業が資本コストを上回るキャッシュを獲得する以外に究極的には起こらない」とある。さらに、「いくつかの企業が株主価値の拡大に成功し、一方で株主価値を棄損し続ける企業が常に一定数存在する、というのが本当のところかもしれない」とある。

どうやら、やはり会社は経営者次第ということが現実の世界なのだろう。完全市場は議論のための仮定に過ぎないのだ。そこに、現実世界のどの部分を追加して分析するのかなのだ。

宮川教授はシュンペーターの破壊的創造について触れ、

「帆を張って風の向くまま走行していても向かう方向はみんな一緒で行きつくところは同じ場所だ。……自分の企業だけがエンジンを積んでみんなが向かう方向とは異なる方向に舵を切る野心と勇気がなければ企業価値の拡大はとてもむずかしい。」

と結ぶ。まことに明快である。しかし、皆の帆はあっちを向いているのに、独りエンジンをかけて別の方向に走ることには、まことに「野心と勇気」が要るだろう。

エンジンのついたボートが浮利の港に向かっているのかどうか。やはり結果論のような気がしてならない。経営だけではない。人生はすべてそうなのかもしれない。結果論というのは分析と準備の虚しさの言い換えだろう。世の中はなべてそんなものなのだろうか？

平成15（2003）年の年賀状

年頭にあたり皆々様の御健勝をお祈り申し上げます。

昨年のご報告を一、二、申し上げます。

春、ひょんなことから新聞に小説を書かせて戴くことになりました。月一回、読み切りで未だ続いています。産経です。

夏、広島に帰りました。子供と日没を眺め、センチメンタル・ジャーニーを試みました。

秋、パリを歩きました。ピカソ美術館近くのカフェーで中年のマダムに頼んで、一人クロック・ムッシュを食べました。

冬、伊藤整の『変容』を読み返しました。彼がそれを書いた昭和43年は私が高校を卒業した年で、地下鉄の東西線は未だ大手町までしか来ていなかったようです。そんな東京が確かにありました。

週日港区に住むようになって三年ほどになります。街歩きが好きな私には僥倖です。目の前に昔の薩摩屋敷があります。麻布の善福寺があります。広尾でサンドウィッチを買います。狸穴の東京アメリカンクラブへも歩いて行けます。

今年は大きな目標を抱えています。「一年待つ」といわれています。

何卒本年も宜しくお導き下さいますようお願い申し上げます。

宮島、パリ、青山と私

あの夏、平成14年、2002年の広島への「センチメンタル・ジャーニー」の夏。あの夏のことはよく覚えている。

広島市郊外の牛田というところに両親の家があったが、4人が泊まるほどの大きさではないので、別に広島の中心部にあるリーガロイヤルホテル広島に部屋をとった。家族4人で3部屋だったか。

52歳だった私は、もうそのくらいの贅沢ができるようになっていたのだろう。一つは大きなスイートだった。日没を眺めたのも、その部屋からだった。やがて広島東洋カープのナイターがすぐ下に見え、まばゆいばかりの照明灯に浮かび上がった芝生の新鮮な緑が目になんとも清々しく、とても心地のよい光景だった。よく覚えている。あのときの旅のことはなにもかも覚えている気がする。

その部屋で、義兄と子ども二人の4人で話をしていたときのことである。

「わしゃー飛行機も操縦したことがあるんで」

広島弁まる出しの義兄は少し酔っていたのか、大いに上機嫌だった。

「オートバイもやるで。ハンググライダーもでけるよのお」

その夏には、義兄のクルーザーに乗せてもらっての花火見物も予定されていた。

「わしが自分で操縦するんで。もう船の免許をとってからだいぶになっとる」

「伯父さん、なんでも乗ってるんだね」

義理の伯父の自慢話を黙って聞いていた24歳の長男が義理の伯父に話しかけると、義兄は上機嫌で答えた。

「おお、わしゃあ乗りもんが好きじゃやけえのお、なんでも乗っとるわい」

あくまで上機嫌だ。

そこで、長男はふっと、なにげない調子で尋ねた。

「伯父さん、車イスに乗ったこと、ある？」

そう問いかけた長男は、自慢話ばかりをする義理の伯父を揶揄する思いがどこかにあったのかもしれない。24歳の青年なのだ。そうだとしても不思議ではない。

飛行機の操縦ができることを天真爛漫に、いかにも誇らしげに語る義理の伯父の言の葉を聞きながら、反対に、車イスを使わなければ身をほんの少しも移動することもままならない人々の置かれた状況を思い浮かべずにおれなかったのだろう。いや、ひょっとしたら私自身がふだんの義兄との付き合いから、そのときにそのように感じたから、その思いを長男に重ねただけであって、長男にはそうした気持ちはなかったのかもしれない。

いずれにしても私は、如何にたくさんの金を費やして人生を謳歌しているかを義理の甥たち相手に誇ってみせる義兄、長男にとっての義理の伯父に対して、「伯父さん、車イスに乗ったこと、ある?」という質問をした長男のウィットに感心してしまった。

果たして、

「車イス? 車イスか。車イスは……えーと、ないな」

義兄は憮然としてそう答えた。


翌日だったか。彼のクルーザーで宮島の大鳥居のすぐ下へ行った。もちろん海上である。そこに錨をおろして船を泊め、両親、義兄、姉、そして私の家族4人の合計8人で宮島の花火を鑑賞したのだった。いや甥二人もいて10人だったかもしれない。

広島で自営業を営んでいる義兄はそのころ景気が良かったのだろう。ある意味で大いに男気のある、気のいい人物でもあった。

海の上だからこそ可能になる、正に花火の真下からの見物だった。得難い経験をさせてもらった。ふつう花火は離れて遠くから眺める。それが真下から眺めると、花火の光というものが実は丸い玉なのだとよくわかる。

火薬が爆発して花火になるのだから、爆発点から等距離に拡がるというのは当たり前といえば当たり前であろう。ふだん夜空高く上がる花火を遠くから眺めても二次元にしか見えない。紙に描いた花火と同じである。球形の花火を見ると、なるほどどの方向から見ても花火が丸く見える理由がわかったような気がした。

さて、花火も十分堪能したし、出発しようということになったところで、船のロープがスクリューに絡まってしまっていて動かない。身体を動かすことを少しもいとわない義兄は、もう60歳近かったのだが下着の白いブリーフ一枚の姿になって海に飛び込み、何度も潜っては片手に持ったナイフでロープを切り割こうと悪戦苦闘し始めた。

　ところが、ロープは思いのほか固く、しかも強く絡みついているようで、スクリューの位置が船の下にあるために、ナイフ片手に海に潜ってスクリューに寄って作業をしている義兄の身体は、波が上下する度に水の動きそのままに身体全体が垂直、つまり頭を上に足を下にした格好で浮いたり沈んだりする。だから、波の上下がある度に船の底の一部に義兄の頭が激突してしまう。身体全体が水のなかに浸かった形だから、衝撃は相当のものがあったに違いない。

　ふつう人間はそういう姿勢で海に身体を沈めた姿勢をとらない。いわんや、そのまま縦に浮き沈みして頭を海面近くの硬い物質にぶつけることはない。波止場にいればロマンチックなさざ波程度の揺れでしかない海面の上下が、縦に、魚釣りのウキのように浮かんだ人間にとってどれほどの強い衝撃となりうることか。今でも、彼の頭が船底の周辺部にぶつかったゴツンゴツンという鈍い音が聞こえるようである。痛かったことであろう。それはそうである。

　ましてや義兄の頭髪はもう年齢相応に薄くなってもいたのだ。潜っては、ロープにナイフを突き立て、息継ぎに船の外周部近くに浮き上がる。また潜る。船底に頭を打ちつける。なんどもなんどもそれを繰り返し、やっとロープを切り取った義兄の苦労はいかばかりだったか。

彼はもう今は亡い。

なにはともあれ、義兄が我が身をかえりみることなく獅子奮迅の活躍をしてくれたおかげで船はまもなく動き始めた。文字どおりパンツ一丁で大活躍をした義兄は、ロープを切るのに使ったナイフを片手に握って甲板に上がり、身体の海水を拭き、服を身に着け、再び自慢の操縦にとりかかった。後は順調な航海だった。


パリの「ピカソ美術館」については、以前に書いたことがある。

改めて、独りクロック・ムッシュを食べていた自分を思い出して、そういえば隣に男性の二人連れが並んで座っていて、白ワインを美味しそうに味わっていた。あれは、LGBTQの二人連れだったのかもしれない、と今にして思い返してみる。

カフェーの風景の一部であるかのように、とても仲良しの二人連れだった。せかせかと食べ終わった日本人の中年男とは対照的に、二人でいることのできる人生を心から愉しんでいるように見えた。

「中年のマダム」と書いている。そうなのだ、パリの女性となるとどういうわけか中年がしっくりとくる。女性について中年であること、そう見えることを評価するのはフランスだけの文化ではないかと思ってみたりもする。太っても痩せてもいなかった。彼女とは英語で話したのだろう。あるいは片言のフランス語だったか。

大学生だったときのこと、友人に誘われてヨーロッパ3週間というパッケージツアーに参加したことがあった。東大の生協で申し込んだのだった。未だ外国旅行が一般的ではなかったころだ。夏の旅行から帰ったらその友人は司法試験に合格していて私は落ちていたから、23歳のときのことだったろう。

シャルトルにある教会を観に行こうと駅で切符を買おうとして、「シャルトル」と精一杯フランス語らしく喉彦を震わせる発音をして駅員に説明する。わかってくれない。何回も同じやりとりが続いた。しまいに駅員が「シャトーに行きたいってことはわかったよ。だから、どこのシャトーに行きたいんだと訊いているんだ」と言われたときにはショックだった。しかたがない。思いっきり日本語の発音で「しゃるとる」と発音すると、「オー、シャルトル」と答えてくれた。情けない思い出だ。

「地下鉄の東西線」といえば、司法修習生だったときに浦安駅近くに住んでいたことがある。住所は市川市だった。広々とした角部屋のうえ最上階の3LDKで、国際関係の弁護士になることを決めていた私は、就職予定の法律事務所のある大手町への便の良い浦安のマンションから通おうと、修習生の間に借りたのだ。セイタカアワダチソウがたくさん生えた荒地のなかにあった。

ところが私は検事になることに決めた。日当たりの良い、自分の書斎兼寝室で考えこんだのを覚えている。どうして国際的な仕事をする弁護士になるつもりで張り切っていたのに検事になったのか。

「検事には将校と兵隊があるんだよ。君はもちろん将校だよ」という、検察教官の言葉が決め手だったろうか。私自身が国家権力というものへの好奇心を持っていたからだったろうか。

採用を決めてくれていた法律事務所に進路変更を告げてお詫びに行った。何度も行った。そのたびに私に目をかけてくれていた十数歳年上のパートナーの弁護士だった方が、向かいの丸ノ内ホテルの地下にあるバーに連れて行ってくれ、ホワイトホースという名のスコッチウイスキーを飲みながら「君はやっぱり弁護士になれよ」と説得を繰り返した。未だホワイトホースが高級スコッチウイスキーだった時代である。瓶の頭に無数のホワイトホースの小さなフィギュアがかかっていて、彼がそのバーに通っている長さと頻度を示していた。歌舞伎座近くの中華料理屋で豚の耳を食べさせてくれたこともあった。

検事になった私は1年後に同じことを繰り返すことになる。検事を辞めて弁護士になりたいと申し出たのだ。その年の新任検事から大量の退職希望者が出たことに危機感を抱いたのか、上司から「どこへでも好きなところへ転勤させるから、とにかく今年はダメだ」と言われた。それで私は両親の住んでいる広島への転勤を希望し、その地で退官した。そのときには誰も引き留めなかったどころか、「よく決心したな。検事は転勤、転勤の人生だからな」と励ましてくれた中年の検事さんもいた。

さらに、弁護士になって6年後、また同じことをした。今度は、或る弁護士に一緒に事務所をやろうと強く誘われたのだ。依頼者を獲得するのが魔法使いのようにうまいという評判の、金満家の弁護士だった。それで私は、雇われ弁護士から独立した弁護士になった。丸の内にあるＡＩＵビルから南青山の青山ツインタワーに引っ越した。若い女性秘書のなかには、青山で働けるなんて羨ましいと言ってくれた方もあった。

私の放浪癖は未だ終わらない。

２年７か月後、私はその弁護士と別れて別個の事務所を営むことに決めたのだ。若い弁護士たちがその金持ちの弁護士が弁護士としてあるまじき行為をしている気がすると言い出し、別の事務所をつくってほしい、そこでやりたいと私に強く迫ったことが大きな理由だった。

あのときは苦労した。１９８７年。バブルの頂点近くで、ビルの空室が払底していたのだ。何人もの弁護士とスタッフが私とともに移るに足るスペースを確保しなくてはならなかった。出入りしていた都市銀行の若い青年が、青山の同じこのビルのなかに空いているスペースがあると教えてくれ、その情報をもとに強いコネのあったビル会社の首脳に強引に頼み込んだ。コネがあったのは私の父親である。

一番の難題は、ビル会社の別の首脳が、別々の事務所になった後にも同じビルのなかにいるということになるから、元の共同して事務所をやっていた弁護士の承諾を取ってほしいという条件を付けたことだった。そんな時代だった。その巨大なビル会社は、それほどに長い間のテナントを大切にする文化を維持していたのだ。

もちろん、相手の弁護士は承諾しない。間に挟まったのは、ビル会社の管理事務所の方だった。何度もその相手の弁護士の事務所に日参しては、ひたすら拝み倒すように頼むことを繰り返してくれた。それで私はめでたく22階から14階に移転することができたのだった。75坪の出発だった。

今は10倍をはるかに超えるスペースを使っている。現在の山王パークタワーも同じ大家さんである。青山のビルで拡張を重ね、さらに拡張を望む私に「いっそ山王パークタワーに移転したら如何ですか？」と親切にも勧めてくれたのだ。私はそのビル会社に大変な恩義を感じ続けている。

巨大な不動産会社で、株式会社という上場した法人なのに恩義はおかしい？

違う。どんな巨大組織でも、個人が支えているのだ。私はそう思っている。私にそう教えてくれたのもその巨大不動産会社の担当の一人一人の個人なのだ。あの人、あの方のそれぞれに私は今でも深く感謝している。

広島へのセンチメンタル・ジャーニーと青年弁護士のボルネオ島への旅のことなど

「一年待つ」と言ったのは石原慎太郎さんだ。私に芥川賞を取らせたい、だから、150枚の小説を書くのを「一年待つ」、と言ってくれたのだ。私は舞い上がる思いだった。その間のことについては、石原さんについての私的思い出として、『我が師　石原慎太郎』（2023年）という本に書いた。幻冬舎から出版された本だ。

「本が出版されるまでは、作家が主題から最終的に解放されることはない」とサマセット・モームは言っている（『サミング・アップ』行方昭夫訳、岩波文庫、2007年）。

さらに「作品が世に問われて初めて、たとえ読者に歓迎されなかったとしても、著者は自分を苦しめていた重荷から解放されるもの」だとも彼は書いている。どうして「たとえ読者に歓迎されなかったとしても」と挿入したのか不思議だが、たぶん、彼の名作『人間の絆』が世に問われたのが「第一次世界大戦の最中《さなか》であって、誰もが自分の苦しみに追われていたから、小説の主人公の体験などに注意を払う余裕がなかった」（同書）と弁解するためなのだろう。

出版が必要な手順であるのは、過去を自分流に回想して捉え直した文章が、いま目の前に本という客観的な物質として存在しているという動かしようのない事実が、著者自身に、自分の頭のなかから勝手にひねり出したに過ぎない文章が、もはや動かすことのできない実在として世の中に存在していると納得させ諦めさせるための仕掛けだということなのだろう。

出版されなければならないのは、手元の原稿である間はいかようにでも書き換えることができるから、それは未だ決して客観的な存在にはなっていない、ということを経験的によくわかっているからに違いない。本として世間に出れば、店頭に並べば、もう自分の手を離れてしまっている。自分の頭のなかにあっただけの回想が、歴史的事実として存在するに至ってしまって、もう自分でも自由にはできない物と化していると感じられるということなのだ。

伊藤整の『変容』を読み返したのは、石原さんとその小説の話をしたからだった。

私は伊藤整の小説、殊に『変容』は昔から好きだった。伊藤整との縁は『氾濫』という、彼の晩年の三部作の最初の長編が映画になったものをテレビで観て以来で、それが大学生のときのことだった。映画そのものは1959年のものである。

三部作の最後が『変容』なのだが、それを私は愛読していた。60歳の画家の恋愛を通じての一種の老人論である。

しかし、実は最近になってから、私は真ん中の『発掘』がもっとも気になっている。伊藤整が加筆修正を望みながらもかなわなかった長編である。癌のためにやりとげることができなかったのである。死後に単行本として出版されている。しかし、作者にとっては未完なのである。

この『発掘』に書かれている伊藤整の自画像が気になってならない。一応の世間的成功を遂げた主人公、自らの分身について、「自分が『贋もの』だという意識に取りつかれている」と描いている。伊藤整は世間的に大成功した自分への評価として、「贋もの」という言葉を選んだのである。私は、私なりに彼のその気持ちがとてもよくわかる気がしているのだ。いや、間違いなく、世間の多くの人々にとっての苦い真実ではないかとすら感じている。

たとえば、鷗外も『妄想』のなかで、「生れてから今日まで、自分は何をしているか。始終何物かに策《むち》うたれ駆られているように学問ということに齷齪《あくせく》している。これは自分に或る働きが出来るように、自分を為上《しあ》げるのだと思っている。其目的は幾分か達せられるかも知れない。併し自分のしている事は、役者が舞台へ出て或る役を勤めているに過ぎないように感ぜられる。その勤めている役の背後《うしろ》に、別に何物かが存在していなくてはならないように感ぜられる。策うたれ駆られてばかりいる為めに、その何物かが醒覚する暇がないように感ぜられる。勉強する子供から、勉強する学校生徒、勉強する官吏、勉強する留学生というのが、皆その役である。赤く黒く塗られている顔をいつか洗って、一寸舞台から降りて、静かに自分というものを考えて見たい、……背後にある或る物が真の生ではあるまいかと思われる。併しその或る物は目を醒まそう醒まそうと思いながら、又してはうとうとして眠ってしまう」と書いている。

どうやら誰もが、人によって程度の差はあっても、「真の生」は、現実に目の前にあり自分を取り囲んでいる、自分なりにつかみ取り発展させた人生でなく、信じられないほど素晴らしいなにかがどこかにあるはずだと感じながら生きているもののようだ。したがって、他人には洩らさないにしても、大なり小なり自分は贋ものだと感じながら生きているのだろう。

いずれにしても、誰もが確実に死ぬ。太陽のように生きた石原さんも亡くなった。トルストイの書いた小説『イワン・イリッチの死』の主人公である官吏のイワン・イリッチも、生き、悩み、死んだ。誰もが死ぬに決まっている人生を生き、あげくに死ぬのだ。赤く黒く塗られている顔のまま死ぬことになる。

それにしても、「彼がそれ（『変容』）を書いた昭和43年」は1968年であって、55年も前のことである。「そんな東京」とは、たとえば本郷三丁目から都電に乗って丸善のある八重洲まで乗り換えなしで行くことのできた東京である。それは芥川龍之介が『或阿呆の一生』のなかで書いているとおり、西洋風の梯子に登ったまま、店員や客を見下ろして「人生は一行のボオドレエルにも若かない」とつぶやいた丸善のあった東京から数えて、たった41年後の東京に過ぎない。芥川がそう傲然と言い放ってから、もっともっとたくさんの時間が経ってしまっているのである。

「ひょんなことから新聞に小説を書かせて戴くことになりました」というのは、産経新聞の宝田茂樹記者のおかげだということも『我が師　石原慎太郎』（幻冬舎、2023年）に書いた。それが石原さんの目に留まった結果の芥川賞の話だったことについてもそこに書いた。

「秋、パリを歩きました」とある。外国の都市で一番訪ねた回数が多いのは、ニューヨークだろうかロサンゼルスだろうか。それともロンドン、シンガポール、あるいはパリということになるのか。ほとんどが仕事での訪問である。私の師匠であるラビノウィッツ弁護士は「自分は世界中どこへでも行く、それが仕事である限りは」と言っていた。見習ったというわけではないのだが、仕事以外で海外に行くにはあまりに仕事で行くことが多過ぎたのだろう。

シンガポールには、検事を辞めてアンダーソン・毛利・ラビノウィッツ法律事務所の弁護士になって数か月後の夏に行ったのが初めてだった。1979年のことである。それから何回行ったことか。一度を除いて、すべて三井物産を訴えた中国系マレーシア人である実業家の事件のためだった。

東京地方裁判所に係属した事件で、彼の代理人になったのだ。訴状を提出したのでシンガポールのメディアを呼んで広報したいと依頼者が言い、そのシンガポールにあるビジネス拠点に出かけたのだった。私は未だ29歳だった。学生時代に使って以来もう期限切れになっていたパスポートを取るために事務所のパラリーガルだった藤富嬢が大活躍してくれたことも覚えている。

もちろんメインの弁護士はパートナーだった中元紘一郎弁護士である。しかし、彼もまだ40歳前後でしかなかった。それにアメリカ人の若い女性弁護士が一緒だった。

この仕事を始めたときにこんなことがあった。

依頼者はマレーシアのサラワク州の木材伐採権を有する会社の全株を持ったオーナーで、その有していた株の半分を三井物産に売るという契約をめぐる紛争だった。私の前に担当していた若い物部弁護士がアメリカに留学するので、訴状を出す前に私が引き継いだのだ。

「これ読んでくれたら、だいたいなんのことかわかるから」

と彼は、いとも気軽に厚さ3センチほどの書類を手渡してくれた。すべて英語の文書だった。

「ほかにも関係した書類がファイル何冊か分あるけど、一緒に担当しているグレッチェンに聞けばよく知っているから大丈夫だよ」

とのことだった。グレッチェンというのはアメリカの弁護士で日本では弁護士としての資格はなく、ラビノウィッツの下で英語の法律事務の処理を手伝っている女性の名だった。グレッチェンはファーストネームで姓はステッドリーといった。とてもふっくらした、私と同年配の女性で、夫は日本の囲碁のプロということだった。その後もたくさんの仕事を彼女とはやる機会があったが、とても頭の良い、素晴らしい方だった。彼女とは英語での法律事務の議論をずいぶん愉しんだものだった。

その「ほかにも関係した書類がファイル何冊」という書類の頁を、私の目の前で指を舐めながら次々と繰り、「I see.」とつぶやきつつ、隣に座った私に英語で中身を説明してくれた。そういえばリングファイルという便利なものの存在を知ったのもその時のことだった。今ではもう流行らないだろうが、書類の束を綴じる二つの金属の丸い輪があり、その輪を上下方向にある同じ金属のS字形のレバーを動かすことで開閉することができるという優れモノだった。

物部弁護士から英文書類を渡された私はそれを読み解き、訴状をドラフトした。正確にいうと、私とグレッチェン弁護士が英語で議論しグレッチェン弁護士が英語で訴状案を作る。その案を私が翻訳を兼ねて検討し日本語の最終案にして、担当パートナーである中元紘一郎弁護士に見てもらうのだ。

請求金額は20億円だった。

私は自分で裁判所へ出かけて訴状を受け付けてもらった。たくさんの印紙を貼らなくてはならなかった。印紙だけで1000万円くらいだった記憶だ。10万円が印紙一枚の最大金額だった。大量の印紙を貼った訴状を書記官がコロコロと回転する金属のハンコで印紙にインクを付けて消印しながら、「おやおや、こんなに大量の印紙を貼った訴状は初めてだな」と軽妙に言って受け付けてくれたのを覚えている。

こんなこともあった。

三井物産の常務だった方の証人喚問を申請したときのことである。三井物産はまさに全力を挙げてという表現にふさわしい、断固たる決意をもって強硬に反対し、論陣を張った。結局、裁判所は認めなかった。これも時代である。今はすっかり変わっている。もし尋問が実現していたら？　結果は違ったろうと私は上司のパートナーと話しあったものである。ずいぶん頑張った。台湾にも行った。三井物産の旧首脳の関係者がいたのだ。

この事件は、契約締結上の過失の事件として『昭和60年度重要判例解説』という名の有斐閣の『ジュリスト』の臨時増刊号として出ている。大学の先生からのお問い合わせも何度もいただいた。裁判には勝ったのである。しかし、契約違反ではなく不法行為として判断されてしまったのである。

裁判後、依頼者の好意でマレーシアのサラワク州にあるクチンという名の街に招待された。クチンとは猫という意味だそうである。彼が総督から譲り受けたという大きな船に乗って、彼の持っている島に出かけたりもした。

その旅の途中で聞いたのが、御巣鷹山での日本航空の事故だった。私はそのときカリマンタン島、旧称ボルネオ島のサラワク州にいたのである。35歳になっていた。

平成19(2007)年の年賀状

新年おめでとうございます。

久方振りに賀状を差し上げます。

その間に何があったのか。目の前の仕事を片付けることに追われていると一年が経っています。私の時間は一週間を単位に、それがあたかも一日であるかのように慌しく過ぎ去ってゆくようです。

四月。通りがかりの靖國神社前、桜の花びらが地吹雪のように道路を舐めて走るのを眺めていました。

八月。首都高を走っていると鳴る携帯。電話を返して改めて始まる休みのない夏の時。

夏がいつ来たとも行ったとも知らない、短過ぎる夏の煌めきでした。

一年。仕事に明け、暮れる年。問題は仕事とは何かでしょう。それは自ら定義するものだと私は強く思っているのです。

（1月8日22時からWOWOWで私の小説『MBO マネジメント・バイアウト』がドラマになります。よろしければご覧ください）

『我が師　石原慎太郎』、日米半導体戦争、そして失われた30年

『我が師　石原慎太郎』（幻冬舎、２０２３年）を書いて、恩師である平川祐弘先生にお贈りしたら、

「牛島信は、このすらすらと綴った私語りで、ついに日本文壇史の中に名を連ねることとなりました」

というお言葉をいただいた。

平川先生は、「私はかねがね文学部出身の文学者は幅が狭くてつまらない。法学部や理学部出身者の方が面白い、とひそかに思って居ましたが」という前置きしたうえで、このように誉めてくださったのである。私が天にも昇るほどに嬉しくないはずがあろうか。

「文壇史に名が残る」という言葉に、私は伊藤整の『日本文壇史』という本を思い出した。文壇には広狭二義があるという。なぜ平川先生が文学史ではなく文壇史という言葉を使われたのかは、私にはわからない。

石原慎太郎という偉大な作家がいて、その関係者の一人の書いた石原慎太郎との私的時間の話、という意味で、文学史ではなく文壇史と言われたのだろうなと理解した。そこには、石原慎太郎という、ただの文学者を超える人物についての平川先生の高い評価がある

が故に、石原慎太郎との時間について書いた私の本にも一定の価値があるということのように思われた。

現在の私自身は、日本の文壇なるものにはまったく関心がない。存在しているのかどうかもわからない。以前、石原千秋さんが産経新聞に「文芸時評」というコラムを連載していらしたころ、石原千秋さんの率直なもの言いに惹かれ、毎回を愉しみに、面白く拝読した。狭い、お互いを知り合っている、書かれたものの背後にある書かれていない細かいニュアンスまでも暗黙に了解し合ってコミュニケートしている微小な世界があり、そうした世界の住民がどうやら未だ存在しているらしいということを想像させたからである。

石原千秋さんの評は小気味よい。

たとえば、平成30年（２０１８年）３月25日にはこうある。


「古市憲寿『彼は本当に優しい』（文學界）のラストは、『車窓から東京湾に目を向けると、鋼のように分厚い雲が海上に広がっていて、今にも雨が降りだしそうだった』といかにも小説家風。はいよくできました。高校生の文芸雑誌レベルである」

その直後には、

「先月の壇蜜『タクミハラハラ』は中学校の文芸雑誌レベルだった。文学界は何をやっているのだろう」

と遠慮会釈なく切り捨てる。

私は、毎日弁護士として大人の世界を生きている。私の仕事は国際的な場にまたがっているから、「大人の世界」と言うことができると思っている。甘えは通じない。江藤淳が言ったとおり、「国際的であるとはよそ行きでいるということ」だからである。アメリカの判決はアメリカで勝手に下され、日本で半ば自動的に執行されてしまう。大人として世を渡らなければ破綻するのみであろう。また、アメリカであれどこであれ、その資金は株式市場に投じられれば日本の上場した会社の支配権に及ぶ。

現在の私の関心は、弁護士としての内外の依頼者のための仕事にあり、事務所の経営にある。また、個人としては日本の失われた30年の原因とその復活への道、未来の姿にある。それは、当然のように戦後の日本への知識欲につながり、アメリカとの戦争を始めた日本についての興味につながる。アメリカとの戦争についての関心は、一方で2・26事件への興味、殊に安藤輝三大尉の思いへの関心を掻き立て、他方で中国との戦争にいたった明治維新以降の日本の持っていた別の可能性につながる。

そうした関心は、すべて未来を占うためにある。占う方法は、たとえばロシアに武力攻撃を受けているウクライナと祖国日本を比べることである。

失われた30年はまた、プラザ合意とはなんであったのかについての私なりの解明へ向かわせる。なかでも日米半導体協定についてもっと知りたいという熱意がふつふつと湧き出る。

牧本次生さんの『日本半導体 復権への道』（ちくま新書、２０２１年）に出合った私は、自分の理解してきたプラザ合意、その後の決定的な日米関係の経緯について、牧本さんに「これは一種のトラウマとなって長く尾を引いたように思う」と改めて教えていただいた。

これ、とは、右の引用の直前にある「突然の３０１条の発令とトップ会談の決裂とは、日本政府と民間企業に対して米国の怒りの大きさを強く知らしめ、日本はすっかり萎縮してしまったのだ」とある部分を指す。トップ会談とは、通商法３０１条に基づき日本を制裁するとアメリカが発表した直後、１９８７年４月に中曽根首相が急遽渡米して臨んだレーガン大統領との会談のことである。それが決裂したのである。

「長く尾を引いた」とあるのがなんとも牧本さんの思いを鮮烈に伝える。そうしたトラウマの状態で日本は日米構造協議をしなければならなかっただけではない。その後の、今に連なる日々を生き続けているのである。

牧本さんの本を読み始める前から私は、クリス・ミラーの『半導体戦争』（千葉敏生訳、ダイヤモンド社、２０２３年）を読んでいたのだが、牧本さんの本を読み始めて中断した。

そもそも、私がこの二つの本に出合ったのは、令和５年３月12日の産経新聞に載っていた「産経書評」欄で、寺田理恵さんが取り上げて論評していたことに強く興味を惹かれてであった。寺田さんは『半導体戦争』を大きく取り上げ、その次に牧本さんの『日本半導体 復権への道』に触れていたのだ。

寺田さんは、

「80年代になると日本が（初期半導体製品を：筆者注）家電製品に使って世界市場を制覇した。だが、日米半導体協定と米国による対日制裁をきっかけに日本のシェアが急落。90年代に電子産業の主役が家電からパソコンに移ったが、日本はデジタル革命の潮流に乗れなかったと指摘する」

と牧本氏の本を紹介する。

私が牧本さんの本をいかに夢中になって読み進めていたのかは、その本を読み進めながら泊りがけの出張に出る機会があり、それならば出張先での孤独な夜にこの本を読み進めることができると愉しみにしていたのに、なんとその本を持っていくことを忘れた一件が示している。本を持ってくることを忘れてしまったことに気づいた私は、その街の本屋に飛び込み、ちくま新書のなかから『日本半導体 復権への道』を探し出し、勇躍買い求めて、その夜のうちに読み切ってしまったのだ。私は自分でその新しい本を下巻と名付け、以前の本を上巻と名付けた。それぞれに読む過程でマークが施されているから、一冊では不完全なのである。お話しする機会のあった牧本さんにもそう申し上げた。

牧本さんの本を読み終わり、私は直ちに『半導体戦争』に取って返し、これも夢中になって読み切ってしまった。第20章は「パックス・ニッポニカ」と題されている。

そこにはソニーの盛田昭夫が「ニューヨークにいるときは必ず、メトロポリタン美術館の真向かいにある5番街82丁目のアパートに、市《まち》の富豪や有名人たちを招いた」と記載されている。また盛田が、「アメリカが弁護士の養成に励んでいるあいだ、日本は技術者の養成に精を出していた」と説いた、とあり、さらに盛田は、「今こそ、アメリカの友人たちにはっきりと伝えるべきときだった。日本式のやり方の方が単純に優れているのだ、と」と、出典を盛田の『MADE IN JAPAN』として、「日本の経営者陣が『長期的』にものを考えるのに対して、アメリカの経営幹部たちは、『今年の利益』にこだわり過ぎた」とも振り返る。それは、1989年の盛田と石原慎太郎の共著『「NO」と言える日本新日米関係の方策《カード》』（光文社、1989年）につながる。

しかし、第28章は「日本経済の奇跡が止まる」と題されている。

そこでソニーの盛田はこんな風に描かれる。


「ジャパン・アズ・ナンバーワンの体現者だった彼にとって、この言葉を信じるのはたやすかった。ソニーのウォークマンをはじめとする消費者家電を追い風に、日本は繁栄を遂げ、盛田は財を築いた」

「ところが、1990年に危機が襲いかかる。日本の金融市場が崩壊したのだ。（中略）一方、アメリカはビジネスの面でも戦争の面でも復活を遂げる。わずか数年間で、『ジャパン・アズ・ナンバーワン』はもはや的外れな言葉に思えてきた。日本の不調の原因として取り上げられたのが、かつて日本の産業力の模範として持ち上げられていた産業だった。そう、半導体産業である」

クリス・ミラーが述べる日本の半導体産業の崩壊は、牧本氏の本を読んでいた私には地政学的な歴史分析が足りないように思われる。

日米の力関係のことである。彼は、日本の半導体産業は「政府が後押しする過剰投資という名の持続不能な土台の上に成り立っていたのだ」と結論づけ、日本の経営者の怠慢を非難する。そして、「アメリカの非情な資本市場は、1980年代にはメリットと思えなかったが、裏を返せば、融資を失うリスクこそがアメリカ企業を用心させたともいえる」。

そんな単純な話だろうか。そこにはレーガン・中曽根会談の決裂は登場しない。要するに政府の不当な保護のもとにあった日本の半導体産業が、バブルの崩壊で当然のようにつっかい棒を失ったというだけのことである。野放図に膨らみ、高転びに転んだ、ということだけである。

アメリカ政府がなにをしたのか、日本のトラウマとして長く尾を引いた背後に決定的なものがあったのではないか。アメリカ人である著者には、日米半導体協定とその後は重要なものとして目に入らないのかもしれない。

盛田が1993年に脳卒中に倒れ、健康に深刻な問題を抱え、公の場から姿を消し、「余生の大半をハワイで過ごした末」、1999年に息を引き取ったという記載は、正に「パックス・ニッポニカ」の破綻の象徴として記載されている。

私の読書は、もちろん仕事の合間でしかあり得ないから、巻を措く能わずということは少ない。たびたび措かざるを得ないのである。それでも、この本は巻を措いてもまたすぐに取り上げずにはおられないという意味で、まことに面白かった。

私は、牧本さんの本により、やはり失われた30年の源はプラザ合意、そして日米半導体協定、さらには1945年の敗戦にあるなと思い定めた。

考えてみれば、私が北越製紙と王子製紙の買収戦に関わったのも、失われた30年の一コマである。友人の記者の言ったことは、その30年が長引くという警告だったということだろう。

現に、今の私は敵対的買収を同意なき買収と言い換えようという経産省の方針に同調している。最近の海外ファンドによる創業ファミリーの追い出し事件は、私のコーポレートガバナンス論に沿っていると考えている。

私は、2022年の9月に私が出した『日本の生き残る道』(幻冬舎)について、畏友の元財務次官の丹呉泰健《やすたけ》氏のくれた感想、「君の云うとおりだ。日本復活のためには①政治に頼ってはダメ、②コーポレートガバナンスしかない、③場合によっては海外の力を借りなくてはならない」という考えにピッタリと一致した動きをしている。もちろん、日本は復活できると信じているからである。この日本を子ども、孫の世代に遺すに足る国にするのは、我々団塊の世代の責任だと思い詰めているからでもある。

それは「仕事」だろうか?

それこそ仕事だろう。この年の年賀状に記したとおりの、「自ら定義する」ところの仕事であるに違いない。

と言いながらも、いや少し待て、という声が心のなかに聞こえる。都合が良過ぎる気がするのである。自分でやりたいことをやりたいようにしているだけではないか、それを「仕事」などと呼んでいいのか、という声である。

弁解したくなる。

少なくとも、私は金を求めてこの仕事に携わろうとしているのではない。私利私欲はない。

ところで、ジャパンフォワードというネット発信媒体をご存じだろうか。

フジサンケイグループが主催し、日本発の対外情報を目指して2017年に発足し、つい最近6周年を祝ったばかりである。中心人物は、太田英昭元フジ・メディア・ホールディングス社長である。私とはアフラック生命保険の創業者である大竹美喜氏を中心とした勉強会でともに学ぶ仲である。

日本の外国向け情報といえばＮＨＫ、朝日新聞、そして共同通信といった感があったところへ、なんと発足間もないジャパンフォワードが急速な発展を遂げ、今ではＮＨＫに次ぐ注目を浴びているのだという。

その祝賀の式で、私は乾杯の音頭をさせていただく栄誉を頂戴した。小池東京都知事、齋藤健元法務大臣など著名の方々のご列席の場でのことである。

なぜ私が、と不思議の感があったが、どうやら理由は、ジャパンフォワードに連載していただいている『少数株主』という私の小説の英訳が、常に上位にランクインしている事実かららしい。ジャパンフォワードの中心人物の一人である古森義久さんに教えられ、我ながら少し驚いた。

『少数株主』は２０１７年に幻冬舎から出したビジネスロー・ノベルである。日本における非上場の株式会社の少数株主の置かれたあまりに劣悪な地位を世の中に紹介すべく、憤慨とともに世に出した小説である。題名は幻冬舎の見城徹社長がつけてくださった。大いに売れ、今でも幻冬舎文庫（２０１８年）の一冊として版を重ねている。

発刊をきっかけにたくさんの少数株主の方々のために裁判所で活動し、今では日本の裁判実務に相当の影響を与えるところまで来ていると自負している。担当の弁護士たちが情熱を傾けて勤しんでいることと、法的な助言を惜しまれない久保田安彦慶應義塾大学教授の力とが「山を動かす」ことを可能にしたのだと感謝している。

そのようなことが我が人生に起きるとは、という感慨がある。弁護士になって44年、法律事務所を主宰するようになって38年、そのすべての日々がここにつながっていると感じる。

具体的には、1988年に依頼を受けた中規模の輸入商社の乗っ取り事件がきっかけだった。ドイツからの工作機械の輸入専門商社だったのだが、もちろん非上場で、渋谷区神宮前4丁目の数百坪の土地の上に本社社屋があった。その会社の創業者が認知症を患い始め、二代目を継いでいた社長が営業に忙しいことを良いことに、創業者の番頭とも称すべき立場の人間が密かに株を買い集めていたのである。

非上場のさほどの規模でもない、内輪だけの株主の会社だったから、いつも形式的な手続きの取締役会と株主総会で済ませていた。ところが、1988年の株主総会でその番頭格のW氏が、「私がこの会社の株の過半数を有している」とテーブルを人差し指と中指の2本で強く叩いて音響を上げて出席者を驚かせ、あっという間の決議で社長以下を追い出してしまったのである。会社の持っている本社土地に目を付けてのことである。時はバブル真っ最中であった。

私への依頼は、社長の山崎氏の義弟である別の依頼者の紹介だった。

早速裁判を起こし、代表取締役と取締役の職務執行の代行者の選任の仮処分を裁判所から得て、本格的な法廷闘争が始まった。規模こそ違え、城山三郎の書いた『乗取り』そのままの紛争である。

最終的には職務代行者であった弁護士3名の方々の努力のおかげで、依頼者にとって、一方で会社を取り戻すことはできないという意味でまことに残念な結果とみえる和解となった。しかし、金銭的にみれば、まことに有利な和解ということもできる結果であった。深夜、銀行の支店の会議室で何億という現金を数えるということがあって、決済もつつがなく終了した。

後日談がある。その事件に関連した裁判で、問題となった土地の価格が話題となったのである。バブルのピークでの事件であったが、坪8000万とも1億とも言われていた問題の土地が、数年後のバブル終焉後には10分の1の値段にもならないと聞いた。会社を取り戻すには、和解で100億の金を借りてくる必要があった。それが可能なご時勢だった。

もしそうした和解になっていたら？　依頼者は破産したことであろう。当座は不満ではあっても、結果的には幸運な和解であったのだと、依頼者ともども、しみじみと思ったことではあった。

三回の欠礼、M&Aとコーポレートガバナンス、そして人生と仕事

この年の賀状には、なぜ「久方振りに賀状を差し上げます」と書かねばならなかったのか。

たしかに、平成16年、17年、18年の三回、賀状を出していない。平成16（2004）年の欠礼については、その理由を忘れることなどあり得ない。もう一回、平成17（2005）年は前年に母が亡くなったが故の欠礼だった。しかし、もう一つは？　平成18（2005）年の欠礼はなぜ？

実は、平成18年、2006年の賀状と思われる原稿は、最終稿の形で手元に残っている。前年の年末、翌年の年頭のために賀状が準備万端整った後になって、いったいなにが起きたのか。

あのとき、目の前、私の事務所のデスクの上には大量の印刷済みの賀状が積まれていた。その光景をよく覚えている。それにもかかわらず、敢えて「出さない」と年末ぎりぎりに、誰もいなくなってしまった事務所の自分の部屋で独りで決心し、その印刷済みの年賀状を放擲したのだ。

平成19年のものと同じく、「久方振りに賀状を差し上げます」と文案は始まっている。

その以前2年間を指していることは間違いない。目の前の仕事を片付けることに追われていると一年が経っています。「その間に何があったのか。目の前の仕事を片付けることに追われていると一年が経っていいます。私の時間は一週間を単位に、それがあたかも一日であるかのように慌しく過ぎ去ってゆくようです」というのは、翌年の年賀状、実際に出したものと瓜二つ、まったく一字一句違わない。

なにがあったのだったか？

私にとって、年賀状を皆さんのお手元にお届けする、それも正月元旦に間に合うようにお届けすることはとても大事な、長い間の暮らしの一部であり続けた。長い間、そうだった。

初めて購入した自宅、公団のテラスハウスを買った昭和56（1981）年の年末、毛筆で宛て先と相手の氏名を書くという年賀状書きに追われたのを覚えている。あの回、やっと何千枚かの年賀状を書き終えたときには、もう正月に入っていた。ただ毛筆で書くという作業に執着したばかりに、中身のない「謹賀新年」だけの賀状を出したのだった。

それでも、「墨痕鮮やかな年賀状をありがとう」と返してくれた友人がいた。「孵《かえ》らなかった芸術家の卵の思い出」の主人公、元抽象彫刻家、当時ハンコ屋の専務だった高校時代の友人、入江克明君だった。その返事がありがたく、妙に記憶の底に残っている。

ところが不思議なことに、平成18年の賀状を出さない結論に踏み切った原因を思い出すことができない。記憶が欠落している。書いてある文面のどこかがどうにも気に入らなくて止めたのだったと推測してみるのだが、どうもはっきりしないのだ。

文案には「二月。広島に帰りました」ともある。なぜ帰郷したのか、今ではもうその理由もわからない。いったいなぜ年賀状を出すのを止めると決断したのか。なにかよほどの理由、経緯があったに違いない。だが、それも今となっては覚えていない。

では、いつまでは覚えていたのだろうか。もっと以前のこともたくさん覚えている。人の記憶というのは、大脳のなかに映画のように順番に映像と音とがつながっているのではないと読んだことがある。回想するたびに記憶を創り出すのだ、とあった。

ひょっとしたら、「二月に広島へ帰りました。原爆ドームの街。私にとっては小さな橋と細い路地の街」とある部分が引っかかったのかもしれない。それが比治山橋という名の細い頼りない細長い橋を指していたことは覚えている。目の前に積み上げられた、印刷済みの文案のその部分を読んで、その昔、その橋、細い路地を一緒に歩いた或る女性の記憶があまりに生々しく蘇ったせいなのかもしれない。

あれは私が中学生のときのことである。つまり、文案のときからそれは40年前のことである。平成18年の年賀状を準備したのは56歳のときである。56歳の、分別ざかりの弁護士は、年賀状の文案を読み直してみて40年以上前の子どもだったころの女性との思い出が突然心のなかに溢れ出し、センチメンタルな感慨に全身が囚われてしまい、その思いをほんの少しでも表に出すことが恥ずかしくて堪らなくなったということだったのだろうか。

だが、私の賀状はその女性には届かない。

広島の「小さな橋と細い路地」と書いてある部分を読んでも、誰一人として顔が炎に包まれたような私の衝撃を想像もしないだろう。それでも、あの年末、私はそのように感じて、決定を下したのだろうか。

わからない。たぶん、そんなことではなかったのかもしれない。どうやら、人は自分の過去とそのように曖昧に付き合って生きるしかない生き物のようだ。

「八月。首都高を走っていると鳴る携帯」

このことはよく覚えている。今も毎週のようにこの高速のあの部分を通る。そのたびに、あああここだったな、と思い出している。弁護士としての一つの頂点に至る大きな瞬間だった。

携帯の鳴ったのはレインボーブリッジ方面への芝公園出口の直前だった。車を飛ばしていた私は急いでスピードを緩めて芝公園の出口から車を出し、すぐ道路脇に車を停めた。電話をくれた依頼者に電話を返し、その年の夏休みが消えることになった。「短過ぎる夏の煌めき」とは、上の空のうちに過ぎてしまったあの夏のことである。

王子製紙が北越製紙を敵対的に買収するとした公開買付があり、56歳の私は北越製紙の代理人として防衛側に立った。攻防の結果は、王子製紙が諦めて終結にいたった。最後はあっけない展開だった。野村證券がアドバイザーとして王子側についていて、最大級の法律事務所も助言していた。撤退は王子なりに内部的な理由があって、腰砕けのような終わり方を選んだのだろう。あのときも今も、不可解な点が多い。

渦中にいた私は法廷闘争になることを覚悟していた。どうすれば、どう説明すれば裁判官の琴線に触れることができるのか、裁判官に「なるほど、北越側が勝たないとおかしい」と思ってもらえるのか。それを一心に考えた。考え抜いた。

そしてたどり着いたのが、今に続く、株式会社は雇用のためにあるという発想だった。私なりの歴史観、社会観に基づく株式会社論だ。会社は経営者次第、そしてその会社が社会で存在している意義は雇用を維持・拡大するためだというものだ。

株式会社は株主のものではない、人々のためにこそあると結論した。従業員中心は戦後日本の歩みと重なり、今ではマルチステークホルダー論として世界中で認められている。

その後、ロバート・ライシュの「国の経済は居住する国民のために存在すべきであり、その逆であってはならない」という言葉に出合ったとき（『格差と民主主義』雨宮寛・今井章子訳、東洋経済新報社、2014年）、私は心から彼に同感することができた。講演の機会があるごとに、この言葉を引用することが多い。


最近はサステナビリティが大流行りだが、会社がサステナブルであるべきなのは何のためなのかと問えば、未来の社会のため、ということになるだろう。未来の社会とは？ 未来の個人を創り出す現在の個人の集合である。我々から考えても子々孫々のということになる。

私は、漠然として抽象的なサステナビリティよりも、具体的な、顔のある個人の観点を踏まえてのサステナビリティへの関心が深い。そういえば、石原慎太郎さんに「牛島さん、この世は男と女なんだよ、みんな恋愛小説を読みたいんだから」と言われ、「それはわかります。でも私は組織と個人の関係が気になってならないのです」と答えたことがあった。

その昔、ある巨大企業の一員である依頼者と話していて、「組織って面白いですねえ」と言ったら、「面白くもなんともないですよ」と、吐き捨てるように言われたことがある。大組織の中間にいる方だった。今はもう退職されているだろう。それが「組織と個人」ということなのだと思っている。

王子の敵対的な北越買収の失敗については、或る日経の記者の方に、「あなたのせいで、日本経済の発展が10年は遅れた」と批判されたことがある。

「私などではなく、北越の方々、上から下までの方々の団結の力です。真っ当なことが起きたのです」と答えた。正直な感想だった。もちろん弁護士である私にとって、彼の言葉は誉め言葉でしかない。

弁護士は社会全体を依頼者として、そのために働いて報酬を得るのではない。目の前の特定の依頼者のためにこそ働くのである。もちろん、その繰り返しが回りまわって世の中全体の法の支配に役立つという信念が背景にあってのことである。自分の信条に反する仕事は受けない。自由業の良さである。

先に依頼してきた側につくのが原則だ。それから先は、依頼者が了解するかぎり、やり過ぎてしまうことを怖れない。やり過ぎもまた長い視点で、広い発想でみれば、すべて法の支配に役立つ。そう信じている。

「問題は仕事とは何か」であり、「それは自ら定義するものだと私は強く思っているのです。」とは、なんとも不思議な言葉だ。

言葉は社会が定義する。辞書にはそれがある。仕事とは「する事。しなくてはならない事。特に、職業・業務を指す」と『広辞苑』にある。

私が考えていたのは、弁護士としての仕事は仕事であることに疑問の余地はない。しかし、弁護士が小説を書くことは仕事なのかどうか。それは、自分が小説をどのようなものとして我が人生に位置付けているかという問いにつながるということだったのだろう。仕事でないとすれば、遊びになる、という二元論があった。そこには、遊びは人生の無駄事であるという暗黙の前提がある。

私のその習性は、小学生のときから受験のために生きてきたという経緯があってのことだ。東大に合格するために役立つことしかしてはならない、それ以外に時間を費やすことは「罪」だと思いながら、しかし「それ以外」のことをして生きてきた20年があり、その後は「雀百まで踊り忘れず」で、そうしたものの見方の虜になって生きてきたような気がする。東大は司法試験に変わり、さらに弁護士としての目的達成になった。

弁護士業は、依頼者を獲得し、その依頼者のために他の弁護士の誰よりも良い結果をもたらし、約束した報酬を受け取る、という仕事だ。時間制で報酬をもらうのは、常に最善の結果のために働いているということであって、この理を変えない。

そうやって生きてきて75年。

今の私は「問題は仕事とは何か」ではなく、「問題は人生とは何か」だと言うだろう。

前提にあるのは、仕事は人生のすべてではない、という自明のことである。20歳までの私はそう思っていなかった。滑稽というしかない。人生は、もしあるとすれば、東大に合格した後にあると考えていたのだ。それほどに受験勉強の圧迫感は強かったと言うしかない。

東大入試が中止になったあおりで2浪となった。そうした私が大学に入学した後に大学で学ぶことに関心が湧かなかったのは少しも不思議ではないだろう。

入学後、私は大学とはなにかを自分で勝手に定義したのである。私は自宅で本を読むことに熱中していた。会心の快楽の日々である。読書は、相対性理論から鷗外、漱石まで、あらゆる分野にわたった。

それ故にこそ、私は司法試験の勉強については勤勉だった。が、大学へ行って学んだことは少ない。星野教授の民法総則と民法演習を少々、それに手形小切手法を鴻先生に。しかし幸いにして、司法試験の勉強の教材は巷に溢れかえっていた。独学である。

そんな私が弁護士として生き続けられたのは、弁護士という仕事がよほど性に合っていたからなのだろう。弁護士となってからも勉強は続き、それは独学であるしかない。大歓迎である。

むしろ具体的に存在したのは、弁護士として時間が多過ぎるという事実だったのだと今にして思う。私は恋愛小説を書くことで文士になることも欲していたのだ。私の書いた小説には恋愛はほとんど登場しない。「恋愛小説を書け」と、素晴らしいチャンスを石原慎太郎さんがくださったにもかかわらず、私は書かなかった。なぜかはわかったようでいて、よくわからない。

我が人生は、これまでのところ幸運の連続だったから、求めたものの一定部分はそれなりに得られた。幸運には感謝のほかない。

もっとも、「人生ってのは運ですぜ、先生」とうそぶいていた某有名会社の社長は後に失脚した。たしかに彼は幸運のおかげで傍流から社長にのし上がった。しかし、そこまでだったのだ。どうやら、幸運は過去形でしか存在しないもののようだ。

さて、これから先に何を求めたものか。自分としては、おぼろげながらもわかっているつもりである。

平成22(2010)年の年賀状

故郷広島への転勤も一年だけで、二十九歳のとき弁護士になって広い東京に舞い戻りました。丸の内でした。隣は亜麻色の口髭のアメリカ人弁護士で、インベーダーゲームに夢中のようでした。

三十五歳になって青山に移りました。南青山一—一—一。明るい太陽の光と緑。毎日がイタリア暮らしの予感。確かに東京は広いようです。食事もイタメシが多くなりましたが、現実はトーキョーアイト(東京の人)の暮らしでした。

二十年して五十四歳を過ぎてから、永田町へ遷りました。青山の十四階から永田町の十四階へ、空を雁のように一列になって飛んで、窓から窓へ。

そして六年。

「えぽれっと（肩章）　かがやきし友《とも》　こがね髪《がみ》　ゆらぎし少女《おとめ》　はや老いにけん」

南山の戦いを終え二十年前のベルリン時代を想う鷗外の感慨は、私のものでもあります。

毎晩、ベッドの中で漱石を読んで、それから目を閉じます。今は、何度目かの『明暗』です。

場所と私、人生の時の流れ、思いがけない喜び

2年の検事生活を経て29歳で弁護士業開始、35歳で独立。丸の内から南青山へ。そして54歳で永田町へ。

「空を雁のように一列になって飛んで、窓から窓へ。」というのは、江藤淳のエッセイからの引用である。アメリカから帰ってきて、まるで無宿者のように妻と犬一匹とで各所を右往左往したあげく、遂に決心していろいろな出版社から七所借りに借りて市谷左内町にあるマンションを買い、奥さんと犬一匹で引っ越したのだ。

そのときの喜びと覚悟。新居のあの部分はあの出版社からの借金、あちらの部分はあの出版社からの前借りであっても、と隠し切れない喜びが溢れていた。そのときの江藤さんの心のなかにあった心象風景を改めて思う。私自身は、江藤さんが自らを叱咤しなければならないような心境だったわけではないと思う。しかし、初めて読んだときからこの表現が気に入っていたので、それでこの年の引っ越しを知らせる年賀状に使ってみたのだ。

ところが、今回、江藤さんのどの本からの引用だったのかを探してみたのだが、みつからない。彼がアメリカへ行く前後の苦労話を書いた本だったのは覚えているのだが。

私の雁の列は長かった。50人ははるかに超えていたろう。

それが一列になって、と想像したわけだ。54歳で永田町。私の気持ちのうえではもっと若いときのことのような気がしてならない。せいぜい42〜43歳。私は大いに張り切っていたと思う。やはり江藤さんと同じかもしれない。

大家さんである三菱地所に拡張をお願いしたら、南青山のツインタワーではワンフロアが350坪なので将来の拡大に限界がある、これを機会に山王パークタワーに移ってはいかがですか、と勧められたのだった。まことにありがたいお話だった。

正面玄関というものがない青山のツインタワーと比べて堂々とした外観と玄関で、ワンフロアも広く、天井も高かった。駐車場もきれいだった。しかも、ビルが大きいから将来の借り増しもできる。申し分がなかった。

それでも、南青山という素敵な名前の場所から永田町という地名の場所に移るのは、少し抵抗があった。永田町では、政治家の巣ではないか。そこには力と汚れたイメージがある。それは司法に携わる者の本拠にはふさわしくない、という思いだった。

ずいぶん昔のことのような気がする。それはそうだろう。もう20年にもなるのだ。

そこへ、父親が兄や姉それに私の子どもたちと共に訪ねてくれたことがあった。母親はもういなかった。休日の、誰もいない広いひろい事務所のなかを、キャスターのついた椅子を車椅子代わりにして、あちらこちら見せてまわった。

そのとき父には近くにあるホテルオークラの広い部屋に泊まってもらった。馴染みのホテルの川崎さんが手配してくれた部屋のそのベッドの柔らかさ具合が父はいたく気に入り、同じベッドを手配して広島の自宅に置きたいと言い出したりした。地下の久兵衛という名の寿司屋へ行ったときには、カウンターに並んで座ると、手のひらでカウンターを撫でながら、こういう白木のカウンターのある店で寿司を食べたかったんだ、と喜んでくれた。

その父が亡くなったのは2010年だから、その何年前のことになるのか。引っ越したのが2004年、母が亡くなったのが2004年である。


「毎晩、ベッドの中で漱石を読んで、それから目を閉じます」だったのが、今では毎晩ベッドのなかで目を閉じて漱石の朗読を聴き、に変わっている。なんどもなんども『こころ』の朗読を聴きながら寝入るのが習慣になっているのだ。

夜中に目が覚めると未だスマホの朗読が続いている。つまり一部だけ聞いたところで、知らない間に寝入っているのだ。それが常である。

もちろん、聴いていて気になったところがあれば、灯りを点けて枕元の文庫本を開く。

小説の朗読というのは、本当に良いものだ。知らない間に眠りに落ちている。

『こころ』だけではない。例えば荷風の『濹東綺譚』の朗読を神山繁のCDで何十回聴いたことか。これも途中で眠りに入ってしまうのが常だった。CDだから寝ている間に終わっている。谷崎潤一郎の『幇間』もお気に入りだった。

芥川の『或阿呆の一生』も同じことだ。『大導寺信輔の半生』も聴く。最近発見した『芥川龍之介小品集』に出てくる『大川の水』も良い。この2作品、隅田川についての二つの作品の間の22歳と32歳の違いが、芥川の心の変化を表していて、なんとも切ない気分にならずにはいられない。

若くして亡くなった芥川ではあるが、大川を懐かしい、月に2、3度は訪れずにはいられないと22歳のときには書いていた。その同じ人が、32歳のときには暗く、薄汚く、どぶ臭い川だったと書くことになる。最後、35歳のときには、「向島の桜は私の目にはぼろのようだった」と言わずにおれなくなってしまう(『或阿呆の一生』)。

もちろん谷崎の『細雪』も、私が寝入った後にも朗読を続けてくれる常連の一人だ。『細雪』を聴くたびに思う、いったいこの小説で谷崎はなにを描きたかったのか、と。何度聴いても、その複雑さ、奥行きの深さに幻惑されてしまう。

ヘミングウェイの"A Moveable Feast"も子守唄である。殊にScott Fitzgeraldについて書いた"A Matter of Measurements"ではいつも笑ってしまうのだ。

日曜日には定例の散歩をする。もう何年になるか。そのときには、最近流行の、白いうどんの切れっ端しのようなイヤフォンを左右の耳に付けて、まるで若者のように、スタスタと急ぎ足で歩く。前を歩いている若い人と足の動きがどのくらい違うのか。遅くて当然なのだが、気にならずにはいられない。

ふと気づく。

江藤淳も芥川も『こころ』の先生も、みな自殺している。それぞれに理由のあってのことだろうが、私にはよくわからない。そのなかでは江藤淳が一番わかりやすい。

「心身の不自由は進み、病苦は堪え難し。去る六月十日、脳梗塞の発作に遭いし以来の江藤淳は形骸に過ぎず。自ら処決して形骸を断ずる所以なり。乞う、諸君よ、これを諒とせられよ。　平成十一年七月二十一日」

江藤淳66歳。処決は『こころ』の先生の使った言葉である。私は翌日の朝日新聞の夕刊に出た遺書の写真を、彼が39歳のときに出した『夜の紅茶』（北洋社、１９７２年）という本に挟んでいる。私が22歳のときに買い求めた本である。池袋の芳林堂書店だったのは、当時、豊島区の要町に住んでいたからである。

そのころ私は豊島区要町に住んでいた。「要町マイコーポ」という名のマンションで6階建てなのにエレベータがなかった。しかし、それまで6畳の木賃アパートで便所は共用というところに住んでいた身には、夢に見た宮殿だった。その前は4畳半の、電車の線路間近の木造アパートだったのだ。電車が通るたびに揺れ、ストで電車が動かない日があるとなんとも嬉しかった。

その4畳半で私はやっと東大に合格したのだった。

江藤淳が子どもから青年になる時代に住んでいた十条について、勝木康介氏の『出発の周辺』について触れながら書いている。

「『出発の周辺』をはじめて読んだとき、私はある名状しがたいなつかしさと胸のときめきを感じて、われながらおどろいたことがあった。」（『夜の紅茶』所収「場所と私」）

江藤淳は十条を描いたという勝木康介氏に問う。「十条のどこですか。ぼくは十条仲原三ノ一の帝銀社宅、のちの三井銀行社宅に七年間住んでいたんですけれども」

江藤淳にとって「十条の『帝銀社宅』での七年間」は「『穢土』と感じられる」と書かないではいられない時期だった。

加藤周一は青年時代の目黒区宮前の家の道について、どぶと蚊柱とぬかるみと夜に何度か水溜まりに踏み込まずには通ることができないと嘆き、

「私はわが家の窮状を思う度に、この宮前町のどぶ川のほとりから脱出することができるとすれば、それは私自身の独力でするほかはなかろうと考えていた。」（著作集14巻所収『羊の歌』）。

と書いている。昭和40年代に地方の高校から東京の大学に来た人間は、人生に余分のハンディを背負う。両親の家にずっと住んでいられる大学生と地方から出てきて新たにアパート暮らしをしなければならない大学生との差である。

要町のマンションに移って、家賃は月2万9000円と一挙に33～34倍になった。それがかなったのは、父親が自分の会社を持つようになったからである。その過程で獅子奮迅

の働きをした息子のわがままを父親は寛大に見守ってくれたということであった。

6畳の和室に2畳の板張りのキッチンと小さな玄関、そして1畳足らずのバストイレの一体型で、はなはだ見晴らしがよく、夏の夕方になると遠く池袋の西口にある東武デパートの屋上ビヤガーデンからの音楽がとぎれとぎれに流れてきた。

隣のユニットで水洗便所の水を流した後に止まるときの瞬間的な機械音を除けば、そこは静寂の空間だった。私が夢に見た宮殿と思い出す所以である。


広島の実家を出て以来、私は住む場所に苦労と悩みを抱えてばかりいた。

「そんな僅かな金で高望みしても、そいつは無理ってものだよ」と、何軒もまわった街の不動産屋さんの一人は、やさしく諭してくれた。しかし、東大に合格しなくてはならない、そのためには今の相部屋の浪人寮にいるわけには行かない、と言って父親を説得した身には、それ以上を望んだところでかなうはずもなかった。

6畳の木賃アパートで、私は上の階の人がテレビだったかを大きな音でかけていたのに苦情を言いに行ったことがある。「済みません、音量を小さくしていただけませんか」と頼んだ大学生に、相手の青年は「なにを言っているんだ」と取り付く島もなかった。当然のことだろう。私もそれで事態が変わると思ってのことではなかった。

だから雨の日は嬉しかった。雨戸を閉め、読書に精を出す。

ときどき隣の睦言が聞こえてくることもあった。隣には沼尻さんという若い夫婦が小さな「はやと」君という名の子どもと3人で住んでいた。薄い壁一枚向こうには、その家族の生活があったのだ。

要町のマンションに移ってからは、音で悩むことはほとんどなくなった。夜中、真っ暗な部屋に、司法試験の勉強のための合宿から独り帰ってきたことを思い出す。法律相談所というサークルの有志十数人と夏の戸隠高原に行ってきたのだった。

さすがにもう遠い遠い日の思い出でしかない。今だけでも十分に忙しいのだ。懐旧の情に浸っている心の余裕はない。

それでも、石原裕次郎の歌う「粋な別れ」をラジオで聴いて素敵だと思い、LPのアルバムを買ったのもあそこでのことだったと覚えている。広島から手に持ってきたワインレッドの7インチのソニー製白黒テレビで「氾濫」という映画を観た。自分は畳に寝そべりテレビを横にして観た。それから伊藤整を何冊も読んだのだった。

私はその住居のベランダから地面を見下ろし、雨が下へ落ちてゆくものだと感得した。

何年住んでいたのか。私はそこで司法試験の勉強をし、司法試験を受け、落ち、再度受け、合格した。合格発表は私の25歳の誕生日だった。

そうなると、そこから引っ越した先は横浜市瀬谷区の友人の一戸建てだったことになる。故郷熊本で実務修習を受ける友人が、その間、親切にも貸してくれたのである。

豊臣秀吉の辞世の句、「露と落ち　露と消えにしわが身かな　なにわのことも夢のまた夢」を思うことがある。

太閤秀吉にしてこれ。人の生とはそういうものなのだろう。

私でも、このまま死んでしまうのではなんのために生きてきたのかわからない、と嘆きたい気持ちになることもある。しかし、たぶん、このまま死んでしまうのだろう。平穏に死ねればそれが一番よいと諦念に包まれることもある。

最近『村松剛』（神谷光信著、法政大学出版局、２０２３年）という本を拾い読みした。村松剛が「死はこわくないが、歴史に残る仕事をしなかったのが残念だ」と病床で言ったとあった。へえ、そういう人もいるのか、そいつは残念なことだったろうな、気の毒に、と単純に思った。それにしても「歴史に残る仕事」というのはどんな仕事なのだろうか。

73歳というのは中途半端な歳だ。未だ10年は元気でいるかもしれない。いや、もう1〜2年かもしれない。定期的に健康診断を受けているのは、なんのためなのだろう。

基本はもっと生きるためなのだろう。いや、苦しまないで死ぬことができるようにということかもしれない。しかし、いくら健康診断で病気が早期に発見され、治療が可能だったからといっても、いずれ来るものは来る。それまでの悪足搔きか。

ごく最近の読売新聞には、男性の健康寿命が平均72・68歳と出ていた。

どうして本を読むのだろう。受験は終わったのだ、もう勉強する必要はないのだ。

それなのに、本を読む。必死になって読む。仕事に関係なくても読む。大量に、いろいろな分野の本を読む。

愉しみ？

そうかもしれない。

誰にとっても、ピンピンコロリが理想なのだろう。つまり突然の死ということになる。そうだろうか？　自分はどうやら死んでいくらしいな、と思いながら死ぬ方がよいのではないか。石原慎太郎さんの死はそうだった。そういえば、石原さんは執拗に身体をさいなむ痛みについては書いていない。

私は、石原さんが賀屋興宣の語りをそのまま採った「死ぬと、独りきりでとぼとぼと歩いてゆく。そのうちみんなに忘れられてしまう。それどころか、自分で自分を忘れてしまう」ということになりそうな気がしない。

人は死ねば、一部の近親者を除いて、ゴミになる。人生最後の光景は、見ても、どこにも納めることなどできはしない。

それでも、書いたものは残る。残ると思いながら死ぬことができる。それが文章を書く人間の特権だろう。もっとも、多くは日記と同じで、誰も思い出しも読み返しもしないのだが。

私が江藤淳の文章を読むように、漱石の小説を聴くように、誰かが、意識してくれるかもしれないという期待。それは虚しき思いか。つまるところ、石原さんの『太陽の季節』が今後も何人かに読まれることと石原さんの人生は何の関係もないのではないか。石原さんは死んだ。それで終わりだ。

いや、例えばこの私が彼の書いたものを読んで考えること。そういうことが起きている。

それが石原さんの人生の意味を将来形で、決める。作家は棺を蓋ってもその人生は定まらない。

石原さんについて『我が師　石原慎太郎』（幻冬舎、2023年）という本を書いて出したのを、東急グループの社長をしていらした旧知の上條清文さんが読んでくださり、わざわざ予め電話をくださって日時を約束し、私の事務所までお出かけくださった。

松竹の社外役員を同時にしていたことがあったのだ。ご発言はいつも含蓄に富んでいた。

「私は五島昇の秘書をしていましたのでね、石原さんとはご縁があったんですよ」と87歳の上條さんは目を細めて、懐かしい昔を話してくださった。

石原さんが岡本太郎デザインの椅子について、こんな頼みをしたということだった。

「あれは、どこかにしまい込んでしまっていいものではない。多くの人々に座ってもらうのが一番だ。できれば東急の渋谷駅が新しくなっているから、そこで人のたくさん歩くところに置いてほしい」

あの椅子だ。

5月に出した『我が師　石原慎太郎』の79頁に石原さんご自身が座った写真が出ている。赤い方の椅子である。

「会場の前に、岡本太郎デザインの椅子が二脚、赤と白、が置かれている。ご自宅に置かれていた椅子で、石原さんご自身が座っている写真を見たことがある。お釈迦様が片手をすぼめて差し出したようなその手のひらに、すっぽりとお尻がはまり、右腕を椅子の親指の部分、背中をその他の四本の指の部分にゆだねるような格好をしている」と、石原さんの写真の右頁に私は書いている。２０２２年6月9日の石原さんのお別れの会のときの光景だ。場所は渋谷のセルリアンタワーの地下2階。

「ああ、あれだ、とすぐにわかった。で、石原さんが座っていたように座ってみようかと誘惑された。どこにも、腰かけないようにという指示はない。しかし、たくさんの人がいる。私が座れば、何人もが座るかもしれない。傷つけてしまっては申し訳ないという思いが、しばし眺めるだけに留まらせた」と、その日のセンチメンタルな思いを綴っている。

実は、石原さんはたくさんの人が座ってくれるようにと思っていたのだ。だから、私が「誘惑された」のも故なきにあらずということだろう。石原さんの心は広く、大きい。

こんなことが、本を書いていると起きることがある。生きているのは良いものだ。

明治の日本、戦後高度成長の日本

「南山の戦いを終え二十年前のベルリン時代を想う鷗外の感慨は、私のものでもあります。」

ほう、15年前、私はそんなことを考えていたのか。

しかし、南山の戦いを終えた鷗外は未だ42歳に過ぎない。今の時代なら青年に近いであろう。なぜ「老いにけん」なのだろう。いくらなんでも、あの鷗外にして少し過剰にセンチメンタルではないかと思ってしまう。

ところが、調べてみるとどうやら急速な平均余命の伸長があったようなのだ。鷗外の時代の42歳は今の70歳に近いのではないか。

だとすれば、鷗外にしてみれば、恋愛の対象だった女性ももう60歳を過ぎてしまったとの感覚があってのことだったのだ。それを「老い」と呼ぶのは、当時の鷗外にとっての率直な感想だったのだろう。年齢が恋愛の可能性の基準だからであろう。その意味で42歳の鷗外は老人である。

鷗外のベルリン時代は、若い俊才が「昼は講堂やLaboratorium《ラボラトリウム》で、生き生きした青年の間に立ち交って働く。何事にも不器用で、癡重《ちちよう》というような処のある欧羅巴《ヨオロツパ》人を凌《しの》いで、軽捷《けいしょう》に立ち働いて得意がるような心も起る」、そんな生活をしていた（『妄想』）。

その青年が20年後にブロンドの恋人を思い出し、「こがね髪《がみ》 ゆらぎし少女《おとめ》 はや老いにけん」と詠う。何年経っても世間の興味はこの恋愛事件にある。

鷗外の留学中の、そしてこがね髪の女性が東京にまで訪ねてきたという一大恋愛事件である。鷗外が書いた小説『舞姫』のエリスがその相手に違いない、どんな女性なのか、ということの探求にたくさんの人々が本を著し、テレビ番組にまでなった。こがね髪ではない写真を掲載している本もある。

鷗外はただの小説家ではない。漱石と並ぶ明治期最高の作家の双璧の一人であり、かつ、漱石にはなかった官位までがある。軍医総監だったのである。三島由紀夫があのまま大蔵省に勤めていて大蔵次官、今でいう財務次官あるいは財務官になったようなものであろうか。俗世間では軍医総監が重要である。そういう高位高官が小説も書くから鷗外は別格なのである。今の時代のサラリーマンから見て、特別の「二足の草鞋」の人なのである。

日銀の理事にまでなった吉野俊彦氏がライフワークとして鷗外研究に余念がなかった。私もずいぶんたくさんの吉野さんの鷗外ものを読ませていただいた。

その二足の草鞋ぶりがサラリーマンの憧れの星だということを吉野さんは書いていた。最後には、吉野さん自身がサラリーマンの憧れの的になった感があった。彼もまた二足の草鞋の人であったからである。

それにしても、なぜエリスなのだろう。

恋愛は、職業を問わず誰もがするからだろう。庶民もエリートも、若いころは異性に惹かれる。人の常の情である。なかには同性に惹かれる人もある。若くなくなっても、異性に惹かれる気持ちが消えない人もある。

私の文学の師である石原慎太郎さんは、なんどもなんども、「牛島さん、この世には男と女しかいないんだよ。人の世ではそれが一番重要なんだよ」と私を諭してくれた。「みんな恋愛小説を読みたいんだ」とも言われた。今にして、なるほどそうなのだろうと思う。

あの、石原さんが76歳で書いた『火の島』（幻冬舎文庫、２０１８年）という恋愛小説の男性主人公、浅沼英造は、30代～40代くらいだろうか。２０００年の三宅島噴火のときに中学生で、ヒロインの礼子は小学生だから、20年後は未だ30代ということになる。心中してしまうのは可哀そうな気もするが、人と生まれて、それ以上はない最高の死のようにも思う。礼子は英造にナイフを胸に突き立てられ、何十メートルの崖を強く抱きしめられたまま落下する。その刹那、礼子はなにを想い、感じたろうか。そして英造は？

わかる。この愛している女の全てに自分が責任を負い、それを落下しながら礼子を抱きしめた両腕にいっそう力を籠めることによって全うしつつあるという充実感。それ以上の人生があるとは思えない。

60歳になったからといって、この私には何の感慨もなかった。事務所の後輩弁護士たちが個人的にお金を出し合って素敵な黒革の手袋をくれた。還暦のお祝いということだったのだろう。単純に嬉しかった。

しかし、だからといって私は自分が年取ったという思いは少しも抱かなかった。60歳は50歳と変わらず、50歳は40歳と同じで、40歳といえば未だ独立して数年でしかなかった年齢に過ぎなかったのだ。もう人生もそれなりに時間が経ったな、などという思いなど遥かに遠い、無縁のものでしかなかった。

たしかに53歳のときに胆石の手術をした。だが、それはつかの間の休息のときですらなかった。必要な一時的修理。それだけのことに過ぎなかった。身体が元気だったのだ。衰え？　どこにも、なかった。

それが、さらに15年経って75歳になってから、こうした昔の年賀状を巡っての文章を綴るなどとは夢想だにしていなかった。もう何冊かの小説やエッセイ集を出していた。しかし、回想には無縁だった。

55歳の鷗外は書いている。

「老は漸く身に迫って来る。

前途に希望の光が薄らぐと共に、自ら背後の影を顧みるは人の常情である。人は老いてレトロスペクチイフの境界に入る。」（『なかじきり』）

55歳の鷗外は75歳の私よりも老いを意識していたに違いない。しかし、その短い文章の最後を鷗外は「顧炎武は嘗て牌を室に懸けて応酬文字を拒絶した。此『なかじきり』も亦顧家懸牌の類である。」と結んでいる。

鷗外が文章の応酬を拒んだのには理由があった。では、鷗外は残りの4年間になにをしたか。

『帝諡考《し》』と『元号考』の執筆である。後者は生前には完成していない。もちろん読者はいない、ほとんどいない。そんなことは、眦《まなじり》を決した鷗外にとって視野の外だったのである。元号について鷗外が、大正というのは止という字が入っていて良くないと書いていると読んだことがある。

また、明治というのは昔の大理の国で使われた年号であるとも述べているとのことである。どちらも猪瀬直樹さんの『公』（NewsPicks パブリッシング、２０２０年）という本に出ていることである。

そんなことに鷗外は残りの人生の全てを費やしたのである。後の世のために自分ができること、自分しかできないことに残り少ない命を燃やし尽くさずにおれなかったのだろう。されればこその応酬拒絶である。

もっとも帝室博物館総長などの公職は離れることがなかった。そのせいで寿命を縮めたということもあったのだろう。奈良での正倉院御物の開封に立ち会ったり、イギリス皇太子の正倉院参観に合わせ、奈良へ5度目の出張をしたりもしている。死の2か月前のことである。イギリス皇太子とは、後に王冠を懸けた恋で名を馳せたエドワード8世である。

私の60歳での感慨のなさの理由は、今にして思えば、若かった自分がいて、次々と大きな仕事が舞い込んできて、それを何人もの弁護士チームで巧妙に処理し、少なくない報酬をいただく。その目くるめくような躍動の日々の連続だったからだろう。

実は、それは今も変わっていない。たしかに老人になってはいるはずなのだが、また、外見だけからでもその事実は、もはやまごう方もない。しかし、心は変わらないのだ。

私の祖母は75歳年上だった。若いころには色白で豊満な肉体の持ち主だったとおぼしき身体で、孫の私を風呂に入れてくれながら、自分の二の腕の皮膚の垂れ下がったことを「昔はこんなじゃなかった」といつも嘆いていた。さらに、10代の夏、周囲に誰もいないのを見定めて全裸の身体に泥を塗りつけ、バチャーンと川に飛び込んで遊んだものだったと話してくれたこともあった。

聞いていて私は不思議な気がした。この、どう見ても80歳を超えた老女でしかない祖母にそんな時代があったと想像できなかったからである。今は、わかる。私がそうなっているからだ。肉体は弛んでいても心は少しも変わらない、若いままなのだ。

祖母は浄土真宗の信者だった。若いころ子どもを二人、火事で亡くして信仰を持つようになったと聞いていた。その後に女の子と男の子を儲けた。そのうちの男の子が私の父親である。1915年、大正4年に生まれている。

そうした経緯があってか、祖母の「お寺さん参り」は真剣で、私は子どものころ何度も祖母の手を引いてお寺に通った。父親の転勤に伴って、東京、広島とでそれぞれ決まった寺があったようだった。文字どおりの「貧者の一灯」も欠かさなかった。そのためにこそ、我が子、私の父親からもらう僅かな小遣いを貯めていたのかと、今回初めて考えてみた。改めて強く思う、そうした小さな額のお金の積み重なりが、大寺院の伽藍を可能にするのだ、と。貧者の一灯こそが真実なのだと私は自らの経験で知っている。

娘、つまり私の伯母は日蓮宗だったようで、祖母は「あれは法華だもんね」と言って、それが気に入らないことを隠さなかった。伯母は伯母なりに信仰の道に入る理由があったのだろうが、それは聞いていない。子どもの私には、なにが違うのか少しもわからなかった。

父親は、総じて親孝行な息子だった。祖母の唯一の不満が、嫁の手から小遣いをもらうことだったようで、それが最終的にどう解決されたのか私は知らない。父親は父親なりに、家政は妻に全面的に任せるべきだという信念のようなものがあったのだ。

その私の両親が力と心を合わせて成し遂げようとした一大計画が、次男を東大に入れるという事業だった。次男、すなわち私は学業のデキがよく、祖母はいつも弘法大師の生まれ変わりではないかと評していた。祖母の目にはそう見えたのかもしれない。

その計画は、いつ、どのように始まったのだろうか。

おそらく幼稚園に通っていたころ、私の面倒を見ていた母親がどうやら次男は学業成績がとても優れた子どもになると発見し、夫に話したのだろう。

それが本格化したのは、一家が父親の転勤に伴って広島に引っ越した後のことだった。小学校5年生だったころの私は、それほど受験の圧力を感じていなかった。広島には東大に入る生徒の数が多い高等学校が3つ、広島大学附属、広島学院、そして修道とあり、どれも中学からの入学が普通のこととされていた。そのために私は越境入学して市内の中心にある幟町小学校に転入した。

私自身も、自分がどうやら学校の成績が良いこと、このまま伸びれば東大に入ることも可能な子どもなのだという気がしていた。

それにしても、広島県自体が勉強熱心な地域だったのだと思う。その広島県に一家が移転したのが昭和35年のことだ。高度成長が緒に就いたころである。それは因果がつながってのことで、そもそも父親が広島に転勤することになったこと自体が、日本の高度成長を反映していたのだ。

広島には父親の勤務していた総合電機メーカーの製造する発電用のタービンを買う得意先、中国電力があり、そこでその総合電機メーカーは広島支店を新設し、さらに接待用に料亭のような施設を設けた。水明荘という名の太田川に面した瀟洒な飲食施設だった。よく麻雀大会が開かれていたようだった。

施設だけではない。広島支店長はなんと外車に乗っていた。ダッジという名のアメリカ製で水色の巨大な車で、後部のデザインが高く跳ね上がっていて、イルカの尾びれを思わせる車だった。加藤周一が「飛び立ちかねつ　鳥にしあらねば」と貧窮問答歌を引用してアメリカの車の無用な豪華さを皮肉っている、あれである。

私は、父親が総務で所管だったせいか、何度も乗せてもらった。それまで東京の豊島区で社宅の4階建て鉄筋アパートに暮らし、せいぜいが親戚のお兄さんがドライバーをしている木場の金持ちの国産オースチンの社用車にときどき乗せてもらっていた程度の身には、夢のような世界が突然現れた思いだった。高度成長とは、小学校5年生の子どもにとってそういう時代として忽然と目の前に出現したのである。

今思い出しても不思議なのは、広島の幟町小学校という、中心部にある小学校への初登校日、くだんの水色のダッジに乗って行ったことである。父親は公私混同を嫌う実直な人間だったから、おそらく、賢い広島支店長の差配だったのかと思う。

そういえば、私が初めて羽田に行ったのも、父親が飛行機に乗って東京に帰ってくるので迎えに行くためだった。兄と二人で出かけた。

わざわざ高級な革靴を履いていったせいで足が滑り、危ういところを兄が支えてくれたのを覚えている。兄は16歳だった。飛行機に乗って帰ったのも、くだんの広島の支店長が父親が年末も顧みず良く働いてくれるからと、せめて正月前に急いで家族のもとへ帰れるようにとの配慮だったと聞いた。

おそらく、電力会社への売り込みが順調で、広島支店長の裁量の枠も広かったのではないかと想像する。

高度成長とはそういうことをも意味したのである。

その総合電機メーカーは家電も売っていた。そこで、なんと東京でいえば銀座4丁目の交差点の一角に相当する紙屋町の交差点に面した第一生命ビルを借り、そこにファミリーセンターという名を付した家電製品の顧客用の施設も開いていた。父親が単身赴任で下宿していた家のお嬢さんで私のピアノの先生でもあった女性がそこで働いていた。私は彼女にフルーツパフェというものを生まれて初めて食べさせてもらったのを覚えている。

10歳の私である。

私は今でもフルーツパフェを好んで食べる。銀座4丁目の交差点にある和光の喫茶部でメロンパフェを食べるのである。夏場だけと季節が限られてはいるが、年に一度だけという年は一度もない。メロンとココナッツの相性がなんとも美味なのである。

紅茶と結石と年賀状

尿路結石で4日間、順天堂大学医学部附属順天堂医院に入院した。

左の腎臓に結石ができていることは定期健康診断で何年も前に知らされていた。それがこの4月の定期健診で尿路に降りてきていると判明したのである。腎臓を離れてしまった以上、いつ激痛が走ってもおかしくないと主治医に宣告されてしまった。

もともと、腎臓に石ができた原因には思い当たるところがあった。紅茶である。

「紅茶にはシュウ酸が含まれていて、それが体内のカルシウムと結合して石になります」と、腎臓の石を発見したときに、こともなげに主治医が説明してくれたのだ。シュウ酸とは食べ物のアクの素になっている物質で、カルシウムと結合してシュウ酸カルシウムになる。一見するだけでも恐ろしい、まるで縫い針のような針状の結晶の画像入りの説明がネットにあった。それが尿路結石の元である。

ほうれん草に多く含まれていて、だからほうれん草は食べる前に下茹でをするのだという。知らなかった。ただしんなりとさせるためだとしか思わないでいた。もちろん、紅茶にもシュウ酸が含まれているから問題なのである。

「それなら思い当たりますよ。ひところは一日に10杯以上紅茶を飲み続けていましたから。

それも、ストレートばかりで！」

私の自己分析に主治医は納得した様子だった。

ただし、こう付け加えることを忘れなかった。

「このままの状態で石が腎臓にある間は大丈夫です。でも、それが落ちてくると尿路につまることがあります。するとひどく痛くなることがあります。七転八倒という言葉そのままの痛みのこともあります。体外に排出される際には、いずれにしてもひどく痛むことがあります」という、はなはだありがたくない診断を頂戴した。主治医はさらに、「紅茶を飲むのでしたら、ミルクティーにしてくださいね。それなら、身体のなかのカルシウムと結合する前に、カップのなかで紅茶のシュウ酸とミルクのカルシウムが結合してくれますから」と続けた。

決定的な宣告だった。私はストレートティーと涙ながらのお別れをして、ミルクティーに宗旨替えをした。しかし、それはほとんど紅茶を愉しむ時間を喪失したに近いものだった。以来、私は紅茶を飲みはしても愉しむことはなくなってしまった。人生の伴侶が失われたも同然だった。

紅茶の飲み過ぎ。思い出してみれば何の不思議もない。かつて、毎日10杯以上の紅茶を飲んでいた日々がたしかに存在していた。江藤淳の『夜の紅茶』（北洋社、1972年）を読んで以来の紅茶好きである。1972年に出たその本にあった『夜の紅茶』というエッセイに惹かれて以来の喫茶の習慣だから、22歳のときからということになる。

この本のことは平成28（2016）年の年賀状で触れている。66歳の私が書いた年賀状である。それによれば、8年前、私はストレートの紅茶を愛飲していたということのようだ。なぜなら、翌年の年賀状には、紅茶について「二口目からは牛乳を入れるようになりました。腎結石ができないようにです」と書いてあるからだ。

「もはや、あのストレートティーの香りを満喫することはありません」となんとも恨めし気である。そういえば、或る会社の社外監査役をしていたときのこと、会議が一段落するとコーヒーを出してくださるのだが、そのときに牛乳を付けてくださるように社長室の女性にお願いしたことがあった。お願いをしたのはきっとこのころのことなのだろう。あの、植物性の牛乳もどきではダメだと主治医に聞いていたからである。

そうやって7年間、私なりに気をつけていたのだが腎臓の結石は少しずつ本人の意図に反して直径6～7ミリになるほどたくましく成長し、7年も経って生まれ故郷の腎臓に別れを告げて独り旅立ち、この4月、めでたく尿路に落ちてきたということである。

たまたま書き連ねてきた年賀状の記載から、いつ腎臓に結石があるとわかったのかをはっきりと知ることができたということである。私は、医師に注意されてからは直ちに注意深く暮らし始めたのである。だが、我が身には我が心の思いは通じなかったということである。

思えばなんとも長い間紅茶を愛飲していたことになる。もっとも日に10杯というのは10年ほど前からのことであろうか。

もちろんストレートのみであった。紅茶は香りが命で、その命はミルクとともには存在し得ない。淹れたての紅茶から立ち上る香りは、書類を読んでいる私を、一瞬の間、別の世界に連れて行ってくれる。飲むたびにそう感じていた。

私はアールグレイを最も好んだ。愛飲したグレイ伯爵の名にちなんだという、ベルガモットという果実の香りをつけた紅茶である。しかし、私は季節季節のダージリンのファーストフラッシュやセカンドフラッシュの香りもこよなく愛していた。

私の仕事の相当部分は机に向かって書類を読むことである。最近ではパソコンに向かって、ということになる。だから、紅茶はいつも仕事の友であり、短い休息のパートナーである。砂糖もミルクも入れないから、これほど単純で気のおけない連れ合いはなかった。

昔、男性専用のプライベート・クラブに集ったイギリスの紳士たちは、紅茶の葉ではなく、紅茶に添えて入れる砂糖の産地と年代を気にしたという。洗練の極み、というのはそういうことなのだろう。イギリスの産業革命の時代に、農民から産業労働者になろうとしていた人々に、朝ごはん代わりに砂糖を入れた紅茶を飲ませることで時間の観念を植え付けようとしたとも読んだことがある。

そう考えてみれば、私も似たようなものだったのかもしれない。秘書が持ってきてくれる紅茶を前に、たくさんの書類の置かれた机の上を片付けて皿の上に載ったティーカップのためのスペースを確保するほんの少しの手間。その間は指先ではなく腕全体が動き、頭が休まる。

私はティーバッグを忌み嫌っていた。紅茶は茶葉で淹れなくてはならない。その茶葉も、銀座5丁目のリーフルダージリンハウスで購入した茶葉でなければならない。あそこの茶葉を使うようになってから紅茶を飲む悦びが深まり、したがって頻度が飛躍的に増えた気がする。

ウィークデーのワーキングアワーは秘書が淹れてくれる。休みと夜は自分で淹れる。深夜、本を読んで疲れ、あるいは根をつめて原稿を書いたあげくのぼんやりとした頭に、自分でお湯を沸かして淹れる紅茶ほど人生の愉悦を感じさせてくれるものはない。それが瞬く間に消え去る悦びでしかないことは、人生に限りがあるのと同じ類であろう。ほんのつかの間にせよ悦びなどというものは人生に数少ないのだ。

ともあれ、定期的に受けている健康診断のおかげで石が腎臓を離れて尿路に落ちて行ってしまったとわかった。大きさも7ミリくらいとまで計測できている。あれもこれも現代医学の成果である。

迷いはない。石を取り去るしかない。

方法は二つ。衝撃波で砕くか、ファイバースコープを尿道から入れてレーザーで砕くか。もちろん、衝撃波を選んだ。それであれば2泊の入院で済むうえ、全身麻酔は不要だとのことだったからだ。

「でも、牛島さんは腰のあたりの脂肪の厚みが10センチあるのが気になります。9センチだと大丈夫なんですが。衝撃波は外側から電磁波を加えるので、身体についた脂肪が衝撃を弱めてしまうことがあるんですよ」

説明してくれた順天堂医院の磯谷准教授は、200例以上の経験を有している方だ。7割方はうまく砕けるのだがと言いつつ、3割の可能性に触れることを忘れなかった。

それでも私は迷わなかった。

5月9日に入院し、翌日に衝撃波を加えた。事前に左右を間違えないようにと、左腰に青色のマジックインキで素肌に大きく二重丸が描かれ、まるで漫画のような滑稽な印象を与える。

台の一部、腰の部分が動くようになった手術台の上に乗る。いざ位置を決める段になって、右、左、少し上、いや少し下と指示が出る。そのたびに言われたとおりに身体を動かす。ちょっとしたモルモット気分である。私というのは、案外これで従順な人間なんだなと自分のことを思い直す。

上から当てられた衝撃波なるものは少しも身体に衝撃を与えない。ただ、皮膚の表面でバチバチと音がし、なにやら電気がはじける感触があるだけだ。もちろん、全身麻酔ではなく、鎮静効果のある薬を点滴で入れているに過ぎない。言葉での医師とのやりとりも不自由はない。

30分か40分。

終わって、レントゲンとCTで確認する。どうも砕けていないようだ。7割のうちの3

割の目が出てしまったようだった。脂肪の1センチの差のせいかもしれない。

翌朝の退院までには、次はレーザーで砕く作業をすることになっていた。日取りも決まった。

私は、予定どおり退院し、その日の11時半に約束してあったランチの場所に向かったのだった。

レーザーは7月12日の入院、13日の手術と決まっていた。が、私は石が自然排出されることを毎日祈っていた。もちろんそうなれば一挙に手術の必要がなくなるからである。入院は嫌である。全身麻酔は嫌である。

指定された薬を連日飲む。尿路に留まっている石が排出される作用を手助けする効能のある薬である。それらを毎食後3種、それに朝食後だけはもう一種加えて同じ作用の薬を飲む。自分の身体のためである。医師に指示されたことには完璧に従う。二、三の例外を除き、私は忠実に処方どおり服用を続けた。

手術までの2か月、私には不安があった。

いつ痛みが走るかわからないという不安である。痛みは、生じれば七転八倒するほどになっても不思議はないと何度も言われていた。たまたま6月に大学の同窓会があり、その場に尿路結石を患った同級生がいて自分の体験を話してくれた。「ありゃ、どえりゃあ痛いぞ」という彼の言葉に、なんとも真実味があった。

それでも、私は手術の日までに石が自然に排出されることを夢見ていた。出れば、手術はしなくて済むからである。

手術の終わった今となってみると、私は実は自分がとても幸運だったのだとしみじみ思っている。

自然に排出されたとする。そのときには転げまわるほどの痛みがあったかもしれない。排出されなかったのだから、それは経験しないで済んだ。

衝撃波で破砕できたとする。そのときには、割れた石の尖った部分が排出されるに際して痛みを伴うことがあるという。それでも、衝撃波での処置を望んだのは私である。今から思えば冷や汗ものだったのかもしれない。

レーザーを用いた手術であれば、衝撃波と違って粉砕することができ、そのうえ、砕かれた石を別のネットで取り出すという手順も踏むことができた。

なんという医術の進歩であることか。「自然科学のなかでも最もexactな医学」という鷗外の言葉を思い出す。

7月13日午後2時ごろ、私は全身麻酔を受けるべく手術台に仰向けになっていた。目を開くと手術用の無影灯と呼ばれるたくさんのライトの集まった傘のような、少し黄緑がかった照明器が視野に入る。

「ああ、この光景がこの世の見納めというわけか」

という思いがふっと頭をよぎる。手術自体は、まず命の危険があるようなものではないと聞いていた。

しかし、全身麻酔には一定の危険がある。どんなに確率は低くとも麻酔状態のまま目が覚めないということはあり得ることなのだ。麻酔なしでの手術などは考えることもできないから、これはしかたのないリスクなのだろうが、今回のこの一回がたまたまそれにあたるということはあり得ないことではない。

見納めか、と思った私は、次に「見納めといってみても、死んでしまったら見たものを納めていたところもなくなってしまうんだがな」と考えた。そこまでだった。

次の瞬間は、同じ手術用の無影灯の眺めだった。

「無事終わりました」と磯谷先生に告げられたような気がする。未だ麻酔が覚めていない状態である。左右の腕に蕁麻疹のような浮腫《むく》みができ、少し痒かった。

磯谷先生が麻酔科の西村先生らと相談し、追加の点滴液が加えられた。しばらくして浮腫みは消えた。

カーテンで仕切られた小さな部屋に移って、回復を待った時間はどのくらいだったのだろうか。前回の手術のときに感じた、暗い空間のなかで、喉が渇いているのに水が飲めず、眠ることもかなわないという底なし沼に引き込まれつつあるような深甚な恐怖感はなかった。予め磯谷先生に詳しくそのときの状態と恐怖についてお知らせしていたおかげに違いなかった。

ただ、強い尿意があるのに排泄できないという苦しさがあった。磯谷先生に訴えると、尿道カテーテルを入れてくれた。しかし、その挿入がまた痛く、かつ横になったままでは容易には排尿できるものではない。私は中学1年生の夏の山口県室積での臨海学校を思い出した。遠泳の途中に尿意を覚えたらそのまま泳ぎながら出せ、と予め教えられていた。強い尿意を覚えた私は何度も教えられたとおりにしようと頑張った。しかし、できなかった。半ば泣きながら伴走していた船の舷側に片手で摑まり、私はやっと用足しをして隊列に戻った。61年前のことである。

結局、そのままの状態で、ベッドに横になって廊下の天井を眺めつつ自分の病室に連れて戻され、元のベッドに移してもらった。

術後初めての排尿は、「イテテ」と叫ぶほど痛かった。血が混じってもいた。後日、前立腺の手術をしたことのある友人に痛かったことを話したら、「『イテテ』で良かったね。僕のは『イデデ』だったよ」と慰められた。

しばらくお世話になったのは、尿漏れパッドである。

昔、赤ん坊用のダイパーの特許の紛争を扱ったことがあった。その会社が、実は売り上げの相当部分が大人用なのだと聞いて、なるほどと思ったことがあった。液体を吸ってくれる高分子化合物の力。化学の成果である。

そのおかげで、一見ふだんと変わらない生活が可能になる。こうした高分子化合物が発明される前にはどんな措置が講じられていたのか。想像はつく。どんなにか不便で不快であったことか。

しかし、ことは高分子化合物の効用どころではない。

もし江戸時代に腎結石ができていれば、結局はあえないことになってしまったことだろう。昔、NHKの大河ドラマで西田敏行の演じる徳川吉宗が「小便が出んようになってしもうた」と述懐する場面があった。徳川幕府八代将軍にして、そういうことだったのである。21世紀を生きている私は、そのことだけでもなんとありがたい目にあっていることか。すべて医学の力である。医師と看護師、そして病院の掃除をしてくれる人、食事を作ってくれる人、事務を処理してくれる人。その前提にあるのが、医療器具を作る人であり、その材料を作る人であり、さらに、石油を掘り、運び、鉄鉱石を採取し、製鉄をし、と限りのないチェーンあっての、今回の私の手術だったのだ。

広い世界があって、この病院があり、そこでの手術がある。麻酔のためにいったいどれほどの人々が何世紀にもわたって研究と実験を重ねたことか。

感謝。なにものかへの感謝。全てへの感謝。

その後のこと、予定よりも早く私の体内に収められていたカテーテルが抜けることになった。

せっかく結石を取り去っても尿路が閉鎖してしまっては大変なことになるので、3ミリほどの太さのカテーテルを体内に残してあった。それが自分から「もう外に出たい、出たい」と動き始め、少し頭の先が体外から見える状態になってきた。私は慌てて磯谷先生に連絡し、夕方、ご指示どおり救急外来に行き、ほんの10秒で抜いていただいた。それが全ての終わりだった。7月28日午後6時ごろである。本来は7月31日を予定していた。

カテーテルを抜いてもらった日の午後7時ごろ、私は病院付属の山の上ホテルのレストランで夕食を摂っていた。ノンアルコールのビールを頼んだ。窓の外には、何日か前、あの焼けつくような日差しのなかを歩いた玄関前の風景が広がっている。あのときには、ほんの50メートルほど歩いただけだったが、頭も身体も脚も足も太陽に焦がされるようだった。

同じような暑い一日が目の前で暮れ始め、みるみる黄昏時になってゆく。大地は生きていると実感する。その光景の移り変わりに、私はなにものかに深く感謝し、自分は自分の小さな一部署としてこの世に与えられたところで一生懸命できることをやろう、世界中で誰もが同じことをやっているに違いないのだ、私は私の果たすべき使命を果たそう、そう心に誓った。

平成24（2012）年の年賀状

年頭に当たり皆々様の御健勝をお祈り申し上げます。

昨年もいろいろな方にお世話になりました。お礼の申し上げようもありません。

春夏秋冬、仕事に明け仕事に暮れました。三月十一日にも小舟のように揺れる会議室にいました。その時に何が起きていたのかを思うと、胸が痛みます。

毎月、鞆の浦に参上しました。故郷広島へのささやかな恩返しです。

毎日のように本を買い、深夜、時間を盗むようにして読み耽ります。自分でも『この時代を生き抜くために』というエッセイ集を幻冬舎から出しました。日経ビジネスオンラインには『あの男の正体』という小説を連載中です。どちらも締め切りあればこそ、です。

毎晩、決まって漱石の『こころ』を読んで眠りに入ります。

徳島へ行ったとき、お腹を空かした猫に出逢いました。今頃どうしていることか、ふと思い出すことがあります。アラカンの弁護士のような、まだ名前のない猫かと近寄っていくと、「余計なお世話。私はハナコ、2歳です」と鳴かれて逃げられてしまいました。

リチャード・W・ラビノウィッツ先生のこと

そうだった、２０１１年3月11日の地震の瞬間、私は「小舟のように揺れる会議室に」いたのだった。永田町にある山王パークタワーの12階の会議室で、インドから訪ねてくれた弁護士さんと話をしていたのだった。

彼は、「いつも日本ではこんなに揺れるのか?」と尋ね、私は、「いや、こんなに強い地震は珍しいよ」と答えた。

船酔いしそうな揺れが、ゆっくりと大きく、長く、いつまでも際限なく続いた。ちょうど秘書がお茶を運んできてくれたときだった。しかし、彼女も私も彼も、テーブルの下に隠れることもなく、私と彼は椅子に座ったままでいた。

私は、揺れを感じながら、立ったままの秘書に、「ずいぶんゆっくりと揺れるね。どこが震源地なのかな」と話しかけた。もちろん、彼女が知っているはずもない。黙ったまま微笑んでかぶりを振った。

インドの弁護士さんは、揺れが収まると落ち着かない様子で立ち上がり、角部屋であるその会議室の窓二つ、首相官邸側の窓と溜池側の窓越しに熱心に遠く、近く、外の風景を眺めていた。

私も立ち上がって窓際に行き、私たちはそこで立ったまま会話を続けた。

エレベータは停まってしまっているとの報告を受けた。

「12階からだから、歩いても大したことはないだろう」と私は彼に言った。

だが、間もなくエレベータは復旧した。彼はなにごともなかったようにエレベータのなかに入って行き、ドアは当たり前のように閉まった。いつもどおりだった。

「先生、このビルは地震になると有難味がわかりますよ。共同事業者であるオーナーの方が非常にビルの強度についてうるさい方でしてね」と三菱地所の専務だった宮内豊久氏が、私がこのビルのスペースを借りた当初に言っていたことを思い出し、なるほどこういうことかと感心した。現に、借りているスペースで壊れたところはほとんどなく、レセプションの天井に少しだけヒビが入った程度のことだった。

どこか、東京以外のどこかで大きな地震があったのだろうと漠然と考えていた。しかし、震源地がどこであるにせよ、あの津波は予測できようはずもなかった。

夕方近くになると、こんどは人の津波がビルを襲った。目の前の外堀通りが、帰宅を急ぐ人々で埋まり始めたのだ。

「帰宅できない人たちが20人くらいいます」と事務方の責任者が私に状況を報告してくれた。「その人たちには今晩はこのビルに泊まってもらいます」とのことで、すべて秘書の女性たちとのことだった。私は、まず、水と食料が非常用に備蓄されていることを思い出して少し安心した。だが、寝具は望むべくもなく、薄い掛物があるくらいとのことだった。

あれから12年になる。

1万5千人超が亡くなった。

その前は、1995年の1月17日だった。28年前のことである。私は南青山のツインタワーにオフィスを構えていた。独立して10年。未だ45歳だった。もちろん関西での地震は東京のビルを揺らすことはなかった。ただ、高速道路が根元から折れてしまった画像を覚えている。

次は、いつ、どこで?

わかろうはずはない。わからないままに、毎日を平穏に暮らしてきた。これからも、防災にさらに気を配りながら、平穏に生きてゆくことを願うしかない。訪ねてきた日本の法律事務所で大地震に遭ったインドの弁護士さんからは、後日、無事に帰国したとの連絡があった。

そういえば、ニューヨークに滞在中に古い高層ビルのエレベータが停まったことがあった。44階だったかにあるアメリカの法律事務所を依頼者とともに訪ねていた折だった。

あれは地震だったのか、それとも停電かなにかだったのか。その法律事務所がビルのオーナーの顧問弁護士だからと特に頼んでくれて、荷物用のエレベータで無事降りることができたのを覚えている。

他にもニューヨークでは、ホテルのエレベータに閉じ込められてしまったことがあった。非常用のボタンを押して、電話で助けを求めるしかなかった。以来、いつもエレベータに乗ると床の大きさをつくづくと眺める。横になることができる広さかどうかが気になるのだ。生きているといろいろな目に遭うと知っている。

鞆の浦に通うことになったのは、旧知の湯﨑英彦広島県知事からの電話がきっかけだった。風光明媚の地である鞆の浦に橋を架ける埋め立て計画があり、裁判所が埋め立て免許交付申請を差し止める命令を出したのだ。10月に広島地方裁判所の判決があって、11月に湯﨑さんが知事に初当選したばかりだった。長い間の懸案だったが、これまで埋め立て賛成派と反対派が同じ席に着いて話し合ったことがない。だから、その話し合いの場を設定するので進行役をしてほしいという依頼だった。

もう一人の進行役、大澤恒夫弁護士と2年間、毎月一回鞆の浦に通った。彼は静岡から、私は東京からだ。

私は、故郷広島に恩返しせよという天の声だと感じていた。

まことに「ささやかな恩返し」だった。

私は湯﨑知事の、これまで話し合ったことのなかった埋め立て賛成派と反対派の両派が話し合うことのできる場所を初めて設定し、それを県ではなく第三者である進行役に委ねるという発想に感嘆した。素晴らしいと思った。そうした場に立ち会える機会を、私自身にとっては天命だと感じた。当時、大阪の橋下徹知事がメディアで絶賛されていた。動と静。私は、目の前の湯﨑知事が橋下さんの動に対する静の知事として、同様に優れたリーダーだと感じ、そう口にもした。

しかし、お役に立てたのかどうかは今でも半信半疑である。私は検事を2年やってビジネスの弁護士をやってきたに過ぎない。とにかく、当事者ではない第三者であることが大切なのだと毎回自分に言い聞かせていた。

鞆の浦のどこにも素晴らしい人々がいて、なるほど世の中はそのようにできているものなのかと思わされた。日本の津々浦々、どこも同じに違いない。私のように、ビジネスの観点から物事を眺め、常々、世界は東京とニューヨークとロンドン、それにその他と思って仕事をしてきた人間には、鞆の浦では学ぶことばかりだったような気がする。

このころも、今と同じく、「毎晩、決まって漱石の『こころ』を読んで眠りに入」っていたのだ。いや、今は読むのではなく、聴きながらいつともなく寝入ってしまっている。私のひそやかな世界が増えた。画期的に増えた。散歩中も聴く。

徳島に行ったのは、弁護士会の用件だった。日本弁護士連合会の外国弁護士及び国際法律業務委員会の委員長をしていたので、徳島の弁護士会の方々に外国弁護士制度についてのご説明をしに行ったのだった。

「徳島に行ったら、大塚国際美術館を訪ねるといいですよ」と私に教えてくれたのも三菱地所の専務をしていた宮内氏だった記憶だ。

「陶器のタイルで、世界の名画を再現しているばかりか、システィーナ礼拝堂にいたっては、そのままが建物ごと大きく造られているんですからね」という触れ込みだった。そのときだったか、丸の内オアゾにピカソのゲルニカがありますよ、とも教えてくれた。

鳴門海峡の渦潮はどんなだろうという思いと興味もあった。

そう書いていて、不思議の感に打たれる。

今の私は、徳島に行くことはできるが、美術館を訪ねには行かない。鳴門の渦潮も拝む気になれない。

そうだった、私の師匠だったラビノウィッツ弁護士の口癖が、「私は世界のどこへでも出かけていきます。ただし、仕事の必要があれば」だった。名所旧跡にはなんの興味もないと言っていた。私はラビノウィッツ先生の下でまる6年間働いた。

私がロンドンに出張と決まると、ここでこの人、あちらでこの人に会ってこいという指示をくれた。もちろん私が担当していた依頼者である。

山中湖を見下ろす大きな別荘地の一角に、窓枠がそのまま富士山の絵の額縁になっている別荘を持っていて、自分が使わないときに若い弁護士だけで出かけて使うことを許していた。パートナーのアーサー・K・毛利弁護士が別荘開発会社をやっていて、その特別な一角なのだという話が伝わっていた。

別荘を使わせていただくとき、オフィスの廊下で私に向かって立ったまま、「ラビノウィッツは、ほら、こう指先が不器用ですから」と、自らモンキージャパニーズと称する日本語でつぶやきながら、キーホルダーから別荘の鍵を取り分けて渡してくれた。アメリカ人と日本人の夫婦とその間の子ども、日本人同士の夫婦とその間の子どもの6人が一晩、その絶景の別荘に遊んだのだった。子どもが一人だったころのことだから、私は未だ30歳そこそこだったことになる。

ラビノウィッツ先生は、今となるととても懐かしい。私がラビノウィッツ先生と仕事の話をしたのは、1985年が最後だろう。なぜなら、その年の4月18日にはすでにアンダーソン・毛利・ラビノウィッツ法律事務所を辞め、新しい事務所で働き始めているからだ。私は35歳、ラビノウィッツ先生はたぶん60歳くらいだったろう。

どうして自分の事務所から弁護士が次々と辞めてしまうのか不思議でならないと言って、辞意を告げた私をランチに誘ってくれた。ところが私が移る先の事務所がコンペティターだとわかると、突然秘書を通じてランチの約束をキャンセルされてしまうということがあった。そういうものなのかと納得するほかない。私はもうかわいいアソシエートではなくなってしまったのだから。

ラビノウィッツ先生についての飛び切りの思い出は、民法の解釈を巡っての日本人弁護士4、5人との議論のときの彼の言動だ。彼の広い部屋で民法の議論をしていたのだった。日本人の弁護士が、条文上はそう書かれていても、こう解釈するんですよ、と言って議論を打ち切ろうとする。しかし、彼は納得しない。

時間が経っていく。8時は回っていたろう。畠沢弁護士が腹が減ったのか、やにわにコーヒーテーブルの上に置かれた砂糖の袋を摑み上げると破り開け、ザーッと口のなかに開けた。妙に印象に残っているシーンである。

ラビノウィッツ先生は、自分の大きな机の上に置かれた六法全書、未だ一冊本だった六法全書を摑み上げ、強い近眼の目から眼鏡を外し、民法の該当条文の頁に目をこすりつけるように近づけて、「でも条文はこうなっているじゃないですか」と日本語で読み上げた。私はラビノウィッツ先生が、日本法の問題なのだからといって日本人の弁護士に任せきりにしない態度に素朴に感動した。法律家の鑑だと思った。

若かった私は、毎夜、帰宅すべく東西線の浦安駅を降りてからの15分、独り歩きながらラビノウィッツ先生と英語で仮想問答をしていた。人影のないのを幸い、声を出してラビノウィッツ先生に英語で事実関係を説明し、ラビノウィッツ先生の質問も自分で考え出して英語で喋るのだ。そんなときがあった。検事で2年遅れたという焦りが私を駆り立てていた。

そういうことがあって、そのときはそれなりに夢中になっていて、そして多くのことが記憶の闇に潜り込んでしまう。二度と浮かび上がっては来ないだろう。そして私の死とともに永遠に消え去る。

ラビノウィッツ先生は人生を楽しんでいたのだろうか？　時間が空くと気軽に若い日本人弁護士に声をかけ、運転手さん付きの白いトヨペット クラウンでアメリカンクラブへランチに連れていってくれた。そして、「僕はね、若いときには学者になりたかったんだよ。そのために勉強していてね、それはそれは楽しかったな」と何回か言われた。週末ごとに山中湖の別荘で樵のまねごとをしているのだと噂を聞いたこともあった。

ラビノウィッツ先生に弁護士業の手ほどきを受けた私だが、学者になりたいと思ったことはない。もちろん樵のまねごとはしたこともない。すると、私は人生を愉しんだことはないということになるのだろうか。確かに私にとって仕事は、家族を養うための金を稼ぐことと自らの能力の証明のためにあった。その他の時間は？　仕事をしない時間は、すなわち罪を犯している時間だという潜在意識がいつも付きまとっていた。まるでマックス・ウェーバーのプロテスタンティズムの倫理である。

10代のころ、人生は東大に入ったその後から始まる。どんな人生が？　そいつは東大合格以前に考えても意味のないことだ。そんな風に考えて受験勉強をしていた。すると、昭和44年、１９６９年には東大入試が中止になってしまった。

私は今も人生を見つけたという気がしていない。そもそも人生というものが、そのように、見つけることのできるものとしてこの世に存在し得るのかどうか。それすらもわからない。

私にとって確かなことは、目の前の仕事を片付けるのは罪の意識を免れる唯一の方法であるということである。鷗外流に言えば「日の要求」ということになるのだろう。あるいはこれも一種の人生観ということになるのだろうか。はた迷惑な人生観なのかもしれない。

幸いなことに、罪の意識は一定時間働けばその後つかの間だけは消える。私は、その間に、時間を盗むようにして本を読み文章を書くのである。

様々な葬儀のこと

おや、この年の年賀状には「昨年もいろいろな方にお世話になりました」と2行目に書いている。一見なんのことはない数行である。一般的には年賀状にあって少しもおかしくない文言でもある。

しかし、私にはわかる。それまでの年賀状には見かけない記載であって、奇妙であることが。私の年賀状の書きぶりではない。記憶にはないのだが、きっとあの方とあの方に大変お世話になったという具体的な方々の顔を思い浮かべて、年賀状を通じて謝意を表したいと考えた末、敢えてそう書いたのだろうか。

もしそうなら、「お礼の申し上げようもありません」というほどのお世話になったということがあったに違いない。それなのに、もう思い出すことができない。ほんの12年前のことである。2011年になにがこの身に起きたのか。感謝しなければならないと強く感じるようなどんなことが起きたのか。

あるいは、面と向かってお礼を申し上げることがはばかられるような事情、たとえば私立学校の理事長に知り合いの入学の世話を頼んだら、合格となった、しかし、それは相手もそんなことで礼を言われてもなんのことかわからない振りをするしかない、といったたぐいのことだったのだろうか。

思い当たることはない。そんな真似をしたことはない。

では、なにを？

なにはともあれ、いつも、なにかしらが起きていて、誰かしらにお世話になっていて、誰かしらに不本意ながらご迷惑をかけて、生きのびて来ていることは間違いない。

それどころか、私のことを「あいつ死ねばいいのに」と思っている人も何人かいるのかもしれない。こちらには心当たりはないのだが、弁護士という仕事をしているから代理人に過ぎないにもかかわらず恨まれることは何回もあった。

そういえば、昔、若い検事だったころ、若い裁判官と話したことがある。彼が或る年配の検事を批判し、「あいつ死ねばいいのに」と非難の言葉を口にしたのだ。私が驚いて「え、裁判官がそんなこと言っていいの」と問い返すと、「いいんだよ。殺すとは言ってないだろう、死ねばいいと言っただけだ。それは許される範囲だろうさ」と答えた。私はその機知に納得し、大いに感心もした。あの男も、もう裁判官はしていない。

2011年の年賀状が存在しない理由は、2010年に父親が亡くなったからだ。95歳だった。喪に服して賀状を遠慮するのは、広く行われた慣習だった。喪に服するというからにはなにかの信仰があってのことかというと、そういうわけでもない。ただ、世間でそれが行われているからというだけの事情だろう。

私の母親は２００４年に亡くなった。87歳だった。だから２００５年の年賀状も存在しない。

母親の葬式は広島で営んだ。私は55歳。友人のメディア・コンサルタントの小川勝正氏が新聞に働きかけてくれ、母親の死去を死亡広告として掲載してくれる運びとなった。

それだけなら何ということはなかったのだが、秘書を通じて長年の依頼者の一部に知らせた。その結果、広島での母親の葬儀に二つの会社の副社長さんが二人もご出席くださることになってしまった。

私は少なからず慌てた。世間ではそういうことが起きてしまうのだと反省した。大変申し訳ないことをしてしまったと今でも思っている。東京から朝の飛行機に乗って葬儀会場に駆けつけてくださったのだ。私が秘書を通じて依頼者の一部に母親の死去を伝えたのは、花輪を出していただければありがたいという考えがあったからだろう。これも今思えば恥ずかしいことである。母親が亡くなってしまったのは、もちろん子どもである私には悲しいことだった。だが、仕事のうえでお付き合いさせていただいている方々には何の関係もないことである。それを、わざわざ知らせれば、それも葬式に間に合うように知らせれば、放置するわけにはいかないと考えてくださった会社があったということだ。

もちろん、今でもどこの誰、あそこのあの方とよく覚えている。帰りの飛行機便が羽田上空で待機を余儀なくされ着陸がひどく遅れてしまったというアクシデントもあった。二重にご迷惑をかけてしまった。よく覚えている。

葬式といえば、こんなことがあった。

或る顧問先の会社の社長のご母堂が亡くなられた。このときには会社のほうから、葬式の日時を知らせたうえで、出席の要請があった。未だ若い弁護士だった私は、わざわざ知らせてくださっただけでなく葬儀への出席まで期待してくださったことが嬉しかった。喪主である社長がキリスト教徒であったから、キリスト教式の葬儀というものに初めて出席したのだった。私にとっては、妙なことだが、晴れがましい式だったということになる。

以来、何回仕事で存じ上げている方のご母堂の葬儀に出席したことか。どういうわけかご母堂ばかりだった気がする。列に並んでいると会社の方が私の存在に気づいて、「先生、こちらへ」と声をかけてくださることが多い。すると、前に並んでいる方々に頭を下げて先導された格好で急ぎ手を合わせて早々に退出することになる。


盛大な式だったのは、河村貢先生の葬儀だった。

河村先生には生前可愛がっていただいた。ご尊父以来の三菱地所の顧問弁護士でおありになり、また日本生命の社外役員でもあられた関係で、いろいろ仕事の面で教えを乞うことが多かったのだ。もちろん、三越事件の本は興味深く拝読した。

また、あるときには、私の事務所が当時あった青山ツインタワーの地下1階でお姿をお見かけしたことがあった。私がご挨拶すると、強制執行の現場に立ち会っていらっしゃるというお話だった。私が少し驚いて、「え、先生のような大先生がそんな事件でご出馬になることがあるんですか」と申し上げたら、河村先生は、「私は弁護士ですから、どこへでも行くんですよ」と、さらりと仰られた。私はなるほどと感心した。どんなに弁護士として名声を博していらしても、自分は弁護士であるから仕事をする人間なのだというお気持ちが痛いほど伝わってきた気がしたのだ。

その河村先生のご葬儀は上野寛永寺で、いわば三菱地所葬といったもののように執り行われた。私の存じ上げている三菱地所の方々のお顔を何人も拝見した。もちろん、日本生命の方々もいらした。河村貢弁護士の会社法務における偉大な存在感が溢れた葬儀だった。

こんな葬儀にも出たことがある。

或る顧問先である。著名な会社で、会長が亡くなられたので青山葬儀所で大きな社葬が営まれたのだった。私にも出席の要請があり、当然のように出かけた。もちろん、黒服に黒ネクタイである。青山一丁目の駅から葬儀所まで人の波が途切れることなく続いていて、私はさすがにこの会社ともなるとこんなに参列者がいるものなのかと感心してしまっていた。

ところが驚いたことに、会場へ着くととても高い席を指定された。喪主を含めて3番目だった。2番目は社長である。どう考えても一顧問弁護士に過ぎない私が着くべき席ではない。私は戸惑いながら、隣の社長と二言三言話した。そして、どうして私が立場に不相応な順序の席に座ることになっているのかを考え、すぐに私なりに悟った。

社長が私を社内に最高の権威ある顧問弁護士として扱って見せつけることを必要としたのである。社長は未だ就任して間がなかった。その会社では数年前に権力をほしいままにしていた社長が突然亡くなるということがあったのだ。それで、その亡くなった社長によって会長に祭り上げられてしまって実権を全く喪失していた会長が勇躍して蘇りかけた。ところが、社内力学はすでにその会長が社内で実権を再び振るうことを許さない状況になっていた。集団指導体制の一人として、会長は新しい社長を選ぶことに甘んずるほかなかったのである。

そうして決まった新しい社長の下では、会長、社長、そして専務が実力者であり、かつ、その下の常務3人も一定の発言権を有していた。

しばらくはそうした集団指導体制が続いた。一種いびつなトロイカ方式といってよかった。私が顧問弁護士になったのはその体制下だった。しかし、顧問弁護士就任のための面接は会長によってなされ、鰻料理専門の料理屋にご招待いただいた。その後に、社長には別の料亭で、専務にはご自宅での手料理までご馳走になった。

その後、どうやら起死回生のクーデターに打って出たのが会長だったようである。自分が社長になる力はないことはわかっている。しかし、社長の首を挿げ替えることなら、なにか名目を設ければできないわけではないと考えたのだろう。

そこで、なんらかの事情を構えて社長に退陣を迫るとともに、常務取締役に過ぎなかった腹心の男を社長に強く推挙した。それだけの力はトロイカ方式のなかで維持していたということである。

私は、新社長になることが決まった方と仕事を通じて個人的にも仲良しだった。新社長就任が公表される前に、仕事で会社に来ていた私を見送る廊下で歩みを止めると脇に寄り、小声で「実はこのたび社長になることが決まりました」と嬉しそうに、まことににこやかな顔で私に打ち明けた。

その結果が、葬儀での私の異例に高い席次だったのである。もちろん、すべて私の推測に過ぎないが、全く根拠がないわけでもない。

自分を社長にしてくれた会長が亡くなってしまったのだ。新社長の会社内部での地位は未だ安定していない。会長が後ろ盾で初めて安定した立場にあったのだ。

だとすれば、そう、あの顧問弁護士を会長の忘れ形見のような置物として使うに限る。そう社長は思ったのであろう。もちろん私への事前の相談などはない。私は、ただ呼ばれて葬儀に出席したら奇妙にも異常に高い席次の場所に案内され、その席次にふさわしく振る舞っただけである。他にどうすることができよう。

新社長の作戦は成功した。私はその会社ではただの顧問弁護士ではなく、亡くなられた前会長が全幅の信頼を寄せていた別格の顧問弁護士になり上がってしまったのである。

葬儀で思い出すことは未だある。

独立して弁護士になってすぐのころ、共同経営者である方のご尊父が亡くなられた。東京近郊の代々の名家の方ではあったが、それに留まらず亡くなられた方は大変金儲けがうまく、都内にいくつものビルを所有していた。どのビルにも社名の看板が高々と掲げられていた。バブル華やかなりし時代のことだったから、総計は1000億を当然上回ると言われていた。

その方の葬儀が芝の増上寺であって、私も参列しなくてはならないことになってしまったのだ。

それはそれでいいのだが、問題は寒い季節に風の強く吹く屋外で長い時間立っていなければならなかったことである。寒かった。震えが止まらなくなってしまう寸前になるほどに寒かった。よくぞ無事でいたものである。若かったのである。

後になって、次男である私の共同経営者は、長男である、亡き父親の資産の大部分を相続する兄に対して、張り合ってみせる必要があったらしいということがわかった。それが、寒風のなかで彼の支配下にある弁護士が何人も立ち尽くしていた葬儀とならなければならなかった理由である。

昨今の酷暑を思えば、冬で未だよかったのかもしれない。

もっとも、コロナになってからは葬式というものが流行らなくなってしまった。これは過去の時代の物語ということになる。

平成25（2013）年の年賀状

昨年の末、といってもつい一〇日ほど前、事務所恒例のイヤーエンド・パーティーをしました。二八回目、新しいパレスホテルです。三四年前、私はこのホテルの隣にかつてあったAIUビルで働き始め、ホテルの部屋に次々と明かりが灯ってゆくのを横目で眺めながら、書類の頁をめくっていました。

心のなかはいつも太陽が輝いていて、まばゆいばかり。

私の大脳のなかには、あの以前のホテルの建物も、皇居のお堀に沿った隣のビルへの通路も、クッキリと存在しています。

「去年の雪はどこへ行ってしまったのか」

一五世紀のフランスの詩人も、二一世紀のビジネス・ローヤーも同じです。記憶している自分のなかにすべてがあります。その上にまた今年の雪が降り積みます。

どうか、皆さまにとって今年が素晴らしい年となりますよう。

10年ひと昔

「三四年前、私はこのホテルの隣にかつてあったＡＩＵビルで働き始め」とある。つまり、今から顧みれば44年前ということだ。確かに計算は合う。29・5歳、3月末で検事を辞めて弁護士になったのだった。

「私の大脳のなかには、あの以前のホテルの建物も、皇居のお堀に沿った隣のビルへの通路も、クッキリと存在しています」と確信を持って断言している。10年前のことだ。では、今現在、そう言えるだろうか。どうも少し怪しい気がする。

往時茫々。

63歳は60歳と同じ、60歳は50歳とほとんど同じこと。それなら50歳は40歳と似たものとも言えそうだ。そうなれば、40歳は30歳に、30歳は20歳に、とつながる。

一昨年ならば73歳は、と始めて同じように言えたかもしれない。しかし、今となってはなんとも怪しい。

大きななにかが肉体の上で起きたのか。

確かに尿路結石ができた。しかし、それは7月13日にレーザーで除去した。そのために3泊4日で入院したのだった。

だが、そんな一つひとつの具体的なことではない何か、得たいの知れないなにかがこの身に起きつつあると感じ始めている。

「心のなかはいつも太陽が輝いていて、まばゆいばかり」と書いたのはついこの間のことなのに。今の私は、心のなかにいつも太陽が輝いているとは感じない。未だ日は暮れていない。それどころか夕焼けが目にまぶしくなるにはまだまだ間があるつもりでいる。

しかし、確実に近づきつつあるものの小さな足音がそう遠くないところから耳に届いてくる。あの聞こえるか聞こえないかのかすかな物音は、いったい何の音なのか。

たった10年。

「記憶している自分のなかにすべてがあります」と感じたのに、どうやらもうすべてを記憶しているわけではないとわかっている。そんなことはありゃしないさ、まだまだ、と抵抗してみてもいい。しかし、他人へは何とでも言いつくろえるが、自分についた嘘は、いつも、すべて、お見通しだ。

「その上にまた今年の雪が降り積みます」か。根雪になりそうな気配ではないか。

どうやら奥手の人間だったということでしかないのか。

最近はコーポレートガバナンスについてメディアの方々から取材されることが多い。

「二一世紀のビジネス・ローヤー」の面目躍如ということになるのかもしれない。

しかし、それも偶然の積み重ねに過ぎない。私が日本コーポレート・ガバナンス・ネットワークというNPOの理事長になったのも、創業者にして前任の理事長だった田村達也さんに頼まれてのことだったに過ぎない。あれは2013年の夏のことだった。正式に後継となったのは年末近くだった。

その日本コーポレート・ガバナンス・ネットワークで「失われた30年　どうする日本」と題した特別プロジェクトを始めたのが2021年の7月だった。田原総一朗さんとの対談が第1回だった。それから1年間。最後にも田原さんに出ていただいた。

そのプロジェクトがBSテレ東の「これだ！日本」という番組に発展した。2022年の10月、最初のゲストに岸田総理をお迎えした。インタビューは、いつもジャーナリストの安倍宏行さんとごいっしょだった。また1年。最後のゲストに新浪剛史経済同友会代表幹事をお迎えして9月2日に終わった。新浪さんは「あすは明るい！」と言い切った。

その他にも、会社の不祥事を巡って、あるいはM&Aに際して、テレビや新聞、雑誌に登場させていただくことは数限りない。


9月7日にはジャニーズ事務所の記者会見があったと思っていたら、すぐに夕刊フジの旧知の海野記者からご連絡をいただいた。コーポレートガバナンスの観点から、と言われ、私は①独立社外取締役が過半数の取締役会、②上場を目指すと宣言すべし、100％株主でも即時、簡単にできること、と答えて翌日の紙面を飾った。

その後、10月2日の2回目の記者会見までに世間には批判、非難があふれ、ジャニーズ事務所は名称を変更し、新会社を設立することになった。しかし、詳細は明らかではない。一部では860億の節税をしたが、その相続税を払うという藤島氏の決断がその間にあった。

2回目の記者会見の日、私はテレ東の「WBS」から取材を受けた。カメラと音声の方々も交えての3人での取材だった。

テレビの画面で、冒頭、「進歩しました」と述べて、私は一定の評価をしている。そして喜多川氏が大犯罪者である、独立した社外取締役が過半数の取締役会をつくらなくてはいけない、と断言した。

テレビ局の方に、「独立とは？」とたずねられ、私は、身を乗り出すようにして、「利害関係がない、ということです」とゆっくりと述べた。後から画面を観て、私自身、視聴者の方々にわかってもらえるといいなと感じた。

実は、最後の質問は、取材を一応終えたところで担当の方が、もう一点だけ聞きたいことがある、と言われて、録画と録音を再開してのやりとりだった。

私はコーポレートガバナンスの観点からは、常に独立した社外取締役が取締役会の過半数でなければならないという考えは持っていない。日本の現状の会社の人的構成、すなわち生え抜き従業員が幹部になり経営にたずさわっている状況からは、社内取締役の存在をそれとして生かしてゆくことが大事だろうと考えている。それには、独立社外取締役の情報へのアクセスの問題や、独立社外取締役を補佐する取締役会事務局の独立性の問題もからんでいる。

ただ、ジャニーズ事務所の関係者は、9月7日にジャニーズ事務所という社名を継続するという判断を是とした方々である。そうした「関係者」が社長や副社長になり、半数に満たない独立社外取締役のいる取締役会で再スタートしようとしても、分社しようがしまいが、世間の信頼を得ることができるとは思えなかったのである。

執行と監督。コーポレートガバナンスの大原則の問題である。


「去年の雪はどこへ行ってしまったのか」は、もちろん、フランスの詩人であるフランソワ・ヴィヨン（1431ごろ～1463年以後）の一節である。ヴィヨンを知ったのはどういう経緯だったのか。読んだのは『ヴィヨン全詩集』（鈴木信太郎訳、岩波文庫、1965年）だったに違いない。ランボー経由か鈴木信太郎に教えられたのか。大学時代のことである。

本を読むのが趣味だと思って何十年になるだろうか。ほとんど趣味というようなものが何一つない生活を送っているのだが、これで本人は至極満足して暮らしている。仕事が忙しく、本ならばその合間に読むことができるからである。

本を読むのは、机に向かって読み、ベッドに寝っ転がって読み、また机に戻って読む。その繰り返しである。休日で仕事のない日はまことに快適である。眠くなれば顔に本が落ちてくる前にベッドの下に本を置いて眠り、目が覚めれば体を伸ばして本を取り上げて読みさしのままだったところから再び読み始める。

いつも、大小のポスト・イットとマーカーを身近に置いている。

しかし、である。

本を読むのが趣味というのは、なんとも意味不明ではないだろうか？

どんな本でも本でありさえすれば読むというのだろうか。

20世紀半ばごろの英国の小説家サマセット・モームはこう書いている。


「読み物がないと、時間表とかカタログを読む。これは控えめな言い方だ。私は陸海軍ストアの値段表、古書店の目録、鉄道時刻表などを読み耽って愉しい時間を過ごしたことがある。いずれもどこかロマンスの雰囲気があって、最近の小説のいくつかなどより、はるかに面白いと思う」（『サミング・アップ』行方昭夫訳、岩波文庫、2007年）

モームが64歳の時の感想である。

「私の場合は読書が休息である。いや休息以上である。必要欠くべからざるものであり、短い間でも読書ができないと、薬の切れた中毒患者のように苛々してくる」というモームだけのことはある。

私にも似たところはある。たとえば、トイレの個室に入るとき本がないときは本を取りに戻る。勝手な想像だが、そういう方は意外なほど多いのではあるまいか。もちろんスーパーや不動産屋のチラシは格好の時間塞ぎである。

だから、どんな本でも読むのである。しかし、読み出して面白いと感じられる本でなければ遠慮なく放り出す。昔は最後まで読まないではいられなかったが、今や、もう残り少ない時間を無駄に過ごしたくはないという思いが勝る。それに私は買わない本を読むことはほとんどない。代金を払い終わっているのだから、著者へも出版社へも最低限のご挨拶は済んでいると思うのである。

では、どうやって読む本を選ぶのか。

行きあたりばったりに本屋で本を選ぶ愉しみを説く方もいる。思いもかけない出逢いがあるというのである。賛成である。羨ましいとすら感じる。

だが、私の場合は書評であり、読んだ本のなかでの言及である。巻末のビブリオグラフィーによることもある。

私は何種類もの日刊紙やネットを読んでいるから、そうした新聞やネットの書評欄でどれほどたくさんの本と引き合わせていただいたことか。

たとえば、たった今『植物はなぜ動かないのか』（稲垣栄洋著、ちくまプリマー新書、2016年）を読み終わった。

この本に出逢ったのは、日経新聞のおかげである。2023年の1月14日付、土曜日の「半歩遅れの読書術」と題されたコラムに落合恵子さんが書いておられ、そこでこの本が紹介されていたので存在を知ったのである。

実は、著者である稲垣栄洋さんの書かれるものは昔からファンだった。だから、落合さんの紹介を読んだときには、「おや稲垣さん、また新しい本を出されたんだな、そいつはいい、さっそく買って読まなくっちゃ」と思ったくらいなのだ。

いつものように、新聞のその部分にポスト・イットを付けてアウトボックスに出しておくと秘書とその手伝いの方が手配してくれ、数日で手元に届く。私なりのシステムである。

ところが届いた本の奥付を見て驚いた。なんと2016年の出版なのである。もう11刷になっていることにも感嘆する。本を出版したことのない方には実感がないだろうが、11刷というのは大変な売れ行きということである。私が2017年に出した『少数株主』（幻冬舎）が文庫本になったのが2018年のことで、それが最近になってやっと7刷になった。7刷になるだけでも大きな達成である。

落合さんご自身もある女性の友人に薦められたと書いている。子どものころのこと。「大きくて太い欅の幹に両腕を回し、耳を押し当てると不思議な音が聞こえた。当時学生だった伯母が、欅が地下水をくみ上げる音だと教えてくれた」と思い出話を書いていらっしゃる。

なるほどなあ、と感じる。

同じときに、私は『綿の帝国』（スヴェン・ベッカート著、鬼澤忍・佐藤絵里訳、紀伊國屋書店、2022年）を読み始めてもいる。並行して何冊もの本を読むのは私の習慣なのだ。こちらの本は848頁もある大部の本である。こうした厚い本は『時間の終わりまで』（ブライアン・グリーン著、青木薫訳、講談社、2021年）の642頁以来のような気がする。なに、一度に読破する必要などないのだ。少しずつ読んでいけばそれでよい。現に『時間の終わりまで』はそうやって、ずいぶん長い日々を愉しんだものだ。

仕事は急ぐことが当然の世界である。相手あってのことだからである。だが、趣味である読書は？　私が気ままに決める。独りだけの世界だからである。悪くない。

父との生活

父親が老人で私が青年だったころのことである。

父親は私によく言って聞かせたものだ。

「年寄りの気持ちというものは、実際に歳を取ってみないとわからないものだ」

そして、「歳を取るというのは毎年毎年なだらかに取っていくのではないんだよ。何年間も少しも変わらないでいる。それで自分は歳を取ることなんか無縁だ、なんて思っていると、ある瞬間に、おやっおかしいな、なにか変だなと思い知らされる。そういう風に歳というものは階段を下りてゆくように取って行くものなんだよ」とも。

私は父親が35歳のときの子どもだから、たぶん、父親が今の私くらいだったのだろうか。

一度だけではない。何度も同じことを口にしていた。

その父親は、90歳を過ぎるとよく「もう死なないような気がしてきた」と述懐し始めた。

昔、エッセイストの山本夏彦もそう言っていた。もちろん、二人とも亡くなった。三段論法におけるソクラテスである。人はみな死ぬ。ソクラテスは人である。ゆえにソクラテスは死ぬ。

そういえば今の私の年齢だったころ、父親は歯の磨き方を若い私に熱心に教えてくれたものだった。

父親は自分の歯が残っていること、20本以上あった、そいつが自慢だった。

「それは偶然じゃないんだよ。こうして――」と父親は歯ブラシを手にして口のなかで動かしながら「毎回丁寧に磨くことが大切なんだ」

私は、若者の例に漏れず、聞いている振りをしていただけだったのだろう。年寄りの垂れる教訓話というのはそういうものだ。あれは目の前に相手がいて話しているつもりでも、しょせん独り言でしかありえないものなのだろう。

今の私は、父親が教えてくれたようには歯を磨いてはいない。それどころか、どう磨くようにと教えられたのか、すら忘れてしまっている。あのときには自分の歯のことなど心配していなかったのだ。

今の私の歯の磨き方は、一度に二通りのやり方を繰り返すのが常だ。一度目は歯と歯肉の間を横に、歯ブラシを斜めに構えて前後に動かして磨く。上、下、それぞれの表と裏とがあるから、それだけで4回。次いで縦に、つまり歯の生えている方向に沿って下から上に、あるいは上から下に、歯ブラシを回転させるように。これも上、下、表、裏とあるから4回である。それがワンセットだ。朝と夜に行う。桃の柔肌を傷つけない程度の圧力で十分だとなにかで読んだことを心がけている。

毎回丁寧に磨いていることが、父親の教えを守っていることになるのだろう。父親は別の柔らかい歯ブラシも持っていて、それでどこかを磨くと教えてくれたのだが、忘れてしまっている。喉の奥に差し込んで、そこへの付着物を取り去るということだったような気もする。

父親は豊富な時間のなかにいたのだ。58歳で営業譲渡をしてしまって不動産の上がりで生活するようになっていた。私は、74歳の今も弁護士業にいそしんでいる。

私は、若いころから、週に一度、日曜日が来るごとに両親に電話をしていた。電話をすればたいていは父親が先にとり、二人で話す。1時間になることもしばしばだった。それから母親と話すことになる。場合によっては話さないで終わってしまうこともあった。母親からすればずいぶん物足りない思いだったのではないかと、今にして申し訳ないことだったと反省している。

海外に出張すれば、国際電話をしていた。

その両親、殊に父親との何十年と続いた日曜日の電話で、あるとき父親が「もう愉しいことを聴くだけにしたい」と言ったことがあった。

「それではせっかく二人で話している意味がなくなってしまうじゃないの」という私の声に、

「歳を取るとね、もう不愉快なことは耳に入れたくなくなるんだ。だから、愉しいことだけを話してくれ」

と、一種、断固として、答えた。だからといって私が両親に電話する習慣は絶えることはなかったが、私なりに淋しい思いはあった。

父親にはいろいろなことを教えてもらった。

たとえば、学生時代のこと、二人で飛行機に乗って私が洗面所に行ったとき、手を拭いた紙タオルで洗面器の水をキチンと拭き取ってから出てくるんだよと教えてくれた。未だ紙タオルの珍しい時代だった。

「飛行機のなかで飲む紅茶が、どういうわけかとても美味しくてね」

と話してくれたこともあった。

私が子どものころには、鉋《かんな》の掛け方を手取り足取りで見本を示しながら教えてくれた。

「鉋はね、ゆっくりと引くんだ。急いではいけない。歯の出し方が大切だよ。出し過ぎてもいけないが、歯が出ていなくてはそもそも鉋が掛からない。ほら、こういう薄くてふわっと浮き上がるような削りくずが出てくるのがいいんだ」

それは、鰹節の削り方でも、鋸の引き方でも同じだった。私が力を入れてせかせかと鋸を動かしているのを見て、鋸を使うときには急がないこと、力を入れ過ぎないこと、撫でるように、ゆっくりと、と諭してくれた。特に日本式の鋸は押して切るのではなく、引いて切るのだとも、鋸の目を指さしながら教えてくれた。確かにそのとおりだった。

今の私はもう鉋はもちろん、鋸を使うことも、それどころか鰹節を削ることもない。パックに入った削り済みの鰹節が、それなりに美味しい。時代である。しかし、白衣の料理人が目の前で鰹節を鰹節削り器でゆっくりと薄い天女の羽衣をつくるかのように引いてくれ、たっぷりとあるその削り節をふっくらと炊き上がった白いご飯に載せ、ほんの少しの醤油をたらして食べることがある。そうした一瞬には、日本人にしかわからない美味しさの感覚なのかなと思いながらも、人生はこの悦楽で定義されるんだなと一人納得する。

父親にはたくさんのことを教えてもらった。一緒に兄の使っていた自転車にペンキを塗り直したことがあった。東京でのことだから私は10歳前後である。海老茶色のペンキを塗ったのだが、前のペンキを十分に剝がすことを怠ったせいでか、きれいな仕上がりにはならなかった。それでも、私は自分の手で塗り上げた自転車を嬉々として乗り回していたものだ。

父親は昭和10年、1935年に総合電機メーカーに入社した。20歳だった。「今で言うとソニーみたいな感じかな」と言われたのは、私が子どものころのことだ。本当は東京海上に入りたかったのだ。高等商業学校で可愛がってくれた先生が、毎年東京海上に一人推薦枠を持っていたので期待していたのだが、どういうわけか「その総合電機メーカーは素晴らしい会社だよ」と強く入社を勧めてくれたのでそれに従うしかなかったのだということだった。

さらに、中途で退社して今の一橋大学である東京商科大学へ進学したかったんだと漏らしたこともあった。会社の同僚にはそうやって何年か遅れで一高、今の東大に入った人もいたのだという。父親によれば、一橋からなら外交官になる道が開かれていたので、外交官になりたかったんだよということだった。なんでも、東京商科大学へは父親の卒業した高等商業からは進学の便宜がはかられていたのだという。

ところが母親、つまり私の祖母に、やっとここまで苦労を重ねて育てたのだからもう勘弁してくれと泣いてすがるように言われて諦めたとのことだった。

そんな父親だったから、日常、突然フランス語の詩句を口にすることがあった。第二外国語はフランス語だったのだ。

国立の高等商業を出ていたので、早慶などの私立大学出身者よりも2歳若いのに、同じ月75円をもらうことができたのだという。ちなみに東大を出ていれば月100円だったそうだ。その他に、軍需景気のおかげで会社はたくさんのボーナスを払ってくれたので、豊かな青春を送ることができた。

たとえばレコードの収集である。もちろんSPの時代である。また、カメラにも凝った。当時はドイツのライカが憧れの的であり、家一軒の値段だったと聞いた。私の東京時代、6歳から10歳までの間に私は父親にDPE、現像と焼き付け、それに引き伸ばしを手伝わされたものだった。

小さな小さな真っ赤な電球の灯りだけの空間で、フィルムを薬品で処理する。両側にぶつぶつと穴の並んだフィルムに小さな、白黒が逆になった映像が現れてくる。現像である。

そのフィルムを、底が広くなった縦に長い、四角い器具の上に置いて、上から強い光を当てて引き伸ばして印画紙に焼き付ける。小さな二人だけの空間を満たしていた薬品の匂いを覚えている。バットという底の浅いホーローの四角い洗面器に、薬品を溶いた水が満たされているのだ。そのバットの水溶液に焼き付けたばかりの印画紙を浸すと、少しずつ少しずつ、魔法のように画像が浮かび上がってくる。その印画紙を別のバットに張った水で洗い、出来上がりである。

自分が写真好きでツァイス・イコンというドイツの会社の、蛇腹でレンズを引き出すコンパクトなカメラを持っていた。これは今も兄の手元にある。私にもコニレットという小さなカメラを買ってくれた。

小学生だった私は、このコニレットには苦労した。というのは、コニレットというカメラは横穴のないフィルムを使っている特殊な方式だったのだ。遠足に行った先でフィルムを買おうとしても、コニレット用のフィルムは売っていないところが多く、とても残念な思いをしたものだった。

後に私が学生として東京に住むようになってからは、出張で上京した父親と銀座を歩いていると、中古写真機店があるたびに父親は立ち止まって覗きこむ。飾ってある一つひとつの中古の写真機について、あ、これはね、と学生だった私に説明せずにおれない様子だった。父親は50代だった。私がゼンザブロニカという名を知り、ハッセルブラッドなどという好事家しか知らない名前を覚えているのは、こうした折の会話からなのだ。

銀座では4丁目の角にある和光を一緒に覗いたこともあった。「手を触れて壊したりしたら、どれも高いものだからね、気を付けて」と言われた。今、私はその店で買い物をすることがある。行くたびに父親と一緒にいたときのことを思い出して、こそばゆい気がする。

上京してきた父親は私のアパートに泊まるのが習慣で、夕食を二人でたびたび摂った。私がしゃぶしゃぶというものを生まれて初めて食べたのも池袋の東武デパートのなかにあったすき焼きの名店でのことだった。スエヒロといったと思う。こんなに美味しいものがこの世にあるのかと感じた記憶が今でも鮮烈に残っている。

そういえば、同じ東武デパートのなかにあった北浜という和食屋では、鰹のタタキというものを初めて口にした。これも鮮明な記憶として残っているほどに美味に感じた。

父親は昭和10年、1935年に入社して間もなく徴兵で兵隊になった。そこで軍隊の内務班でどれほどひどいリンチを受けたかを何度も何度も聞かされた。

あげく結核にかかり、除隊となったのは戦争が終わる前のことで、再び東京は丸の内での勤務に戻った。当時の結核にはストレプトマイシンといった特効薬はなかった。それで父親は極端に栄養に気を配っていた。

給料はすべて食べてしまったね、というのが口癖で、食後に果物がいつもあった。小さな庭に生えている柿の若葉を摘んで薄くスライスして食べたりもしていた。納豆の食べ方も独特で、卵と海苔と鰹節、それにネギを刻んで入れる。私は後に浪人生として上京して寮に入った折、朝食に出た納豆に驚いた。そこには小さな器に納豆だけがポツンと置かれていたからである。

46歳のときにゴルフを始め、それが一生の趣味、いや趣味以上の生活そのものになっていた。雨の烈しい日にもゴルフに出かける。雷が鳴ったらアイアンのクラブを空に向けて突き上げ、そこに雷が落ちて死ねば本望だと半ば本気で言っていたほどだった。中年で始めたが10年経たずしてシングルになり、シニアとはいえクラブチャンピオンには何度もなっていた。友人たちとそこかしこのゴルフ場に遠征することも愉しみの一つだったようだ。

そんな父親を含めて6人の家族の面倒を見ていた母親はどれほど大変だったろうかと、今になって感慨がある。

父親は、日曜日の早朝、忘れたころに突如、窓、カーテンや障子を開け放ち、バタバタと一人掃除を始めて、眠っている家族をたたき起こすことがあった。父親なりに清潔に暮らしたいのにそれがかなわないままに我慢している日々への苛立ちが爆発することがあったということなのだろう。

私の母親は明るい、料理の上手な、子ども思いの、優しい女性だった。しかしとても清潔好きだったというほどではなかったような気がする。父親も、自分が結核の療養をしていたときには、母親が神経質に清潔好きでなかったので助かったと言っていたりもした。

私が未だ覚えていないほど幼かったころ、沸いている鍋のお湯を頭からかぶりそうになったことがあり、母親はとっさに自分の左脚で受けたという。もしそうでなかったら。私は別の人格になっていただろう。母親が死んだ日、私は改めて母親のヤケドの痕のある左脚のスネの部分をさすったものだった。

父親は経理や総務の人間だったから、夕食時にいないことはまずなかった。その上、広島の上幟町に移ってからは昼ごはんを食べに帰宅していた。ついでながら次男である私も小学校の給食ではなく自宅で昼ごはんを摂ることが許されていたから、そのころにはなにも思わないでいたが、母親にしてみればどれほどの負担だったろうか。

ときに母親がいないと、父親がどこでならったのかバターライスを作ってくれたこともある。祖母がいたときには、舟焼きと称して小麦粉をフライパンで焼いて扇型に切って食べさせてくれたこともあった。

まことに、絵に描いたような、サザエさんの漫画のような家庭生活を送っていたと思い出す。現実には嫌なこともたくさんあったのだろうが、もう忘れてしまった。

しかし、総じて私の生活は父親の給料に支えられて標準以上の暮らしだった。

そうでない小学校の友人もいた。大変優秀な成績の男だったが、家庭の事情で受験というものができず、おそらく中学を出たところで就職したに違いない。

それでも、私たち団塊の世代は、明日は今日よりも豊かになるものと信じて疑いもしなかった。彼もそれなりの人生を送ったに違いない。我々の世代はそう信じることができた世代である。

平成26(2014)年の年賀状

この一年間、或る事情があって私の時間は停まっていました。その空間のなかで、ぐるぐるとハツカ鼠のように走り回っていたのです。

一段落してみると、それもまた人生の一コマだったようです。

――「世の中に片付くなんてものは殆どありやしない。……ただ色々な形に変るから他《ひと》にも自分にも解らなくなる丈の事さ」という、漱石の言葉が浮かびます(『道草』)。

弁護士としての仕事。その合間に独り文章を読み、書くこと。人と話すこと。

私の心のなかに、「低い雲を黄に赤に竈の火の色に染めて行った」夕陽(『門』)への憧れがあります。夢を見ているのです。

夕陽が落ちたら?

「山のお寺の鐘」を聞くには、未だもう少し時間がありそうな気がしています。

人とは何か、日本人とは何か、組織とは何か、未来はどうなるのか。そうしたことを考え続けていたいのです。またご報告させてください。

本を読むことこそ我が人生

「『山のお寺の鐘』を聞く」とは、すなわち死を迎えることである。「未だもう少し時間がありそうな気がしています」と書いたのは２０１３年の末のことだから、もう10年も前のことになる。

現在も、未だ寺の鐘を聞くまでにはもう少し時間があると思っている。おかしなものだ。10年1日というわけでもあるまいが、10年前の私は今の私と少しも変わらない。人の心は歳を取らないのだ。

「ただ色々な形に変るから他《ひと》にも自分にも解らなくなる丈の事」なのかもしれない。

弁護士としての仕事は相変わらず多い。その上、弁護士事務所の経営者としても考えなくてはならないことは引きも切らない。

弁護士事務所という組織を経営したくて弁護士になったわけでは毛頭なかった。しかし、１００人を超える人の集まりは一定の管理を要求する。なんのことはない、中小企業の経営者である。外に向かってはコーポレートガバナンスについて講釈をしたりするのだが、自らの組織はどうなのか、とつくづくと思うことがある。この組織に属している人々は、それぞれにやり甲斐と幸福感を持つことができているのか、いつも気になってしまう。

こんな中堅企業の経営であっても、誰かが人生をかけて真剣に取り組まなくてはならない。

義務？

幸いに、一緒に経営に参画してくれる人々がいる。20人を超える。独りではないという思いは、いつも私を鼓舞する。お互いの議論はものごとの筋目を明らかにしてくれる。だからといって、孤独でなくなるというわけではない。世の組織のトップというものは、大小を問わず、一日24時間、同じ悩みを悩んでいることだろう。

「或る事情」というのは、大きな事件があって高等裁判所に係属していたことを意味している。私と共に担当していたチームの面々は高等裁判所の裁判官に事態を正当に理解してもらうことに必死だったのである。「一年間」経って、その努力はそれなりに報われた。「その空間のなかで、ぐるぐるとハツカ鼠のように走り回っていた」甲斐があったと嬉しかった。

しかし、終わってみると、所詮「人生の一コマ」でしかないと感じたのだろう。そうしたことの積み重ねで人生の刻が流れ去ってゆき、戻ることはない。裁判制度は「世の中に片付くなんてものは殆どありやしない」の例外ということなのだろう。しかし、裁判は人生の、あるいは私の関わっている分野で言えばビジネスの一部でしかない。その裁判を取り巻く全体像は、片づくことなどあり得ない。現に失業を心配する裁判官はいないに違いない。時間は未来に向かってどんどんと経過してゆくのだ。振り落とされないだけでも全身全霊をこめなくてはならないことが少なくない。

そういえば、この高等裁判所の件は最高裁に行ったが、結果は変わらなかった。

私は「弁護士としての仕事」を愉しんでいるのだろうか?

なぜ「合間に独り文章を読み、書く」のだろうか?

本を読むこと以上の快楽はない。知らないでいたものごとを知り、世の中が、「そうだったのか」とよりよく理解できた気持ちになることができる。文学よりも経済や政治の本を読むことが多い。私には、現在の文学者の言っていることよりも興味の駆られることがあまりに多いのだ。厳密な論理と証拠に基づく推論の世界にふだん住んでいるせいかもしれない。

私のなかには、晩年「私は聖書と日刊新聞以外を読まない」と言ったというポール・クローデルの境地が理解できるような思いがある。彼は本職の外交官で駐日大使であった一時期もある。そういえば荷風も晩年、鷗外以外は読むに堪えないと言っていた気がする。

だが、私は日刊新聞以外にも本を読む。本には鷗外以外はもちろん、漫画も含まれる。

先日『沈黙の艦隊』(かわぐちかいじ著、講談社、1989年~1996年)を読み終わった。初め紙の本を買った。秘書に全32冊です、と言われてとりあえず3冊を頼んだ。手元にきた本を見ると一冊で3センチはある。3冊目の途中まで夢中になって読んだところでキンドル(Kindle)のお世話になることにした。劇画であることも手伝っているのか、便利この上ない。一頁全体に潜水艦の一部の絵があって「ゴーッ」というカタカナだけが描かれた本である。その厚い本を何冊か持って大阪へ出張できるものではない。キンドルなら、飛行場へ行く車のなか、飛行機のなか、飛行場からの車のなか、手軽なことこの上ない。

キンドルについては、知り合いの米国人弁護士に、本の保管スペースの要求に耐えられないのでキンドルにして10年になるという方がいる。快適この上ないと言う。配偶者も弁護士である彼にとっては、双方の本が自宅のスペースを占拠してしまうことを防ぐ最良の策として始まったそうだが、快適なだけではない。たとえばマークした部分だけを抽出したバージョンを作ってくれというとすぐにできあがる。それを眺めれば、自分がなにを読んだのか、どういうことに感じ入ったのかが一挙にわかるというのだ。

私は、キンドルが出たときに関心を持って調べたところ、その記憶、すなわち本の内容そのものが自分のものになるのではなく、キンドルの記憶装置のなかにしか存在しないということに大きな抵抗があって、相変わらず本を買い続けてきた。

だが、どうやら私にとっても事態は本の大量所有を許されそうにないことになってしまって久しい。次々と買うからどんどんと増える。単調増加である。整理はできない。ゲラの校正の方から引用の該当頁を確認するように言われても、本そのものがどこにあるか分からないという哀れなことになってしまうことが重なる。もう一冊買うしかない。しかし、そこにはマーカーの跡も上端を折られた頁も付箋もない。独自の検索機能のあるワードで仕事をしている身には恨めしいことである。

それでも、本に触る人生から抜け出ることができるのかどうかわからない。ヘミングウエイのキューバの自宅の書斎には9000冊の本があった。石原慎太郎さんの大量の蔵書も寄付されたと聞く。本はそれ自体の生命を持っているかのようである。

本を読む。たとえば漱石の『門』を読む。漱石は何回も繰り返して読んでいる。『こころ』は毎晩のように聴く。

「『低い雲を黄に赤に竈の火の色に染めて行った』夕陽」という年賀状の一文は、『門』の主人公である宗助が人妻である御米と出逢ってしまったとき、性関係を持ってしまう直前の、御米の夫であった友人と3人で旅行したときに眺めた情景である。

その後、

「山の上を明らかにした斑な雪が次第に落ちて、後から青い色が一度に芽を吹いた。宗助は当時を憶い出すたびに、自然の進行が其所ではたりと留まって、自分も御米も忽ち化石して仕舞ったら、却って苦はなかったろうと思った。事は冬の下から春が頭を擡げる時分に始まって、散り尽した桜の花が若葉に色を易える頃に終った。凡てが生死の戦であった。青竹を炙って油を絞る程の苦しみであった。大風は突然不用意の二人を吹き倒したのである」

以前、鷗外を愛読していたころには、漱石という人はなぜああも三角関係が好きなのかと不思議な気がしていた。しかし、今はわかる。別に漱石は三角関係が好きだったわけでも、いわんや自分の人生のなかで三角関係を実践していたわけでもない。色恋への興味ではない。

「私は倫理的に生れた男です」と『こころ』のなかで先生が言う。漱石の心のなかには、いつも倫理的であるとはどういうことかという問題意識があったのだろう。では明治の日本における倫理的とはどういうことか。

それは、漢文学と江戸趣味に育った新興日本の青年が、イギリスという西洋の代表に学びに行くということに胚胎しているのだろうと思っている。解決が得られたとは思えない。それどころではない。バブル崩壊から30年。日本は改めての「普請中」なのである。

上記の『門』からの引用部分は、亡くなった芳賀徹の引用された文章を読んだときに強く印象付けられた部分だった。「青竹を炙って油を絞る程の苦しみであった。大風は突然不用意の二人を吹き倒したのである。」という表現を部分引用してくださった芳賀徹のおかげで、私は漱石についての新しい目を開かれたのである。その感激が年賀状での引用になっているのだ。

芳賀徹は、私の尊敬する平川祐弘先生の小学校からの同級生である。伊東俊太郎と共に平川先生の出版記念会でお目にかかったことがある。平川先生以外のお二人については、その偉大さを知らず、伊東先生にご専門の分野をうかがって、ご本人から「僕はそれほど有名じゃあないからなあ」と言われて平川先生ともども笑われてしまった。伊東俊太郎の名著『十二世紀ルネサンス　西欧世界へのアラビア文明の影響』（岩波書店、１９９３年）を拝読したのは、その直後のことである。

この本には驚いた。読んだのは2014年8月1日のことだが、今に至るも私の歴史認識の基本的な骨格の一部になっている。アラビアが、古典ギリシアを保存・発展させたのみならずイベリア半島のトレドの街でヨーロッパに伝えたことが、後の西洋ルネサンスを用意したとは。実はそういうことだったのである。そういうことがかつてあったのである。もちろん、こう書きながら私はコルドバにある建築物、赤と白の大柄な縞模様の、奇妙に脚の細いアーチの連続、メスキータを思い出している。見たことはない。しかし画像は世に溢れている。

スペインによるレコンキスタの前、あのトレドの街で、イスラム教の人々とキリスト教の人々はどのように一緒に暮らしていたのだろうか。ロメオとジュリエットのように恋に落ちたカップルもあったのではないだろうか。

私の好奇心と想像力はとどまるところを知らない。目の前だけを見ていると、その先はわからない。見当がつかない。ただ眼前の風景が次々と変わるのに翻弄されるだけになってしまう。過去、なにかがあったこと、そして、それがなぜそうであったのか、その後はどうなったかを知っていると、現在もそのように変わり得ると推測することができる。たとえば、AIである。今回のAIのブームが3回目であることくらいは知っていても、それがどこへ我々を連れて行くのかは、過去に起きたこととの対比で考えるしかない。今回は違うかもしれない、ということもそのなかに含まれる。

現時点で私は、たぶん今回のAIの発展は、過去の歴史に学ぶことが役に立たないほどの決定的な変化を我々にもたらすのではないかと想像している。早い話が、我々はホモ・サピエンスに追われたネアンデルタール人になってしまうのではないかと恐れているのである。ディープラーニング、深層学習とはそういう地平に我々を連れて行ってしまう可能性を秘めている。汎用人工知能のことである。シンギュラリティのことである。

問題は脳ではない、身体を持つから知性が存在するという批判には大いに説得力がある。私が子どものころ読んだSFの古典、『ドノバン氏の脳』のように、脳だけを外部化すればそれで足りるとは思えない。たとえば、腸内細菌が100兆個あって1・5キロの重さを持つと学べば、それだけでも人間というものについては脳の機能だけを考えれば済むものではないだろうと推測できる。

しかし、その知識も脳に蓄えられている知識である。腸内細菌についての知識も同じである。大脳の新皮質が人間を人間にしていると読めば、主な点は脳なのだという考えに落ち着く。

どこへ人類が行くのかわからない。

私の頭のなかにあるのは、「キリンもトマトも人間もたんに異なるデータ処理の方法に過ぎない」というユヴァル・ノア・ハラリの命題である。その著『ホモ・デウス 下』210頁に出ている（柴田裕之訳、河出書房新社、2018年）。

トマトを食べる度に、私は奇妙な感慨を感じないではいられないのだ。

ヘミングウェイの『移動祝祭日』と石原さんのこと

「彼女以外の女を愛する前に、いっそ死んでしまえばよかったと私は思った」（『移動祝祭日』アーネスト・ヘミングウェイ著、高見浩訳、新潮文庫、２００９年）

もちろん、「私」、すなわちヘミングウェイは死ななかった。であればこそ、62年足らずの人生で４回の結婚をすることができたのだ。この印象的な一文に惹かれてヘミングウェイの妻たちについて書いた本まで読んだ。（『ヘミングウェイの妻』ポーラ・マクレイン著、高見浩訳、新潮社、２０１３年）。

「ニューヨークで用件をすませてパリにもどったとき、私は、オーストリアまで自分を運んでくれる最初の汽車をつかまえるべきだった。けれども、そのときパリには愛している女性がいて、私は最初の汽車にも、次の汽車にも、その次の汽車にも乗らなかった」

そのことについて、上記の後悔の文章を35年も経った後になって遺作『移動祝祭日』に書くことになる。それを我々は読むのである。

ヘミングウェイ26歳。パリにいて、ヘミングウェイをオーストリア行きの汽車に乗せなかった「愛している女性」とは、彼の二人目の妻になるポーリン・ファイファーである。4歳年上である。ヘミングウェイは26歳、「愛している女性」は30歳である。

オーストリアにいたのは第一の妻であるハドリー・リチャードソンである。ヘミングウェイ22歳、ハドリー30歳のときに結婚し、3か月後には新婚の二人はパリに行く。一人目の妻は8歳年上、二人目の妻は4歳年上ということになる。年上の女性に惹かれる性向があったのだろう。

『移動祝祭日』の高見浩氏の訳によれば、「駅に積まれた丸太の山をかすめて汽車が進入し、線路脇に立つ妻と再会したとき」にわきあがった胸のうちが冒頭の引用である。

その感慨は、こう続く。

「彼女は微笑んでいた。うららかな日を浴びている。雪と陽光で焼けた愛らしい顔。健康そうな肢体。赤身を帯びた黄金色に輝く髪。それは冬のあいだに野放図に美しくのびていた。そして、並んで立つバンビ君は、金髪の、ずんぐりした体軀もあどけなく、リンゴのような冬のほっぺたをして、フォアアールベルグの元気いっぱいの男の子のように見えた」

二人の間の男の子はヘミングウェイ24歳のときに生まれている。妻ハドリーは32歳。ジヨンと名付けられた。作品のなかではバンビという名前で登場する。

オーストリアのフォアアールベルグ州のシュルンスという町で3人は冬を過ごす。パリのアパルトマンは寒くてたまらなかったというのである。二人だけならいいけれど、バンビ君には冬のパリは辛すぎると。

ヘミングウェイは続ける。

「私は彼女を愛していた。彼女だけを愛していた。二人きりになると、素晴らしい、魔法のようなときを彼女とすごした。私は仕事に励み、彼女と忘れがたい旅をし、これでもう二人は大丈夫だと思った。けれども、晩春になって山を離れ、パリにもどってくると、またもう一人の女のことがはじまったのだ」

そしてヘミングウェイは第一の妻と別れる。ヘミングウェイ27歳である。すぐに2番目の妻と結婚する。

その2番目の妻とも13年で別れ、すぐに3番目の妻マーサ・ゲルホーンと結婚する。3番目の妻とは5年で別れ、そして4番目で最後をみとった妻メアリー・ヘミングウェイと結婚することになる。2番目の妻も3番目の妻も、どちらも自分の考えをはっきりと持ったジャーナリスト、作家の女性だった。

4番目の妻は？

メアリーとマーサは同じ歳である。ヘミングウェイからは8歳年下。3番目で年上の女性しか愛せない状態からやっと脱出できたのか。

『移動祝祭日』のなかにこんな一節がある。若い、未だ無名のヘミングウェイがカフェを執筆場所としていたときのことである。

「一人の若い女性が店に入ってきて、窓際の席に腰を下ろした。とてもきれいな娘で、もし雨に洗われた、なめらかな肌の肉体からコインを鋳造できるものなら、まさしく鋳造したてのコインのような、若々しい顔立ちをしていた。髪は烏の羽根のように黒く、頬にかかるようにきりっとカットされていた。

ひと目彼女を見て気持ちが乱れ、平静ではいられなくなった。いま書いている短編でも、どの作品でもいい、彼女を登場させたいと思った。しかし、彼女は外の街路と入り口の双方に目を配れるようなテーブルを選んで腰を下ろした。きっとだれかを待っているのだろう。で、私は書き続けた」

文章を書き続けながら、彼は「顔をあげるたびに、その娘に目を注いだ」

「ぼくはきみに出会ったんだ。美しい娘よ。君が誰をまっていようと、これきりもう二度と会えなかろうと、いまのきみはぼくのものだ、と私は思った。きみはぼくのも

のだし、パリのすべてがぼくのものだ。そしてぼくを独り占めにしているのは、このノートと鉛筆だ」（同17頁）

おもしろい書き分けがある。

この美しい娘を見て、「私は書き続けた」という最初の場面では、書いているヘミングウェイにとって「ストーリーは勝手にどんどん進展していく。それについてゆくのが一苦労だった」とある。

「ぼくを独り占めにしているのは、このノートと鉛筆だ」と書いた後、ヘミングウェイは、「それからまた私は書きはじめ、わき目もふらずストーリーに没入した。今はストーリーが勝手にすすむのではなく、私がそれを書いていた」。

それからは、「もう顔をあげることもなく、時間も忘れ、それがどこなのかも忘れて、セントジェームズを注文することもなかった」。

セントジェームズというのはマルティニーク島産のラム酒で、美しい娘が店に入ってくる前に、書いている小説のなかの少年たちが酒を飲んでいる酒のことだ。少し前にヘミングウェイ自身が、それを注文する場面があるのだ。

ノートと鉛筆に没頭している間にも時は経つ。「短編を書きあげると、最後の一節を読み直し、顔をあげてあの娘を探したが、もう姿は消えていた。ちゃんとした男と出て行ったのならいいな、と思った。が、なんとなく悲しかった」

そして牡蠣と辛口の白ワインのハーフ・ボトルを注文する。

「短編を一つ書き終えると、きまってセックスをした後のような脱力感に襲われ、悲しみと喜びをともに味わうのが常だった」

なんという充実した時間だろう。

「パリに渡った当時のヘミングウェイ夫妻の懐は決して貧しかったわけではなく、ふたりはむしろ裕福な部類に属していた。」ハドリーが実家などからお金をもらってきたのである。「ハドリーの得ていた年収だけでもパリの労働者の平均的な年収の約十倍にも匹敵していたという」訳者の高見氏の解説である（同314頁）。

意図的に選び取られた貧しい暮らしぶり。

「一介の無名の若者が異郷の地で貧困と戦いながら愛の巣をはぐくみ、文学修行に励む――そのロマンティックなイメージにひたり、そのイメージを生き切ること、それが当時のヘミングウェイを駆り立てていた原動力だったのだろう。

当時のハドリーの資産、それがもたらした収入について、ヘミングウェイは本書で一切触れていない。ということ自体、彼の依拠していたロマンティックな虚構のイメージが、その人生にとっていかに重要だったかを物語っている」

高見氏はさらに続けて述べる。

「自伝とは、往々にして過去の再現というより過去の再構成であることが多い。作者の恣意が、そこで大きな役割を果たすのは、いわば不可避のことと言っていい」

私はさらに想像を広げる。

自伝は伝記とは異なるのだ。自分が自分の過去について振り返ってそれを文章にするとき、作家は自らの過去を創っているのだ。そこでは記憶の取捨選択は恣意ではなく、必然として行われる。「確かにこうだった」と。自分の人生の回想なのだ、自分の記憶以上に確実なものがあるはずがない。これが真実だという老作家の思いの前で、事実はどれほどの重みも持ちはしない。

その証拠のようなエピソードを高見氏はその解説の冒頭に書き留めてくれている。

「それは、彼女にとって忘れがたい会話だったことだろう。一九六一年三月のある日、夫とともにアリゾナ州で休暇を過ごしていたハドリー・モーラーのところに一本の電話がかかってきた。声の主は三十四年前に別れた最初の夫、アーネスト・ヘミングウェイその人だった。ヘミングウェイは言ったという。実はいま、君と暮らしたパリ時代の思い出を綴っているんだが、二、三、どうしても思い出せない事柄があるんだ。あの頃、若い作家たちを食い物にした男女がいたんだが、なんという名だったかな？」

その男女の名前を答えながら、「ハドリーは久方ぶりに聞く前夫の声に、深い疲労と悲哀の色を感じ取って胸を衝かれたという。ヘミングウェイ死す、の報に彼女が接したのはそれから三カ月余り後のことだった」。

もちろん、ヘミングウェイは『移動祝祭日』を書き終えようとしていたのである。高見氏は「本書自体ハドリーに対するオマージュだと見るむきがあるのもうなづけよう」と評する。

そのとおり。若かった自分のそばにいた女性へのオマージュは、若くて、無名で、野心に駆られていた自分自身へのオマージュにほかならない。

作家は自分にしか関心を持たない。我が儘な生き物である。

私自身、27年前に『株主総会』（幻冬舎、１９９７年）を出版した。その文庫版のあとがきに、自らのうちにあった抑えがたい欲求として「年齢的に若くなくなったこと」をあげている。なんと「人生は移動祝祭日の連続ではありえず、必ず終わりがある」と記しているのだ。今となると出版した47歳は若い。私も若くて、野心的で、飢えて、悶々としていたのだ。

私はこの本を読むたびに石原慎太郎さんのことを想う。ヘミングウェイと石原さんは似ている。なによりも、我が儘いっぱいの人生を生き切った男として。石原さんの『「私」という男の生涯』（幻冬舎、2022年）は、その間の事情を語って余すところがない。あれが石原さんの我が生涯なのである。

実は、心ある文学史家が、その石原さんの書いた我が生涯の事実について探究し、ここが違う、これが真実だと書いてくれることを私は愉しみにしている。つまり、加藤周一における『加藤周一はいかにして「加藤周一」となったか』（鷲巣力著、岩波書店、2018年）であり、江藤淳における『江藤淳は甦える』（平山周吉著、新潮社、2019年）である。

私は石原さんについて『我が師　石原慎太郎』（幻冬舎、2023年）を書いた。尊敬する平川祐弘先生にお贈りしたら、「牛島信は、このすらすらと綴った私語りで、ついに日本文壇史の中に名を連ねることとなりました」と感想を書いてくださった。

私語りか、と思った。そう見えるのか、という軽い驚きであり、そうなんだなという納得であった。

『移動祝祭日』にはエピグラフとして、

「もし幸運にも、若者の頃、パリで暮らすことができたなら、その後の人生をどこですごそうとも、パリはついてくる。パリは移動祝祭日だからだ。」

とある。石原さんの最初の作品「灰色の教室」には、

「この年頃にあっては、欲望が彼等のモラルなのだ。
自己の中に深く入り込んでいくには、彼等にとって不可能な秩序が必要だったのだ。
人々はこれらの悲劇的な、落ち着きのない魂の呼吸しているこの旋風に依って醸し出される速力の為に悩まされるのだ。それは、ほんの子供らしいことから出発する。そして人々は始めただ遊技をしかそこに見かけないのである。
——コクトオ『怖るべき子供たち』」

という長いエピグラフがある。若くて無名の石原さんが、どんなにエピグラフが大事だと思っていたのかは、左記の本に『太陽の季節』で文學界新人賞に応募する際のエピソードとして出ている。

「当時はこの国ではまだあまり知られていなかったジャン・ジュネか、彼に影響を与えたマルキ・ド・サドのどちらかの刺激的な言葉を選んでエピグラフに載せようと思い、サドの言葉にした」（『「私」という男の生涯』）

もっとも選考委員の武田泰淳の意見では「冒頭のあのサドのエピグラフは外したほうがいい」と編集者に言われて、「あれがついていると落選ですか」と質し、慌てて否定されたので簡単に同意したとある（同）。

私は？

若くて、野心的で、飢えて、悶々としていた。私も同じだったのだ。

パリでもなく、どこでもない異国に若い時代を過ごすことがなかっただけである。

だから、もし私に移動祝祭日があるとすれば、東京しかない。移動しない祝祭日である。

その代わり、東京が変化してくれる。私は昔、若いころ、木賃アパートに住んでいた。それから50年余。確かに、祝祭の連続ではあったと思っている。

そういえば、7歳年上でヘミングウェイの同時代人といってもよい芥川龍之介は、なんども隅田川について書いている。大川、と呼んでいるが、そこを幼児のときから中学を卒業するまで毎日見ていた。住まいが変わって月に二、三度出かけて行って川面を眺めるようになっても、と、懐かしい光景としてしみじみと思い出している。彼が自殺の直前に書いた『或阿呆の一生』には昭和2年6月20日と日付が記されている。相互になんの因果関係もありはしないが、その直前、ヘミングウェイはハドリーと正式に別れすぐにポーリンと結婚している。それから１００年。『侏儒の言葉』を書いたあれほどの知性は日本に孤立したままでいる。日本語だからである。

久しぶりに『移動祝祭日』を読み、高見さんの解説に至るに及んで、私は自分が生まれ変わった気がした。74歳の私の心は22歳のヘミングウェイと少しも変わらないと感じたのだ。私は今、目の前が新しい刺激に満ち満ちていると感じている。

平成27(2015)年の年賀状

六十五歳になりました。他人事のような気がします。でも、還暦と古希の真ん中の年齢はとても快適でもあります。未だ体も使えます。

精密検査をしたお医者さんから「もう十年は国のために働いてください」と言われました。頭？ ローマ時代のキケロの言ったとおり、経験と判断力が豊かになったつもりでいます。

とても幸運なのだと思います。

弁護士の仕事も三十五年を超えました。働くのが楽しくてなりません。文章を書くのも愉しい時間です。

いつも、五百年後の世界から見ると、現代はどんなに見えるのだろうかと思いながら生きています。今、私がマキアヴェリの生きた時代を眺め返しているように、五百年後の人々も、そうやって我々を見るのだろうと考えるからです。

毎晩モンテーニュの『随想録』を読みます。彼の「クセジュ」（私は何を知っているか？）という問いが、夢のなかにまで私を追いかけてくるのです。

もうすぐコーポレートガバナンスが日本を変える

「五百年後の世界から見ると、現代はどんなに見えるのだろうかと思いながら生きています」と書いている。気軽に「五百年後の世界」と書くことができたのは、1523年から500年が経過した時点である今を生きているからである。その間に経った500年の流れを大筋知識として持っているつもりだったからである。紆余曲折はあっても、時間は流れ、人類は続く、と。

しかし、我々の「五百年後の」人々はどんな人々なのだろう。AGI（汎用人工知能）のことを思うがゆえに持つ疑問である。私は、きっと人類は汎用人工知能に征服されているに違いないとしばしば考える。それどころかネアンデルタール人のように、その新しい汎用人工知能に滅ぼされて存在してなぞいないだろうとすら思うことが多い。

もう止まらないのだ。ChatGPTの騒ぎを見ても、そう思う。それでも今回のAI騒ぎは、台風一過のように落ち着くだろう。4回目のAIブームに過ぎなかったということでいったん消え去る気がしてならない。

それほどに、人間の「身体」は、殊にその心は複雑過ぎてか、なかなか人工的には対抗しきれないのだと思っている。

500年は長い。日本に銃の伝わったころである。それからしばらくして日本は世界で最も銃がたくさんある国となり、したがって豊臣秀吉の明攻めは決して無謀な作戦ではなかったとも聞く。

だが、そののち火縄銃は核兵器になった。今や地球の周囲を人工衛星が何千個も飛んでいる時代になっている。そしてサイバーである。ウクライナでの戦争はそれを実感させる。「要するに、人間の想像を超えた世界になるんだよ」と尊敬するビジネスパーソンに言われたのが最近のことだった。「それはどんな世界なんですか」ともう一度尋ねずにおれなかった私は、「だからね。想像ができない世界なんだから、今の時代の人間が考えても仕方がないんだよ」とぴしゃりと蓋をされてしまった。

不思議である。

500年前の鉄砲伝来からの急速な発展は、今を生きている私なりに、当時でも未来を想像できたのではないかという気がする。火縄銃がライフルになったこと、滑腔銃と銃身溝に螺旋状の溝を掘った銃との威力の違いは明治維新ごろの戦いで実感しているところである。そして自動小銃、いわゆるマシンガン。

高校生のときに世界史の先生に、「米軍は自動小銃を撃つので、こちらはせめてと小さな機関銃を手に取って身構えて撃ってみるんだ。だけど撃ち続けると反動でどんどん身体が上に向いてしまって対抗できなかった」と教えられたことがあった。

そして原爆。

『沈黙の艦隊』（かわぐちかいじ著、講談社、1989年〜1996年）を読んだ。飛び跳ねるように頁を繰り、飛行機の乗り降りの間にも分単位の時間を盗みながら、文字どおり寸暇を惜しんで読みきってしまった。キンドルで読んだから可能だったのである。劇画はキンドルに限る。何冊もの本の束を抱えて移動することなぞできはしない。

読後感は？

痛快だった。1988年にスタートして1996年まで連載されたと聞くと背景の時代を思う。88年は未だバブルの真っ最中である。95年に円は最も価値を持っていた。

あの劇画の哲学は私の防衛論と一致する。ただし、私のそれは一国平和主義である。原潜を7隻造って、いつも最低一隻が世界のどこかの海に潜んでいる。誰にもその一隻の所在がわからないところがミソである。したがって、日本を核攻撃した国は日本を灰燼に帰すことはできるかもしれないが、そのときには日本の原潜からの徹底的な核報復を受ける。日本を攻撃するものは、自らも灰燼に帰すことを覚悟しなくてはならないという一種の恐怖の均衡論、核抑止論である。

イギリスのサッチャーが提唱したと聞く。イギリスは実行しているのだろうか。いったい一隻の原潜に搭載することのできる量の核兵器でそうした反撃が実行可能なものかどうか。私には詳しいことはいっこうにわからない。

私に多少ともわかるのは、親子上場している子会社の親会社による100%子会社化の際のあるべき手順である。

それにしても、日本では敵対的買収と過去呼んでいたものが「同意なき買収」になった。どうやらそれがありふれた経済現象となりそうな勢いである。第一生命によるベネフィット・ワンに対する買収提案は、経営陣の賛成を条件としているとはいえ、時代を画するに違いない。日本は、上場会社である限りいつ「野蛮人が玄関口にやってくる」かもしれないことを覚悟しなくてはならない国に急速に変化しつつあるようだ。

国策である。

経済の弱い国は、結局軍事力でも外交力でも生き残ることはできない。そうした冷酷な現実への自覚が政府の政策に見え隠れしている。平和主義と少しも矛盾しないどころか平和を願えばこそである。平和は、念じるだけでは侵略を招くことがあると自覚するからこその経済振興策である。

丹呉3原則。

私の書いた『日本の生き残る道』(幻冬舎、2022年)を読んだ丹呉泰健元財務次官の送ってくれた励ましのメッセージである。政治頼みでなく、コーポレートガバナンスに拠り、海外の資本を歓迎する。先日、経団連で講演の機会をいただき、この丹呉3原則という言葉を使った。丹呉泰健元財務次官の丹呉である。

それは、日本の上場企業の海外勢力による同意なき買収を受け入れることを意味する。

裁判所が理解してくれるかどうか。それは弁護士にとっての大きな課題であり、また使命であると思っている。

明治時代になって、扇を頭の上にかざして電信線の下を歩いた神風連のような真似を裁判所にさせないこと。それは弁護士にとってなんともやりがいのある仕事である。どちらの味方につくかは、法の支配を信じている法律専門家なのだ、二次的なことに過ぎないだろう。

8年前の年賀状に弁護士として「働くのが楽しくてなりません。」と書いたのは、どうやらダテではなかったということのようだ。

であればこそ私は、日本の格差拡大とそのなかで下にいる人々の生活がどうなっていくのか、気になってならない。なぜなら、それは我々の子であり孫の世代だからである。いいかえれば、どうもコーポレートガバナンスが上からの改革であることが気になってならないということである。社会の大部分は指揮命令されて働く人々である。その人々にとってコーポレートガバナンスとは何であるのか。かつて古い日本が保証した終身雇用や年功序列に匹敵するなにかを我々は生み出しつつあるのか。

コーポレートガバナンスについて考えるとき、私はいつも小熊英二氏の言葉を思い出す。弊著『身捨つるほどの祖国はありや』（幻冬舎、2020年）のなかで小熊氏の言葉を何度も引用してもいる。

「社会の合意は構造的なものであって、プラス面だけをつまみ食いすることはできないのだ」(『日本社会のしくみ　雇用・教育・福祉の歴史社会学』小熊英二著、講談社現代新書、2019年、579頁)

「日本の経営者が、経営者に都合の良い部分だけをつまみ食いしようとしても、必ず失敗に終わる。なぜなら、それでは労働者の合意を得られないからだ。逆でも、経営者の合意を得られないから、同じことである。長い歴史過程を経て合意に到達した他国の『しくみ』や、世界のどこにも存在しない古典経済学の理想郷を、いきなり実現するのはほとんど不可能に近い」(同571頁)

「年功賃金や長期雇用は、経営者側の裁量を抑えるルールとして、労働者側が達成したものだった」(同573頁)

という小熊氏の分析は、著者の冴えを感じさせる。なぜなら、

「日本の労働者たちは、職務の明確化や人事の透明化による『職務の平等』を求めなかった代わりに、長期雇用や年功賃金のルールが守られていることを代償として、いわば取引として容認されていた」(同574頁)

からである。

「日本は、職員というエリートの特権だった長期雇用と年功賃金を労働者にまで拡大させ、『社員の平等』を志向した。（中略）企業横断的な基準がないのが日本なのである」（『身捨つるほどの祖国はありや』４７６頁）

そういう現実がかつてあったのだ。社会とは労働者、勤労者、大衆である。コーポレートガバナンスは未だその心を摑んでいない。それどころか、そうでありながら「人的投資」などと平然として表面的な議論に熱中する。いったいなんのことだろう。なにが起きようとしているのだろう。

なにはともあれ、私は時間の経過、それも数年といった時間がことを成就させると思っている。安倍元総理がコーポレートガバナンスを提唱して9年。もうすぐ11年になるではないか、と積極的に考えているのである。

平成28(2016)年の年賀状

六十六歳になりました。もはや還暦は昔の出来事です。

私は、毎日毎日元気に働き、大いに食べ、動き回っています。

四年前の六月二十七日、深夜テレビで『ガンジー』という映画に出逢いました。以来、イギリスとインドの関係、さらには広く先進国と新興国の過去と未来が気になってなりません。もちろん、後から追いついた先進国、日本に生まれ育ったからです。

すると不思議、四十三年前の四月十七日に江藤淳の『夜の紅茶』という本を買って以来、長きにわたって馥郁たる香りで私を楽しませてくれていた紅茶が、新たにイギリスと中国とインドの三角貿易の主役の衣装をまとって目の前に現れました。毎夜毎夜のこと。いかなるゆえにわが心が悩むのか、わけもわからないままに焦りがこの胸を焼きます。

ふと気づくと、熱い自分の隣に冷ややかに立って眺めている男がもう一人います。はてさて。

皆さまの今年のご多幸をお祈りいたします。

「もう一人」の自分

つい最近、NHK地上波でガンジー、キング、ベニグノ・アキノ、そしてアウン・サン・スー・チーという非暴力の連なりを観た。「映像の世紀バタフライ・エフェクト」という番組である。

そのなかで、殺されてしまったアキノ氏が、1982年に封切りとなった映画「ガンジー」を3回観た、それによって非暴力の戦いが鼓舞されたのだという事実を知った。

アキノ氏については、その友人だったという石原慎太郎さんの本で、本気でアキノ氏とゲリラとして戦おうと話していたということを読んでいたので、映画の力を改めて思い知らされる思いだった。石原さんはアキノ氏のフィリピンへの帰国に反対したとも書いている。

たった一発の銃弾が人の、国の運命を変えることがある。しかし、フィリピンの民衆はフェルディナンド・マルコス大統領を許さなかった。

時が過ぎ、そのフィリピンの現在の大統領は子息であるボンボン・マルコスである。母親はもちろんイメルダ・マルコスである。毀誉褒貶はあるが、美しい女性として知られている。花の女王と呼ぶことができるだろうか。

「イギリスとインドの関係、さらには広く先進国と新興国の過去と未来」については、『綿の帝国』（スヴェン・ベッカート著、鬼澤忍・佐藤絵里訳、紀伊國屋書店、2022年）という800頁を超す分厚い本を読んだ。その次には、これまた分厚い秋田茂氏の『イギリス帝国盛衰史』（幻冬舎新書、2023年）を読んだ。

私は、綿の種について初めて知り、綿繰り機の構造を調べ、またなぜランカシャー地方で産業革命が起きたのかも学び直した。それどころか、産業革命という言い方は、それが革命であったと称する点においてもはや大方の支持を得ていないとも教えられた。

読書が趣味となって久しい。もっとも読書が趣味というのもおかしな話だとは思う。モームのように、本がないときには時刻表でも読んでいたいというのであればともかく、或る本を読み通すかどうかは中身次第なのだから、本一般を読むことが趣味なわけではないことは確かだからだ。

なんにせよ、小学生のころから読書癖はあったろうと思う。中学時代には、友人と活字中毒の程度を競っていた。

「いかなるゆえにわが心が悩むのか、わけもわからないままに焦りがこの胸を焼きます。」

ヴェルレーヌの詩、「都に雨の降るごとく」の意訳である。鈴木信太郎と堀口大學の翻訳の2種類があり、私が鈴木信太郎派であるのは昔『あの男の正体《ハラワタ》』（幻冬舎文庫、2016年）という小説に書いたことがある。胸を焼かれる思いの理由を知らないのが「悩みのうちの悩みなれ」と鈴木信太郎によって訳されている。男と女のさりげないやりとりの一部である。

「ふと気づくと、熱い自分の隣に冷ややかに立って眺めている男がもう一人います。」

この男はいつもいたのだろう。「もう一人」の自分を見ている自分。誰にでもいるのではないか。

私のなかの二人。一人は熱く、もう一人は冷ややか。仕事に精を出して金を稼ぐ一人。暮らしを立てるためである。もう一人は黙って深夜の書斎で文章を綴る。

覚えている、66歳になった翌年の1月だった。だから2016年のこと。

私は、突然に健康に不安を覚え、高校生以来となる定期的な運動をする決心をしたのだ。実行したのは連休明けだったが、それが2025年の今も続いている。9年になるということだ。週に一日だったのがコロナのおかげで週に2日になって今に至っている。健康の秘訣である。

平成29(2017)年の年賀状

一〇年一日、または一〇年一昔。

昨年、紅茶を43年前から愉しんでいるとお伝えしました。今も飲んでいます。しかし、二口目からは牛乳を入れるようになりました。腎結石ができないようにです。もはや、あのストレートティーの香りを満喫することはありません。産業革命期のイギリス人が飲んだミルクティーを、淡々と飲んでいます。

人生かくの如し。

未だ元気にしています。それどころか、定期的にトレーナーについて運動を始めました。片足で椅子から立ち上がること、それが当面の目標です。体操が日常の一部になることなど、高校生のとき以来です。

やりたいこと、やるはずのことがたくさんあるのです。

今、ここから先の時間だけが人生だと思って、毎日を生きています。

どうか今年もよろしくお願いします。

人生と虚構

この年の賀状で書いた「腎結石」がついに去年の尿路結石につながった。その詳細は別に書いている。8年前に見つかった腎臓の石がそのまま腎臓に張りついていたのが剝がれた挙句、レーザーで去年破砕されたということの次第である。衝撃波で割れなかったからカテーテルを使ってのレーザーになったのだが、それもこれも、結局のところ痛みを伴わないで石が体外に排出されたという意味では、なんとも幸運だったということなのだと思っている。

「ストレートティーの香りを満喫」していた日々の記憶は、今もある。しかし、それを言うならアルコールでの酔いの日々の方がよほど懐かしい。

最初に飲み始めたのは、大学時代、友人たちと秋の試験が終わったお祝いにと私のアパートで小さな酒盛りをした翌日のことだった。ウイスキーのサントリーセレクトが少し瓶のなかに残っていて、それを飲んでみたらとても美味しかったのだ。初めての経験だった。駒場時代のことだから21歳だったのではないか。そのウイスキーは一瓶700円だったと記憶している。

しかし、飲酒が習慣になったのは、本郷での朝の行政法の授業に出るためだった。8時半からの授業に間に合わせるためには7時半には起きなくてはならない。そもそも私には大学の授業に出席する習慣がなかったのだ。それどころか、そもそも大学に入った時にも、それ以前にも、大学で先生からなにかを習いたいという気持ちが薄かった。だから、睡眠薬代わりのアルコールということになった。

大学で法律を先生に習ったことがなくはなかったのは、星野英一教授の民法演習というゼミのようなものに出席したことがあることからわかる。他には鴻教授の手形法・小切手法の講義だけ。要するに面倒だったので気ままにしていたというだけのことだ。

6階建てのマンションの1Kに一人だけで住んでいた。月に2万9000円の家賃を、小岩に住んでいた郵便局勤務のオーナーに払っていた。奥さんが更新のためにそのマンションまで来てくれたのを覚えている。その部屋で、好きな「時」に起き、自由に本を読んでいる生活。恋人がいて満たされた生活を送っていたのだ。

ただ、司法試験に合格しなくてはならないという強迫観念はいつもあった。もっとも、それとても東大受験のための日々に比べれば取るに足らないことだった。大学受験と違って苦手の数学がないのだ、合格は容易なことだと見くびっていた。

当時にはもう司法試験の準備のための教材は豊富で、独り、深夜、自分の部屋にこもって勉強しさえすればよいだけのことなのだ。なんとも気楽な生活、軽快な日々だったと言ってよいだろう。ラジオで「粋な別れ」という名の石原裕次郎の新しい歌が出たと聞き、さっそくLPレコードを買ったのもあのマンションでのことだった。

ずいぶん長い間あの要町のマンションにいた気がしているのだが、いま調べてみるとたった3年だけだ。結婚するのを機に引っ越したのだった。若い時には次々といろいろなことが起きていたものだ。

今でも、毎日さまざまなことが起きているのは変わらないのだろうが、十年一日の感が強い。新しいことが起きず、それは感受性が鈍っているからというより、なにが起きても経験済みの月並みなことということになってしまうからなのだろうか。74歳のいまでも週単位で生きていて、息つく暇もないと感じるほどに忙しいのだし、若いころの方が時間が余っていたように思えるのだが、なにがどうなっているのか。

本は休みなく読んでいる。

産業革命はなかった、少なくとも革命と呼ぶに値する変化はなかったと何度か読んでいたのだが、最近も秋田茂氏の『イギリス帝国盛衰史』(幻冬舎新書、2023年)で確認した。『綿の帝国』(スヴェン・ベッカート著、鬼澤忍・佐藤絵里訳、紀伊國屋書店、2022年)という800頁を超えるという、まことに分厚く重たい本の後に読んだ、これまた400頁を超える分厚い新書本である。

秋田氏によれば、「現在、歴史家は『The Industrial Revolution』という言葉は使わない。なぜなら「revolution／革命」という言葉が示すようなドラスティックな変化は実際には起きていないことが、イギリス経済史を専門とするニック・クラフツの研究によって実証されたからだ。この時期のイギリスの生産性は、実は100年ほどかけて、非常に緩やかに上がっていっているのだ」そうだ。秋田氏は以前からそのイギリス史についての見識を尊敬している学者の方である。たとえば、『イギリス帝国の歴史』（中公新書、2012年）を刊行の1年後に読んでいる。ここでも秋田氏はクラフツに触れ、「トインビー以来の産業革命＝一大変革説を、イギリス本国の経済史学界は大勢において否定することになった」と述べている。

秋田氏は私よりも9歳年下で、なんと広島県のご出身とあるからご縁があるようである。高校はどちらでいらっしゃったのだろうかと思ったりする。

「定期的にトレーナーについて運動を始め」、得意になって「片足で椅子から立ち上がること、それが当面の目標」などと書いてしまったら、「片足では立ち上がれないような大怪我をされたのですか？」という心配をしてくださった方がいた。そうか、この文章はそのようにもとれるのかとずいぶん勉強になった。反省した。文章は難しい。

ここ、へえ、「今、ここから先の時間だけが人生だと思って」なんて、洒落たことを書いていたのかと自分に微笑んでやりたくなる。たった8年前のことなのだが、若い自分の書いた挨拶文のように滑稽だなとおかしくなるのだ。

「歳を取るとね、面白いことなんかなくなるんだよ」と寅さんに向かって話していた諏訪颷一郎《ひょういちろう》教授のセリフをいつも思う。志村喬が映画『男はつらいよ』のなかで演ずる寅さんの妹さくらの義父である大学教授のセリフだ。そのとおりだという感慨が私のなかにもある。だからこそ、映画のなかで諏訪教授は自らを励ますように古文書探究に我が身を駆り立てていた。調べてみると昭和53年、1978年の映画のようだ。私が広島で検事をしていた時にあたる。しかし、この回に限らず、私は寅さん映画を映画館で観たことはない。だからこの回も初めて観たのがいつだかはわからない。

私もまた、諏訪教授の古文書漁りに似たものを持っているつもりだ。

そんなことを考えていると、三井住友信託銀行の高橋温さんが日経新聞の「私の履歴書」の29回目に「中年に達し、人に言える趣味の一つくらいは必要か、との理由で書を始めた」と書いておられたのを思い出す（令和5年10月30日付）。40代半ばになってからだったそうだが、還暦を過ぎたころ石川九楊氏に出会い、指導を受けられるようになって「本気で取り組むこととなった」ともある。高橋さんとは不動産証券化協会、ＡＲＥＳでのご縁でご厚誼をいただいている。先日もＡＲＥＳの懇親会でご尊顔を拝する機会があった。「私の履歴書」のなかに信託法の研究をされたと書かれていたことを申し上げたら、「なに、若いころのことだよ」と謙遜された。高橋さんのＡＲＥＳでのご挨拶は洒脱でありながらも意表を突き、なんとも面白く、興味深く、毎回いつも愉しみにしていたのだが、残念ながら最近は演壇に立たれることがない。

その会では、三井不動産の岩沙さんにもお会いすることができた。「歴史は個人が創る」という事実を、日本でのリート創設の一大事業を17年の間、目の当たりに拝見し感得させていただいた方だ。2キロの体重の変化に注意深くあることですよ、と健康の秘訣の具体的方法も教えていただいた。81歳になられても、体形も迫力も少しも変わらない。

同じ三井不動産の菰田会長とは、菰田という姓についての話でずいぶんと盛り上がった。和歌山辺りから千葉に流れて来た人々が先祖ではないかという話に落ち着いた。

その場では、野村證券の古賀さんと三菱地所の杉山博孝さんとに、或るお願いごとを申し上げた。杉山さんとは同年の生まれと知り、東大入試がなかったことなど話が弾んだ。他にも声をかけてくださる方、こちらから声をかけさせていただいた方が何人もいらした。こうした集まりはなるほど便利なものだと改めて感じさせられる。

たまたま監事を仰せつかった協会でのお付き合いなのだが、さまざまな方の謦咳に接する素晴らしい人生のチャンスだ。世の中は広く、たくさんの優れた人々が、それぞれの場所で社会を支えているのだと実感しないではおれない。当然ながら、自らの存在の小ささをいつも思い知らされる。

平社員1年生として会社に入り、その後たくさんの仕事をこなし、そして巨大な組織をリードするトップの立場に立つ。立てば、待ってましたとばかりその役割を意欲的にこなし、やがて次代に引き継いでゆく。

コーポレートガバナンスについて考え、書き、喋る機会の多い身だけに、勉強になる、身が引き締まる。

しかし8年前の「やりたいこと、やるはずのこと」はこうしたことだったのかと自らに小さな声で問うてみると、少し違う気がしないでもない。一面では、現実にそれ以上のことが起きているようにも思われる。それでもそうした気持ちは消えない。ではいったいあの時にはなにがやりたかったのか。考えてみるが、どうにもわからない。一週間という区切りに追われる毎日を過ごしている身には、よくわからないままなのだろう。もっと他のなにか、と独りごちてみて、また鷗外の『妄想』に立ち戻る。

私の小説『あの男の正体《ハラワタ》』(幻冬舎文庫、2016年)で鷗外とシェイクスピアに触れている。

主人公の男が恋人の房恵に向かって鷗外の言葉を引用して聞かせる。

「勉強する子供から、勉強する学校生徒、仕事するサラリーマン、そして経営する社長、っていう人生だ。いつも鞭打たれ駆られてばかりいる。

でも、そうしている自分の背後になにかがいるんじゃないかって思う。

鷗外が言っている。

『赤く黒く塗られている顔をいつか洗って、一寸舞台から降りて、静かに自分というものを考えて見たい、背後《うしろ》の何物かの面目を覗いてみたいと思い思いしながら、舞台監督の鞭を背中に受けて、役から役を勤め続けている。この役が即ち生だとは考えられない。背後《うしろ》にある或る物が真の生ではあるまいかと思われる』ってね」

房恵はもう一度座ると、「あの男」に問いかけた。

「陸軍省医務局長、軍医総監、つまり軍医として最高の地位にまで昇ったのに、そんなことを？

いいえ、そんな役人としての出世だけじゃない。鷗外って文学者としても素晴らしい仕事をしたでしょう。それなのに？　なぜ？」

「その後はこう続くんだ。

『しかし、その或る物は目を醒まそう醒まそうとおもいながら、又してはうとうととして眠ってしまう』

森鷗外60年の人生のうち、49歳のときの作品だよ。若かったころのドイツ留学の日々を思い出して、彼はそう書いたんだ。45歳で君の言った、軍医としての頂点に立って、54歳までそのポストにいた、その間に書いたわけだ。『妄想』っていう、小説ともエッセイともつかない、短いものだ」

「又しては？　又しても？

鷗外はずっと、うとうととして眠ったままだったの？」

「いや、違う。鷗外は、日本で結婚するっていう彼との約束どおり、はるばるドイツから日本へやってきた恋人を、追い返してしまったんだ。たった一ヶ月で、だ。ドイツにいて二人で見ていた夢の続きは、日本にはなかったということなんだろうな。もっとも、そいつは彼の視点からの話で、エリスっていう年若いドイツの女性の立場からは、不条理なことが起きたということでしかない。あれほど優しかったリンタロウ——鷗外の本名は森林太郎というんだ、そのいとしい男が、その男の祖国に帰ったとたんに、別の男の顔をしていた」

シェイクスピアは、似たようなことをその作品のなかの人物にこう言わせている。
「この世界はすべてこれ一つの舞台、人間は男女を問わずすべてこれ役者に過ぎぬ」(『お気に召すまま』小田島雄志訳、白水社、1983年)
「人生は歩きまわる影法師、あわれな役者だ、舞台の上でおおげさにみえをきっても出場が終われば消えてしまう」(『マクベス』小田島雄志訳、白水社、1983年)
確かなことは、鷗外もシェイクスピアも、もう死んでしまっていないことだけだ。私にはわからない。74年余り生きてきて、やはり、未だわからない。
日常生活では目先の義務を果たすことを心がけてはいる。鷗外のいう「日の要求」ということになる。

しかし、それだけでは生まれてきた甲斐がないような気がしてならないのだ。

結局のところ、鷗外は自らを「永遠なる不平家」と称するほかなかった。「どうしても灰色の鳥を青い鳥に見ることが出来ないのである」と繰り返すほかなくなってしまった。

その鷗外が『元号考』を最後の作品にしつつ、完成することができないで死んだ。

その死の前後の様子にふさわしい言葉を、まったく鷗外と関係のないイギリスの小説家サマセット・モームがある短編小説のなかにこんな風に書いている。

主人公は、偶然のきっかけで盛業中だったデトロイトでの弁護士稼業に見切りをつけ、カプリに渡り住んだ男だ。独身だったようだから、カプリに住んだことには性的な理由があったのかもしれない。もしそうなら、モームの性的指向が影を落としているのだろう。カプリにはそういう含意がある。


なんにせよ、その元弁護士はギボンやモムゼンに匹敵するローマ帝国の歴史についての大著作をものして大きな名声を獲得しようと夢見た。モームがこの小説を書いたのは鷗外が死んで10年も経たない1920年代のことである。

「十四年のあいだ、それこそ寸時も休まず刻苦した。かれの手になるメモの数は、とうてい数え切れないほどだった。……さて、いよいよ著述にとりかかることになった。じっくり腰をすえて書きはじめた。とたんに、かれは死んだ」

「かれは生きていたころそうであったように、死んでからも、世間にたいしてはまったく無名な人間なのである。

にもかかわらず、私の眼からみると彼の生涯は成功だった。かれの生き方は、文句なしに完璧な姿なのである。つまり、かれは自分のしたいことをして、決勝点を眼の前に望みながら死んだ。そして、目的が達成されたときの幻滅の悲哀など味わわずにすんだからだ」(「弁護士メイヒュー」『コスモポリタンI』龍口直太郎訳、新潮文庫、1962年)

そんな小説を壮年時代に書きながら91歳まで長生きしたサマセット・モームは、90歳、まさに最晩年に、お抱え運転手の運転する愛用の古いロールスロイスを降りると、「おれの一生は失敗だった、(中略)一生おれはあやまちばかりを犯して来た。みじめな生涯だ。何もかもめちゃくちゃにしてしまった」(『モームと私生活　甥の見たその生涯と家系』ロビン・モーム、英宝社、1968年)と言わなければならなくなってしまった。目的が達成された時の幻滅の悲哀なのだろうか。

モームに比べれば、鷗外は早く亡くなったぶん、そうとうに幸福な人生を送ったということになるのだろうか。

江戸初期の武人で文人であった石川丈山の創った詩仙堂を舞台にした加藤周一の『詩仙

堂志』という中編がある。そのなかで加藤周一は、現代を生きている自分が詩仙堂で出逢った老人と丈山についてやりとりをしながら、

「老人の語るにつれて、私はほとんど詩仙堂に四季の移るのをみたように思った。雪の降りしきる夜、炉にくべた木の枝の燻り、釜の湯のたぎる音、春先の生暖かい風の肌ざわりや泉水に散る陽光のまぶしさ、夏の雲のあわただしい動きと、夕立の初めの埃の臭い、——しかし殊にその林と水と石の上に来たりまた去る季節を私自身がみてきたかのように想像した。そういう具合に庭ができあがっていたというべきか、それとも詩仙堂の日常を語る老人のことばに魅せられたというべきか。

『しかしそのすべてがその場かぎりで、消えて、二度とかえらないものだった』と私はため息とともに呟いた。

『人の命がその場かぎりのものさ』と老人はいった。

『しかし石川丈山は庭をつくった。その庭は今でもここにある。』

……

『たしかに今も庭がある』と老人はいった、『ということも、今では丈山となんの関係もない。丈山はもういない。』

……

丈山はみずから思うところに従って生きた。その丈山は死して後、どうなったか。

『人は死んで天地に還る』と老人は事もなげにいった」

（『三題噺』加藤周一、筑摩書房、1965年）


そういうことなのだろう。

加藤周一はあとがきのなかで、石川丈山についての中編を「日常生活の些事に徹底した男の話である」と記している。

なるほどと思って長い間私は過ごしてきた。しかし、鷲巣力氏の『加藤周一はいかにして「加藤周一」となったか』（岩波書店、2018年）の第Ⅱ部第5章「『羊の歌』に書かれなかったこと」を一読して仰天した。

加藤はフランスへ行く前に結婚していて、イタリアで知り合ったオーストリア人の女性と結婚の約束をし、それでいながら、日本に帰国するや、妻の守る西片町の自分の家に戻って以前のとおり暮らし始めたのである。そこへオーストリア人の女性が突然訪ねてきて、「私たちの結婚の約束を履行してください」と要求したのである。加藤周一は上野毛に住むことになった。離婚調停は数年かかったという。それはそうであろう。

つまり、半生を語った自伝であるかに思われる『羊の歌』は、肝心のところでとんでもない虚構に貫かれているのである。

しかし、加藤周一ももういない。

そうなのだ。誰も彼も死に、死ねばなにもかも消えてなくなるのが人の世なのだ。

石原慎太郎さんが『「私」という男の生涯』（幻冬舎、2022年）に書き遺したとおりだ。

それでも、天国ではなく、この世で、見城徹さんが律儀にも石原さんとの約束を果たしてこの本を発行した。その文章が、生きている人間の心を乱す。

なに、いくら乱されたところで、私もそのうちいなくなる。虚無に戻る。誰も同じこと。

問題は、未だ生きているということなのだろう。そう思っている。

平成30（2018）年の年賀状

相変わらず1週間単位の生活を送っています。月曜日から4回眠ると金曜日になっていて、土日は走り過ぎます。すると次の月曜日です。月も四季もありません。照明とエアコンのある室内にいるかぎり朝夕すらもありません。

本を読むのが最大の愉しみです。深夜目が覚めては読み、休みには終日寝たり起きたりしながら読み続けます。なんでも読みます。過半を片端から忘れてしまいます。

書いてもいます。12月に『少数株主』という小説を幻冬舎から出していただきました。最初の本から20年で18冊目になります。

弁護士の仕事の緊張が、こうした生活を送る私の心を支えます。

ふと人生は繰り返しに過ぎず、終点はないのだと錯覚することがあります。もう直ぐ思い知らされるのだとわかってはいます。わかってはいても、といったところでしょうか。

未だ、昔を偲ぶ心境に至っていません。夢のなか、若いまま、なのです。

団塊の世代の物語

「相変わらず1週間単位の生活を送っています」とある。それは今に至るまで少しも変わっていない。

「書いてもいます」。そのとおり。これも同じことだ。

『少数株主』（幻冬舎、2017年）を出してからも、4冊も本を出した。

最新は『我が師　石原慎太郎』（幻冬舎、2023年）だ。一昨年の5月だった。

石原さんが亡くなって3年。人というものは、去るものは日々に疎しなのだという感をつくづくと深くする。あの石原さんにして、死してほんの3年。誰も、もはや、あの石原慎太郎についてほとんどなにも語らなくなってしまった。

私が石原さんに話したとおりだ。

「初めてお会いした日のことだった。

『君の事務所、見せてくれよ』と初めて私の事務所にいらしたときのこと、食事をした近くの『シティ・クラブ・オブ・トーキョー』から歩いて数分の間、いっしょに横に並んで歩いていると道行く人々が振り返って見る。ことに横断歩道で立ち止まると信号待ちの人がみな石原さんを見上げていた。

事務所の部屋で、石原さんは、『三島さんは実に頭のいい人だったな』と私に向かってつぶやいた。しみじみとした調子、様子だった。その時、私は、『もう石原さんはどうやっても三島さんにかないませんよね』と言った。余計なことを口にした。

『なぜだ？』

石原さんはほんの少しむきになって質した。

『だって、三島由紀夫は四五歳で腹を切って死んじゃったでしょう。石原さんは六六歳まで生き延びてしまった。もうどうにもならないじゃないですか』

そう答えた私に、石原さんは、

『うるさい。死にたくなったら俺は頭から石油をかぶって死ぬよ』

と返した。

私は、石原さんの三島由紀夫に対する複雑な思いを想像していた。

かたや東大法学部を出て大蔵官僚になってみせ、あげくに作家になった男、石原さんは一橋大学に入って人気作家に躍り出たうえに政治家にもなって、そして辞めてしまった男」(『我が師　石原慎太郎』)。

この本を出してから、どうして私が石原さんの期待に沿わなかったのかとよく訊かれる。答はこの本の中に書いていているつもりだが、それでも、自分で自分に問いを繰り返すことがある。

なぜ?

もっと不思議なのは、そのくせ未だ書き続けていることだ。

福田和也さんが石原さんについて書いている(『保守とは横丁の蕎麦屋を守ることである』河出書房新社、2023年)。

「もう一つ、石原さんを語る上で欠かせないのが、その高名さだ。

作家にして知識人、政治家であり、その上、裕次郎の兄である石原さんは、二十三歳でデビューして以来、初めて会う相手に自己紹介をする必要がなかったのではないだろうか。

自分は相手を知らないけれど、相手は自分を知っている。それだけ高名であることはアドバンテージであると同時に、重荷であったに違いない。

ボードレールが19世紀半ばに喝破したように、現代は『群衆』の時代だ。

都市の街頭で名もない群衆の一人となる。群衆に埋没し、顔と名前のない存在になることで、人目を気にせず、流れに流され、ささやかな享楽や一時の興奮に我を忘れる自由を満喫できる。

ところが、石原さんにはその自由がない。彼は群衆の中に埋没することができず、常に人ごみの中で、一人その存在を際立ててしまう。」

しかし、その「初めて会う相手に自己紹介をする必要がなかったのではないだろうか」という部分は、福田氏の贔屓の引き倒しではないかという気がする。

「自己紹介する必要がない」人間は世の中にたくさんいるからだ。

私は、40年以上前に河本敏夫という自民党の派閥の長だった方にお会いした。そのとき、河本敏夫という氏名以外に、裏にも表にもなにも印刷されていない名刺をいただいた。へえ、と感心した。

だいいち、石原裕次郎が一番いい例ではないか。石原慎太郎は、都知事選挙に出ると決心した直後の外国人記者クラブでの記者会見で「石原裕次郎の兄です」と冒頭に自己紹介した。もちろん目の前にいる人々は誰もが石原慎太郎だと知っている。それでも「石原裕次郎の兄です」と言わずにおれなかったのには、石原さんなりの複雑な心境があったのではないか。話を文壇に限れば石原さんはとんでもなく著名だったが、それ以外の世界で作家石原慎太郎がどのくらい高名だったかは対象の人と場合によるだろう。

現に石原さん自身が、昔、『男の海』（集英社、１９７３年）という本の中に、三宅島にヨットで石原裕次郎らと一緒に出かけたときの逸話を自嘲気味に書いている。


「東京の新聞社へ原稿校正の電話をかけに前の家にいって土間の縁先で一人坐って待っていた僕を見、見物の中の一人の小母さんが、それでも小生が何たるかを存じていてくれて、『ああ、こっちに慎太郎がいるのに、みんな裕次郎ばかり見て、誰も見てやらないよ。可哀想に、悪いよお』といっている。苦笑いでは申し訳ないくらいだ。三宅島民の温い心に涙が出たよ、全く」

私が未だ書き続けていることのついでに言えば、今『団塊の世代の物語』という、私なりの畢生の大作のつもりの小説を執筆中だ。戦後日本の総括。個人がいて社会がある。生まれ、育ち、働き、年老い、やがて消え去る。占領軍による優生保護法の修正のせいで人工的にできあがった、1949年までの3年限りの戦後日本のベビーブーマー世代である団塊の世代。アメリカのベビーブーマーは1946年から1964年まで続いているのに、日本は3年きりで終わってしまった。アメリカが決めたことである。

団塊の世代にとって日本は、明日は今日よりも良くなるに決まっている国だった。今は違う。団塊の世代は800万人が生まれて700万人が生きている。前後を容れれば1000万を超える人々が生きている。しかし、日本は変わってしまった。

「弁護士の仕事の緊張」も少しも変わらない。いや、そもそも志したわけでもない弁護士事務所という組織の経営者役が重みを増してくるだけ、緊張はより張りつめているのだろう。なにもかも天命だと思っている。私には神を信仰するということはなかった。しかし、人智の及ばない世界があるだろうとは実感している。人は生きているつもりでも、生かされているということになるのだろう。孫悟空に似ている。

ここまで書いてきて、『団塊の世代の物語』の構想は「昔を偲ぶ心境」なのだろうかと自問する。

鷗外は書いている。

「老は漸く身に迫って来る。

前途に希望の光が薄らぐと共に、自ら背後の影を顧みるは人の常情である。人は老いてレトロスペクチイフの境界に入る」（『なかじきり』）

60歳まで生きた人が55歳のときに書いた文章である。

それとは少し違うと思う。

現に、「夢のなか、若いまま、なのです」などと68歳のときに書いている。

最近では還暦と聞くと、なんて若いんだ！　と思う。思うが、本当に私とそう違うような気もしないのだ。

たしかに「もうすぐ思い知らされる」のだろう。しかし、どんなことになったら「思い知らされる」のだろうか。不治の病に罹っていると医者に知らされたときだろうか。定期的に人間ドックに入り、必要があれば治療を受けることを何回か繰り返してきた。これからも同じことだろう。それでも、来るべきものは必ず訪れるに違いない。

石原さんは、完治したと信じ切っていたすい臓がんだったはずが「後三カ月」と宣告を受けたと書いている（『絶筆』所収、「死への道程」文藝春秋、２０２２年）。

医師に示された、

「画面一面満天の星のように光り輝く映像を眺めながら、

『これで先生この後どれほどの命ですかね』

質したら、
即座に、あっさりと、

『まあ後三カ月くらいでしょうかね』

宣告してくれたものだった」

「満天の星のように光り輝く映像」という表現を自らの肉体のうちにあるものに与えたのが、いかにも石原さんの感性を示していて余りある。そういえば、私にしきりに中河与一の『天の夕顔』を読め、と薦めてくれたものだった。

今回「死への道程」を読み直してみて、「NTT病院に出向いて検査を受けた」とあるのに気づいた。

その病院には、つい先日私も行ってきたばかりである。

といっても、検査でもなければ手術というほどのことでもない。定期健診で見つかった大腸のポリープを取り去ってもらうべく、紹介を受けて大圃《おおはた》研先生に必要な作業をお願いしたのだ。私はふだん抗凝固剤を飲んでいるから、大腸の定期健診の際についでにポリープを取ってもらうというわけにいかなかったがゆえの二度手間だった。

大圃医師については面白いやりとりを二人の方とした。

私が大腸のポリープを取りにＮＴＴ東日本関東病院に行ったと、元ＮＴＴ社長である三浦さんに話していたら、隣に座っていたＪＲ東日本の冨田さんが、「ああ、うちにいらした素晴らしい先生なんだけどＮＴＴに行っちゃって、とても残念だった先生だよ」と言われた。

すぐあとに大圃先生にその経緯をお話ししたら、そうでしたねと覚えていらした。

医師の世界には医師の世界の、ビジネスとは異質の大きな世界があるのだと感じさせられた瞬間だった。当たり前といえば当たり前のことなのだが、私には清新な経験だった。

私は、『団塊の世代の物語』をレトロスペクチイフの小説にするつもりは毛頭ない。

私は常に前方を、少し上向きに見つめ、着実に歩を進めていく生活を送ってきた。明日は今日よりも良い日になることを疑ったことなど一度もない。

弁護士である私にとっては、それは「失われた30年」にもかかわらず、文字どおり真実だった。

だから、『団塊の世代の物語』を書くのである。

平成31（2019）年の年賀状

最初の記憶はいつのことなのか。

2歳か3歳のときです。30代の父親が私を両腕に抱いて、腰より下くらいまでの海に立っていました。水につけられた私は、とても怖くて声をあげて泣いていました。

その周囲を6歳上の兄が平泳ぎでニコニコしながら泳いでいた、その光景。

福岡県の若松、玄界灘に面した小石海岸でのことでした。

小学1年生で東京の豊島区に移り、5年生で広島の人間になりました。

往時茫々。

もうしばらく生きているつもりです。その間に、少しでも世の中の役に立ちたいものだと思います。仕事で、私的生活で。

遂に片脚で椅子から立ち上がることができるようになりました。相変わらずの野心家なのです。

運動をはじめたきっかけ

そうか、平成という年号があったのだったと、今更のように思う。まだたったの7年だというのに、ずいぶんと昔のことのようだ。

私が生まれたのは昭和だった。変わるまでは昭和を意識したことはなかった。当たり前のように昭和で、それしかなかったのだ。それがとつぜん平成に変わった。覚えている。

その日、私は築地にあった金扇という名の和食屋にいた。上品な老年の女将がいるお店だった。天皇陛下の崩御を知っていたから、1989年といっても、もう平成だったのだろう。新大橋通りに面したしゃれた料理屋だった。何度も、いろいろな人と通ったが、今はもうない。

最初の記憶。

「30代の父親」がいたんだった。そうだった。

同じ父親が「東京の豊島区」の鉄筋アパートの前にある広場でボールをやさしく放り、私がバットを振り回していたこともあった。バットを握って歯をくいしばっている私の写真があったのを憶えている。東京でのことだから10歳かそれ以前。父親は45歳だろう。若い。なんとも若かった。

玄界灘に面した小石海岸では、編み目の袋に入れた大量のサザエをいくつもぶらさげている人を見た記憶がある。羨ましかった。あの海岸には何回行ったのだったろうか。6歳の夏まで小石海岸の近くに住んでいた。一人で行ったことはないはずだ。ヒトデを初めて見たのもあの海岸だった。鮮やかな色彩だったが、食べられないんだよと言われた。ヒトデを口に入れてためしてみた気もするが、やはりそんなことはしなかったのだろう。

若松から東京、そして広島。

10歳の少年が東京から広島へ、そして18歳で東京へ再び行き、今や74歳になっている。「もうしばらく生きているつもりです」と書いたのが5年前。しばらく、という時間はもう経ってしまっているだろう。「その間に、少しでも世の中の役に立ちたい」という願いはかなったろうか。「仕事」では実現したと言えるだろう。弁護士の仕事は、なにをやっても法の支配に貢献できる素晴らしい仕事だからだ。たとえわずかであっても、日々仕事に励んできた。

では、「私的生活」では?

文章を書くこともそれに含まれるから、それなりのことはしてきている。殊に『日本の生き残る道』(幻冬舎、2022年)では、畏友で元財務次官の丹呉泰健氏に「君の言うとおりだ。政治頼みでは日本経済は復活しない。コーポレートガバナンスしかない。必要なら海外の力も借りるべきだ」とお褒めの言葉をいただき、以来、「丹呉3原則」と呼んでメディアでも講演でも話している。ほんの少し、わずかだろうが、「世の中の役」に立っているのかもしれない。

『我が師　石原慎太郎』（幻冬舎、２０２３年）はどうだろう？

ほんの3年ほど前に亡くなった石原さんが、今はほとんど話題になることがない。江藤淳が「生きているうちが華なのよ、死んでしまったらお終い」と書いていたことを思い出す。

そのとおりなのだなあと、石原さんがいなくなってからはつくづくと思い知らされる。あれほどの方が、死んだというだけで話題にのぼらない。あの、セルリアンタワーの地下2階で行われたお別れの会が、本当にお別れの会だったのだなと思い返される。

しかし、私の大脳のなかには石原さんは生きている。

石原さんについては、ＢＳ11の「〝団塊〟物語」で、5月、見城徹さんに大いに語っていただく予定だ。

「片脚で椅子から立ち上がることができる」ようになったのは、5年前のことになるのか。この年賀状の案を書いたのは２０１８年の12月のこと。だから5年半前のことになる。つい先日トレーナーの方から７７０回目ですと言われた。コロナが流行り始めて4年。そのころから週に2回へとトレーニングの回数を増やしたのだった。

人間相手であるから、時刻の変更をお願いすることはあっても取り消すことはまずしない。一度そうしてしまえば、また同じことが起きてしまう気がするのだ。デジタル相手ではない、生身の人間の方との約束は取り消すことへの心理的なバリアが高い。だから続く。だから健康を維持できている。

最近出演したBS11の「〝団塊〟物語」というテレビ番組の1回目で、いま健康な理由を尋ねられ即座に週2回のこの定期的な運動をあげた。66歳の正月にふと感じた体力の衰えが、高校生のとき以来の本格的な運動に心を向けるきっかけだったのだ。あの漠然とした、しかし確実なものとして感じさせられた老化の予感をはっきりと覚えている。それで9年前のゴールデンウィーク明けに運動を始めたのだ。

こんなに長く続くとはと心地よい感慨がある。続いている。どんなことよりも優先して取り組んでいるからだ。私のスケジュールの大半は私が決めることができる。だから、病気のとき以外は休んでいない。

片脚で立ち上がってみてくださいと最初にトレーナーの方に言われたとき、私はピクリと動く気にもなれず、口で「とても無理です」とだけ反応した。

運動するたびに思う。同じ団塊の世代の人間のうちのどのくらいの割合がこうした定期的な運動にいそしんでいるのか、と。3年半前に亡くなった、1歳年上の方の姿を思い浮かべる。元気そうにしていて、急に痩せて、おやおやと心配していたら、半年ほどで元に戻られた。元気で仕事も続けられている姿に安心していたら、入院されたとうかがった。訃報は2か月後だった。

「相変わらずの野心家」か。そうだよな、いまもむかしも、と自分でおかしくなる。

でも、なにへの野心だろうか。
欲望といいかえてみても、具体的ななにかは見えない。見えなくとも日夜こころをさいなむ。

「ゆゑだもあらぬこのなげき。
戀も憎もあらずして
いかなるゆゑにわが心
かくも惱むか知らぬこそ
惱のうちのなやみなれ」

私は、ヴェルレーヌのこの「都に雨の降るごとく」と題する詩については、やはり鈴木信太郎の訳が好きだ。

「大地に屋根に降りしきる
雨のひびきのしめやかさ。
うらさびわたる心には
おお　雨の音　雨の歌」

そして、題名のすぐあとに「都には蕭《しめ》やかに雨が降る。(アルチュウル・ランボオ)」とエピグラフが記されている。

その「ヴェルレーヌが息を引き取ったホテル」の最上階の部屋に21歳のヘミングウェイは部屋を借りて仕事場にしていた(『移動祝祭日』高見浩訳、新潮文庫、2009年)。主に妻のハドリーのおかげで、「パリの労働者の平均的な年収の約十倍」の収入がありながら、「その昔、私たちがごく貧しく、ごく幸せだった頃のパリの物語である。」と『移動祝祭日』を結ぶ(同書)。そう書かずにはいられないヘミングウェイの切実な、60歳にして朽ち始めた精神が剝き出しになった物語だ。貧しく、野心に燃えていた、若く「ごく貧しく」、そうであればこそ「ごく幸せだった頃のパリ」と死の数年前に書いたヘミングウェイ。彼の、切れば血の流れてきそうな心がなんとも切ない。

私は、最近"A Moveable Feast"の朗読を英語でよく聴く。

他人事ではない気がする。

57歳で書き始めたパリの青年時代の回想といえば、自分にとってはまだまだ先のことのような気がする。が、死の4年前と思うとわからなくなるのだ。「死は、前よりしも来らずかねて後に迫れり」と徒然草155段にもあるとおりだ。

あの石原さんが、今は自分の死にしか興味はないと言っていたのはいくつのときのことだったか。

他人事ではない。

令和2(2020)年の年賀状

毎晩、漱石の『こころ』の朗読を聴きながら寝入ります。時にHemingwayの“A Moveable Feast”になることもあります。読書の灯を消した後のおまけの一刻、暗闇のなかでの愉しみです。

夕食後ひと眠りしてから起き上がり、一杯の紅茶を味わい、それから夜明け近くまで読書と書き物をして再び短い時間を眠る。そうした生活を改めました。少し早起きになってみると勤勉になった気がします。健康のためです。

でも、ふと人生を見失ってしまったような気がすることがあります。あの、真夜中の、独り切りの書斎での満ち足りた無限の時間。まあ、失ってみると、なんでも切なく懐かしくなるものなのでしょう。

そのうちに慣れます。考えてみれば、これまで何にでも慣れてきたのです。

さて、これから何に慣れるのか?

人生が、実は移動祝祭日の連続ではないことに、です。

少しでも世の中の役に立ち、自分の平穏な人生を嚙みしめる。その合間、僅かの時間にも本を読み続けます。私は宇宙の果てに行き、ネアンデルタール人の滅亡の悲劇に立ち会い、経済の行方に思いを馳せます。そこには、すべてがあるのです。

覚悟と諦観

「あの、真夜中の、独り切りの書斎での満ち足りた無限の時間」それを失っても「そのうちに慣れます」と考えていたとは、そう考えて済まし、澄ましこんでいたのだ。70歳とはそれほどに幼稚な年齢なのか。
私は、去年の9月の誕生日でどうやら還暦が来たなと感じ始めている。74歳で還暦とはなんとも奥手、ということになるのだろう。そういえば、私はなんでも奥手だった。

4年前、真夜中の書斎の時間が忽然と日常から消え去ってしまった事実。「そのうちに慣れます」と書いてはいるが、実のところ、それには未だ慣れてなぞいない。それどころか、反対に時間が無限でないことを思い知らされてばかりいる始末だ。76歳のときに『火の島』(幻冬舎文庫、2018年)を出した石原慎太郎さんが言っている。

「書きたい長編小説の構想が七本もあるのに、人生の時間のストックが余りない」
(『我が師　石原慎太郎』幻冬舎、2023年)。

私も近ごろは、「宇宙の果て」も「ネアンデルタール人の滅亡の悲劇」も知ったことではない、もっと大切ななにかがあるのではないか、という気持ちになることがときおりある。

人生が有限だなどと考えたこともなかったのに、そう感じ始め、結局のところこんなていたらくなのだ。

と言いながらも、『日本の建築』(隈研吾著、岩波新書、2023年)は手ごたえがあって面白かった。そしてすぐに『統計学の極意』(デイヴィッド・シュピーゲルハルター著、宮本寿代訳、草思社、2024年)を読んでいるのだが。

確かに、今はそう感じ始めているのだ。

「人生が、実は移動祝祭日の連続ではない」。そりゃそうだ。当たり前だ。

そんなことを考えるということは、こちらに慣れ切ってしまっているのだろうか。

今年に入ってから、私はスマホに2つの英文朗読を入れて、暇さえあれば聴いている。サマセット・モームの『要約すると』("Summing Up")、と、ヘミングウェイの『移動祝祭日』("A Moveable Feast")である。英語の学習を兼ねているところが、なんとも我ながらいじらしい。散歩をしているときにも、眠っている私のベッドの横でも、いつもどちらかが声を上げ続けている。

少し慌て始めているのである。このまま死んでしまっては、酔生夢死になってしまう。今の時点で自分というものを要約してみると、ほとんど存在してすらいなかったことに思い至って愕然とするのだ。

石原さんとの約束を守れなかったことについて、幻冬舎の森下さんが「いや、あなたは未だ生きているから」と励ますように言ってくれた。つい最近のことだ。確かにそのとおり。そのときにはそう喜んだ。しかし、一昨年の9月が過ぎてみると、それも期限つきだったのだなと思わずにはいられない。条件ではない、期限だと法律家なら常識の範囲に属する。必ず来ることは条件ではない。期限なのだ。そして、そいつは必ずやって来る。

「死は、前よりしも来らず。かねて後に迫れり」と吉田兼好も言っていた。

芥川龍之介は、『侏儒の言葉』（『芥川龍之介全集　7』ちくま文庫、1989年）のなかでこう言っている。

「もし游泳を学ばないものに泳げと命ずるものがあれば、何人も無理だと思うであろう。（中略）我我は母の胎内にいた時、人生に処する道を学んだであろうか？」

私の父はいつも言っていた。「年寄りの気持ちは年寄りにならないとわからない」。

未だ若かった私は聞き流していたと思う。なにそんなことわかっているさ、というつもりだったのである。

人類発生以来、何十億人の老人が嘆いてきた嘆きであろう。つまり、嘆いても理解されはしないのだ。未だ生きていることを僥倖ととらえて、できることをするしかない。

最近、80歳を間近にした女性が「とにかくなんとか80歳まで生きていたかったの」

私はこう答えた。

「それどころじゃないですよ。未だ20年は生きなくっちゃいけないんです。医学の進歩はそういうことを常識にしつつあるのですから」

「僅かの時間にも本を読み続けます」

そうかね。しかし、そいつは酒を飲み続けることや賭け事に熱中して人生を費やすのと同じで、趣味の問題に過ぎないのじゃないかと思い始めている。本を読むことが、飲酒や賭け事に比べて高級なことという思い込みがあったのだ。実はそうではないのだ、とやっとわかり始めた。

想像もしなかったことである。5歳までに私は自分なりの行動のルールを身に付けてしまい、以来少しも変わらないできた。

少年老いやすく学なりがたし、一寸の光陰軽んずべからず。などという高い調子の朱熹の教訓に従ったのではない。幼いころから、人とはそのように生きるものだと世間によってこの心に植えつけられたのである。昭和24年、1949年生まれの人間、団塊の世代の人間は、人生とはそのように生きていくものだとしか社会に教えられなかったのだという気がする。

もっとも、高校から浪人時代にかけて友人だった男は、「わしゃあガンバルゆうのんが嫌いなんじゃ」と広島弁で口癖のように言っていた。高校生のころからタバコを吸っていたあの男は、60代の早いころに肺癌で死んでしまった。私に芥川龍之介の『黄雀風』という新潮文庫の本をくれたことがあった。芥川が死の3年前に出した本だ。「孵らなかった芸術家の卵」の友人である。

過去への後悔？　過去が取り戻せないことへの怒り？

そんなものはない。

ただ、年月が経つにつれ知らないままに、縁のないままに、愉しむことのなかった世界がこの世にはたくさんあるのだろうと、漠然とした羨ましさを感ずることがないわけではないということである。

しかし、自分はこれでやっていくしかなかったろうし、それはそれでいいという諦めに似た思いがある。鷗外はそれを「レジグネーション」と呼んだ。それを覚悟と呼ぶと、少し人情に反する気がして座り心地が悪い。

未だ、先にいろいろなことがあると愉しみにしているのだろう。

令和3(2021)年の年賀状

未だ新しい生活に慣れません。ついこの間まであった、夕食後のひと眠り、その後の一杯の紅茶、そして夜明け近くまでの深夜の書斎での独り切りでの無限の時間、満ち足りた刻《とき》。そうした全てが懐かしいのです。それ無しの生活が、生き続けてゆくために必要で、健康のためと自ら納得して改めたことではあっても、ときどき寂しくなります。

無理もありません。私は50年以上もの間、そういう人間として暮らして来たのですから、急に別の人間にはなれません。

でも、住めば都。日々新しく見つけ出す悦びもあります。たとえばひと気のない朝のオフィスで取りだす鍵の冷たい感触です。

『身捨つるほどの祖国はありや』というエッセイ集を出しました。8冊目になります。寺山修司が21歳のときに詠んだ歌の下の句です。

私には祖国を選ぶという発想はありません。日本に生まれ、日本語を母国語として育ったからです。そういえば、心臓の精密検査のあと、「大丈夫。もう10年は国のために働いてください」と医者にいわれたのが6年前です。

焦りはありません。これでいいのです。この国に生まれ、たぶんこの国で死ぬ。それだけでも、生きている間に少しは祖国とそこに住む未来の人々に恩返ししなくてはなりません。そのつもりでいます。どうかよろしくお願いします。

自分に巡り合う旅

「夕食後のひと眠り、その後の一杯の紅茶、そして夜明け近くまでの深夜の書斎での独り切りでの無限の時間、満ち足りた刻《とき》」

「そうした全て」、実はそれこそが若さだったのだ。いま74歳になって初めてわかる。たった3年半の時の経過に過ぎないのに、今になったからわかるようになっている。

70歳まで「満ち足りた刻《とき》」をむさぼり、また、いつくしんでいた。それまで、当たり前のようにそうした生活にひたり、甘美な時間を愉しんでいたのだろう。思えば、つくづく幸運だったとしか言いようがない。だが、もう過ぎてしまった時間、忘れてしまった時間。日は昇り、そして沈むもの。

しかし、未だ私の日は沈んではいない。沈むまでにはまだまだ間がある。そう思っている。

もともと意味もなく身体を動かすことが好きではなかったから、年齢とともに消え去ってしまう肉体の切れ味、たとえばテニスで小気味よいスマッシュが相手のコートにピタリピタリと決まっていたのが突然はずれるようになってしまったことを思い知る時。そんな瞬間に感じる自分への軽い驚き。そうした類のこととは無縁に過ごしてきた。

本を読む。机に向かってすわって読み、ベッドに横になって読む。肉体の老いを感じさせられる機会はそこには存在しない。したがって自覚が遅かったのだろう。「50年以上もの間、そういう人間として暮らして来た」のだから、考えてみればそれはそれで結構なことだったのだと、つくづく思わないではいられない。

そうなると、この新しい世界も「住めば都」なのだろうか。

「ひと気のない朝のオフィスで取りだす鍵の冷たい感触」もまた、いずれ慣れてしまってアクビが出ることだろう。あのことにも慣れ、あのやり方にも馴染んでしまえば、どれもこれも、あってもなくても、同じということになる。

だから、本当は「住めば都」ではないのだろう。

無理無体に、無残にも引き剝がされてしまった昔の生活こそが都に住む生活だったのではなかったのか。

もう、ない、なくなってしまった。

我と我が手でそいつを縊《くび》り殺してしまった。「生き続けてゆくために必要で、健康のためと自ら納得して」だったのだろう。そのつもりだった。だからこそ、今こうして文章を綴ることができているというものだ。

「焦りはありません」どころか、焦りが心のうちで音を立てて逆巻いている。消えてしまう一瞬一瞬の人生の刻。時間が身体から、皮膚から、確実にぼろぼろと剝がれ落ち、離れてゆく感覚が感じられる。

これが年の功、ということになるのか。

それを感じるために、これまで生きていたということなのか。

なんとも皮肉な話ではないか。

これは、まるで少年が性のめざめにおののいているようなものではないか。

性ならぬ、死のめざめとでもいうべきか。


そこに、いやまだ20年は行けると自分に言い聞かせている自分がいる。滑稽な物語を織っている男がいる。20年前はこうだったと思い出しては、あれから経った時間だけが未だ消化されないままに、そっくり残っているのだと自ら慰めている姿だ。

本気なのだろうか。

このシリーズは、年賀状を振り返ってはその時その時の自分を思い返してみようと思って始めたことだった。

「舞踏会の手帖」という映画があった。初めての舞踏会で出逢った男たちを20年後、夫に先立たれた女性が訪ね歩くという映画だった。石原さんに、その映画のタイトルにも触れた同じ趣向の小説があった。

私のはその時その時の他人を訪ねる旅ではない。

昔の自分に再び巡り合って、懐かしい驚きを繰り返すという思いつきで始めたことだった。

それが、こうして旅の終わりが近づいてくると、なにやら嘆きのようなものが目立ってきて、我ながらお粗末な気がし始めている。まだ何回か残っている旅だが、どうなることやら。

だが、それでも多少とも意味があると考えているのは、私は私が独りではないという確信があるからだ。たった1票に過ぎないにもかかわらず、投票に行くのと同じことだ。私が投じる1票は、他の人がいれる1票と足されて、候補者の当落を決める。私たちは、少なくとも投票で権力の所在を決めるシステムの社会では、そのように考えて投票所へ赴く。

私が生きてきたのと同じ時間を生きてきて、まだ生き続けていこうとしているたくさんの人々の存在を感じる。その人々にとって、私の例は、たった一つではあっても、無意味であろうはずがない。正反対のことを考え、あるいはまったく無縁のことをしてきたとしても、同じ時間、同じ日本、同じ世界で生きてきたことだけは間違いないからである。ああ、こいつはこんな風に考えていたのか、わかるわかる、または、違うものだなあ。どちらでもよい。

令和4(2022)年の年賀状

夜近く、ベッドをみると嬉しくなります。我が心とは信じられません。スマホで漱石、鷗外の朗読を聴きながら寝入る「喜悦の時間」が、最近の夜ごとの愉しみなのです。

7年前に、「10年は大丈夫ですから、お国のために尽くしてください」と医者に言われたことがありました。つい最近、同じ先生に「まだ10年は行けますよ」と言われました。

その日その日をなんとか生きてきたら、72歳を過ぎていました。酔生夢死。尤も、最近はアルコールとの縁が薄れつつあります。過去に飲んだお酒は、ビールならば小さなプールを満たすほどの量、次いでジン、ブランデーを合わせて風呂桶10杯ほどの量でした。

今や後日談です。

縁があって東京広島県人会の会長を務めさせていただくことになりました。広島県にかかわりのある方々のため、残りの時間を使うようにという天命だと受け止めています。

7月、「失われた30年　どうする日本」という連続講演・対談のプロジェクトを始めました。日本がどうして今の日本なのか、これからどうなるのか、なんとしても知りたいのです。

寝入る前のひととき

「スマホで漱石、鷗外の朗読を聴きながら寝入る」と書いてある。

実のところ、今も相変わらずだ。先ず、ヘミングウェイの“A Moveable Feast”が来て、次いで日本語の朗読になる。しかし、鷗外、漱石は最近では芥川龍之介に押されっぱなしになってしまっている。

なぜ私は芥川の方に惹かれるのだろうか？

それは彼が、「誰もまだ自殺者自身の心理をありのままに書いたものはない。それは自殺者の自尊心や或は彼自身に対する心理的興味の不足によるものであらう。僕は君に送る最後の手紙の中に、はつきりこの心理を伝へたいと思つてゐる」（『或旧友へ送る手記』）と書き、そのことになんと義務感を持っていたとまでを告白しているからである。その奇妙な真剣味は深夜にふさわしい。

「僕は何ごとも正直に書かなければならぬ義務を持つてゐる。（僕は僕の将来に対するぼんやりした不安も解剖した。それは僕の「阿呆の一生」の中に大体は尽してゐるつもりである。……）」とまで言う。自殺の直前、なんと1か月前の文章である。自殺するつもりでいる芥川が持っていた書くことへの義務感というのは、いったいなんなのだろうか。彼はなにゆえに自らの自殺についての文章を綴ることにそれほど自らを縛り付け、執着したのか。

芥川のそうした人生最後の時点での書くことへの執念が、私をして毎晩のように『或阿呆の一生』を聴かないではおられなくする理由であると思う。文章を書いて遺すということの不思議さが、夜ごとに私を圧倒するのである。もちろん半ばにも行かないうちに眠りに落ちてしまうのが常なのだが。

アルベール・カミュは「真に重要な哲学上の問題は一つしかない。自殺である。人生が生きるに値するか否かを判断する。これが哲学の根本問題にこたえることなのである」(『シーシュポスの神話』カミュ著、清水徹訳、新潮文庫、1969年。『戦後フランス思想』伊藤直著、中公新書、2024年)と言っていた。

カミュについては、私は高校時代、手に入る限りのすべてを夢中になって読んだ。サルトルと対立したという『反抗的人間』もそのなかに入っている。

彼は44歳でノーベル賞をもらっていたうえに、ファセル・ベガという当時のフランス製の最高級車に乗っていて46歳で事故に遭って死んでしまった。ガリマール書店という一流の出版社の一族の所有の車で、確か書店オーナーの長男が運転していたと記憶している。その車の外観を私は小学生のときに世界の車の写真集で見て以前から知っていた。ずいぶん昔にはフランス製の自動車に相当の存在感のあった時代があったのである。もちろんその後にもシトロエンのＤＳというシリーズがあって、カミソリのようなフロント部分が印象的なデザインだった。確か、車高が上下する車だった。ときどきこの車に言及した文章に出逢うことがある。

芥川の問題意識は三島由紀夫の自決を思いださせずにおかない。

三島は自決4か月前に「果し得てゐない約束——私の中の二十五年」という文章を産経新聞に書いていて、そのなかで彼は「日本はなくなつて、その代はりに、無機的な、からつぽな、ニュートラルな、中間色の、富裕な、抜目がない、或る経済的大国が極東の一角に残るのであらう」と予測してみせた。すぐ後には「それでもいいと思つてゐる人たちと、私は口をきく気にもなれなくなつてゐるのである」と続く。

なんと、戦後25年のときの文章である。50年以上前である。

「私の中の二十五年間を考へると、其の空虚に今さらびつくりする。私は殆ど「生きた」とはいへない。鼻をつまみ乍ら通りすぎたのだ」と冒頭に三島は書いている。

今年、令和7年はもう戦後80年である。切腹をしなかったとしても、もう三島由紀夫は生きていないだろう。

人は生き、そして死ぬ。それ以上、それ以外のなんでもないのだろうか。

しかし、芥川にしても三島にしても、文章が今でも読まれることがあるのは、文章の力ということになるのだろうか。現実には、作者が自殺しているという事実こそが重く、同時代人でない人々にも関心が持たれる理由なのではあるまいかと感じもする。

現に、芥川は私の同時代人ではない。もっと正確にいえば、文章の上での人気者がなぜか自分で死んでしまったという決定的に不可思議な事実である。

二人の死は、文学者の死だろう。最も重要な哲学上の問題に対する作家としての誠実な回答なのだろう。つまり、カミュの問いに対して「人生は生きるに値しないよ」と身をもって示したということになるのだろう。

「三島みたいに腹を切って死ぬなんてことはできるもんじゃないよ」と、つい最近私に言った人がいる。

しかし、鷗外は「小さい時二親が、侍の家に生れたのだから、切腹ということが出来なくてはならないと度々諭したことを思い出す」と書いている(『妄想』)。「その時も肉体の痛みがあるだろうと思って、その痛みを忍ばなくてはなるまいと思った」と続くのだ。鷗外の『堺事件』では次々と土佐藩士が切腹して死ぬ。その光景を検分していた外国人が堪らず止めさせたという事実が淡々と書かれている。鷗外にとっては、腹を切って死ぬことは、それほど異常なことではなかったのだろう。

それでも、乃木希典の殉死に鷗外は衝撃を受け、『興津弥五右衛門の遺書』を急ぎ書き上げている。漱石の『こころ』の先生が明治の精神に殉じたことは言うまでもない。

眠りに落ちるまでの一刻、私は、それまでの自分、俗世を必死に生きている自分とはまったく別の自分を生きていると感じる。

自殺といえば、萩原朔太郎が55歳のとき、「自殺の恐ろしさ」という散文詩を書いている。ビルの5階の窓から遺書を残して投身した自殺者の内面について綴ったものである。

「さあ！　目を閉じて、飛べ！　そして自分は飛びおりた。最後の足が、遂に窓を離れて、身体が空中に投げ出された。

だが、その時、足が窓から離れた一瞬時、不意にべつの思想が浮かび、電光のように閃いた。その時始めて、自分ははっきりと生活の意義を知ったのである。何たる愚事ぞ、決して、決して自分は死を選ぶべきではなかった」（『恐怖の正体』春日武彦著、中公新書、２０２３年）

身体が空中に投げ出された直後といえば、映画「ダイ・ハード」の最後近く、テロリストの親玉、が高層ビルの屋上で主人公のヒーローと格闘したあげく落下してゆくシーンが思い出される。宙に投げ出された瞬間、もうなにも足掛かりになるものも手掛かりになるものもない空間に落ち込んでしまった瞬間の、その悪玉の表情、なにかとても意外なことが起きてしまったとでもいう顔が印象的だった。他の映画でも何回も真似られている場面だ。

そういえば、未だ大学生だったとき、学生の海外旅行が珍しかった時代に私はヨーロッパ3週間というパッケージツアーに参加したことがあった。そのとき、パリで、ノートルダム大聖堂から若い女性が飛び降りたのに出くわしたことがあった記憶がある。おどろいた。

自殺者の自殺直前の意識という観点からは、石原慎太郎の第一作『灰色の教室』に描かれている自殺癖のある少年が、遺書を書き終え睡眠薬を大量に飲んでベッドに入った話を思いだす。ベッドのなかでインクポットの蓋を閉めたかどうかが気になり、深甚な恐怖を感じるという場面だ。そこには経験した人間にしか書けない真実味が溢れている。私は『我が師　石原慎太郎』（幻冬舎、２０２３年）のなかで、

「この場面、初めて読んだときから私にはとても印象に残った。インクポットなど、今の人にはわかるまいが、万年筆よりも前の時代、人々はインク瓶《ポット》にペン先をつけては少し書き、またペン先を浸すという繰り返しで手紙や原稿を書いていたのだ。

この一節は自分自身の体験なのだ、と私は直感した。今も感じる。つまり、石原さんの休学の一年の理由はそうしたことだったのだと思うのである。間違っているかもしれない。もう誰もわからないだろうし、石原さんの遺した小説は文学史の一部なのだから、こうした思いつきも許されるだろう。もちろん、当の本人に尋ねたことはない」

と書いている。

寝入る間際の、ほんの少しの限られた時間。

そこには、深夜の終わりかけた1日という感慨のもとでの、その時間だけに存在する真の自由がある。俗世の拘束からの全き自由である。もちろん、明日の朝も目覚め、１日が

回帰するという確実な予感あってのことではある。

だからこそ、毎晩の脱皮のようにそれを繰り返しくりかえし聴かずにおれないのだろう。「アルコールとの縁が薄れつつあります」。どころか、まったく飲まなくなったのは、少し寂しい。飲んでいたときの愉しかった感覚を未だはっきりと憶えているから、悲しいのだ。ああ、お酒というのは人生のときをなんの理由がなくとも愉しい時間に変えてくれる魔法だったなあという感慨を持つのだ。

しかし、目の前で飲んでいる人がいても、自分も飲みたいとは思わない。どういうわけか、自然に飲みたくなくなってしまったのだ。

10年、また10年、また10年と診断してくれたのは渡辺大介先生である。

令和5(2023)年の年賀状

『日本の生き残る道』（幻冬舎）というエッセイ集を出しました。朝日新聞への連載エッセイを取りまとめたものです。付録が良い、と言ってくださる方もいます。

「これだ！日本」というBSテレ東の番組に出ています。一昨年に始めた失われた30年についての連続対談が14回で終わったところで、テレビに発展しました。毎月の第一土曜日午前11時からです。第1回は岸田総理でした。

弁護士としては、長く、忙しい一年でした。

73歳になっても、現役のまま、週単位で生きています。変ったのは、アルコールを全く摂らなくなったことです。それに、コロナのおかげで8年前には週1日だった運動が2日になり、もう4年目に入りました。

いつ、どこで、どう果てるのかと思案することがあります。天寿と天命。どちらも終わって初めて分かることですから、我がことではないのでしょう。自分の力で生きているのではないと、つくづく思わされます。

一日が無事に過ぎることを願って、日々生きて行きます。

丹呉3原則

やっと一昨年まで来た。

「73歳になっても、現役のまま、週単位で生きています」だなんて書いている。いい気なものだ。でも事実ではある。

「アルコールを全く摂らなくなった」のも事実だ。だが、実はこの身体にはそれ以上のことが起きつつある。

元気が増してきたのだ。具体的には筋肉量の増加を実感している。「コロナのおかげで8年前には週1日だった運動が2日になり、もう4年目に入りました」。歩く速さ、力強さが違う。

今はそれから1年経ち、もう5年目に入っている。先日、トレーナーの根本真里さんに800回を超えましたと言われた。塵も積もれば山となる、である。そういえば愚公山を移すという表現もある。こちらには目的感があるから、私は愚公なのかもしれない。

筋肉の増加はズボンを穿くときに毎回実感する。男性の多くと一部の女性にはわかってもらえるのではないか。あの、右脚を入れてから不安定な姿勢のまま左脚を入れる瞬間である。壁にもたれていないと不安だったのがウソのよう。

そういえば鍼はもっと長い。ぎっくり腰で鍼を始めた。石井としこ先生にお願いしたのは10年以上前のことになる。

その後に運動が追加されたのだった。高校生のとき以来の定期的な運動である。週単位の相変わらずの生活は、実はこうした日常で支えられているのだ。

今は昔の話、先輩の弁護士さんたちの後ろ姿を眺めて「まるでズボンの中に割り箸が2本入っていて、それが前後に動いているようでなんともあわれな姿だと感じたことがあった」と8年前に書いている（『身捨つるほどの祖国はありや』幻冬舎、2020年）。

それがもはや他人事ではない、自分もそうなっていると思い知らされたのが運動のスタートの理由だった。66歳の正月に抱いた感慨だった。


私は運動をするたびに、私を独特の創造の哲学で指導してくださった早川吉春さんを思う。私より1歳年上だっただけなのに、2年前に亡くなられた。もし私のように定期的な運動を習慣にしていらっしゃれば、どれほど人々の役に立った方かと考えるのだ。自分が運動して身体を動かしている瞬間に彼のことをよく思い出す。こうしていれば良かったのに、と。

残念でならない。

そうした運動が私の読書と執筆を可能にしている。

『夢を叶えるために脳はある』（池谷裕二著、講談社、２０２４年）は面白かった。ユヴァル・ノア・ハラリの『ホモ・デウス』（柴田裕之訳、河出書房新社、２０１８年）以来の衝撃を受けた。

ハラリの「キリンもトマトも人間もたんに異なるデータ処理の方法に過ぎない」（下巻、２１０頁）と書かれた部分を思い浮かべたのだ。ハラリの本を読んだのは２０１８年の10月11日のことだ。私はキリンとトマトの部分を『身捨つるほどの祖国はありや』で引用している。

生命体である私が運動をして若さを保とうとすることは、エントロピー増大の法則に逆らっている。それが生命だ。しかし、池谷氏は洗面台の栓を抜いたときにできる「渦」を持ち出し、我々生命体との共通点をあげる。

「渦の構成要素、つまり水の分子は渦の中でどんどんと入れ替わっている。それは生命とまったく同じだ」（『夢を叶えるために脳はある』）

渦が水の位置エネルギー減少を加速させるように、我々生命体もエントロピーという意味では同じことをしているというのだ。

池谷氏はこうも書いている。

「僕らはラベルの中に生きている。脳内の膨大なピピピ信号に、ひたすらラベルをつけて、それに準拠して僕らはものを考えている以上、ラベルがないと、そもそも、感覚も嗜好も真実もなくなってしまう。（中略）私の本質は『実体』にあるわけではない。むしろ『私』というラベルの側にある」（『夢を叶えるために脳はある』）

ピピピ信号というのは電気信号のことで、例えば網膜に光が当たり、それが電気信号として脳に送られるというのだ。それは聴覚も触覚も同じだという。

そして、池谷氏は宮沢賢治の『春と修羅』という詩集の序を引用する。

「わたくしという現象は
仮定された有機交流電燈の
ひとつの青い照明です
（あらゆる透明な幽霊の複合体）」

現在、私は『テクノ・リバタリアン』（橘玲著、文春新書、２０２４年）、『統計学の極意』（デイヴィッド・シュピーゲルハルター著、宮本寿代訳、草思社、２０２４年）、そして『弱い円の正体　仮面の黒字国・日本』（唐鎌大輔著、日本経済新聞出版、２０２４

年）などを並行して読んでいる。

全て、元気でいるおかげである。運動と加齢への抵抗がそれを可能にしている。

私の最近の口癖は、「2050年になると、人は100歳まで働き120歳まで生きる」である。私は1949年生まれだから、そのなかに入ることができるつもりなのである。個々の生命は宇宙のエントロピー増大の法則に寄与しているに過ぎないにしても、私個人にとっては大問題なのである。その個人が「透明な幽霊の複合体」に過ぎないかどうかは、私の知ったことではない、とでもいう心境である。知り得ることではないから考えない、というほうが正直かもしれない。

常に楽観的な人間ではあるが、もちろん、ものごとがその考えどおりになるかどうかはわからない。


『日本の生き残る道』（幻冬舎、2022年）という本には、素晴らしい後日談がある。私は出版直後、いつもの習慣どおり畏友の丹呉泰健《やすたけ》氏にこの本を差し上げた。彼はすぐに読んでくれ、電話をくれた。

電話口で彼は勢い込むようにして言ってくれた。

「君の書いているとおりだよ」

そして日本の復活のための3つの重要なポイントをあげた。

一つ、政治頼みではダメ。

二つ、コーポレートガバナンスしかない。
三つ、海外の力も借りていい。
明快であった。私はこれを「丹呉3原則」と呼んでいる。

その彼が、その友人の山口廣秀元日銀副総裁を介して、私が経団連の十倉会長と会うようにアレンジしてくれ、おかげで私は十倉会長にお招きいただき経団連で講演をすることになった。もちろん私は喜び勇んで「丹呉3原則」についてお話をさせていただいた。

丹呉3原則については、いつでも、どこでも、どなたにもお話しさせていただく。メディアの方はもちろん、政治家にもビジネスに関わる方にも、だ。一介の弁護士に過ぎない私は、日本のエリート中のエリートである丹呉氏に褒められたことを単純に我が自信の源としている。その『日本の生き残る道』に収めた朝日新聞連載の「経済気象台」というコラムは、匿名コラムだったので私の考えを自由に書くことができた。90回分をまとめて一冊にするについては、発行元である幻冬舎の見城徹社長が名付け親になってくれた。私の本の多くは、最初の『株主総会』（幻冬舎、1997年）をはじめ、多くが彼の命名による。

丹呉氏をエリート中のエリートと私が呼ぶのは、開成高校から東大法学部に入り大蔵省に入った履歴からだけではない。彼は小泉純一郎総理の事務方秘書官のトップを5年半にわたって務め、その後財務次官になっている。我々の世代、団塊の世代の人間の履歴として、これ以上のものはないだろう。

もちろん、私は学生時代に知り合っているからその篤実な性格をよく知っている。したがって彼の大学卒業後の、大きく開花した人生を当然のものと思ってもいる。

その彼が、私の勝手な考えを書き連ねた本を読んで「君の書いているとおりだよ」と言ってくれたのだ。私が一人でひそかに考えていたことが顕彰された思いがした。我ながらこうして書き連ねていても、我が人生の快事の一つである。

「自分の力で生きているのではないと、つくづく思わされます」と書いている。

誰でも歳を重ねればそう感じるようになるのだろうか。

私はいつからそう思うようになったのだったか。

12歳、小学校を卒業するときに「不滅の栄光を求めていま飛び立つ若鳥たち」と文集に書いたのを憶えている。自分とその周囲の同級生たちについてそう感じていたのだろう。しかし周りの少年少女はそんなことを考えていただろうか。

15歳、中学校を卒業するときには「金では買うことしかできない」と記した。変わった中学生だったことだろう。後に、堀江貴文さんが「金で買えないものはない」と言った。似ていて、少し違う。私なりに金の限界を理解していたのだろう。

18歳。あのときは東大受験に失敗したことが全てだった。

翌年は東大入試が中止になった。1月20日月曜日、未だ前日までの催涙ガスの臭いが鼻をつく安田講堂前に行った。まさか東大入試がなくなるとは思いもしなかった。

ところが、いま調べてみると入試の中止は前年の12月には決まっていたという。それではあの記憶はなんなのだろう。1月20日は東大が内閣の入試中止を受け入れた日のようだから、私は入試が本当になくなるとは信じられないでいたということなのだろうか。

機動隊が安田講堂を制圧するよりも前、安田講堂の屋上のスピーカーからは大音量で占拠した学生の宣伝が聞こえた。「こちらは解放放送」と自らを称していたのを憶えている。その電気代も東大が負担していたのだろう。

東大の先生の間では、あの入試を境に、戦前、戦後と呼び分けていると聞いた。往時茫々である。

令和6(2024)年の年賀状

明日は今日の翌日ではなく、毎日が新しい日です。

ヘミングウェイは晩年に『移動祝祭日』を書きました。若く貧しかったパリの日々の回想です。

でも本当は裕福だったと知って、私なりに考えるところがありました。

過去とは、現在の時点で創りだす昔についての記憶なのです。

世界的な文豪となっていた61歳のヘミングウェイの記憶では、金がなく腹を空かせてパリをさまよっていた青年こそが自分だったのでしょう。

七四歳の私にとっては？　私は六〇代以前をどう思い返すのか。

新しい日が、私の過去の記憶をこれから創ります。私の記憶する過去は、未来になって初めて創られ、そのときに過去として心に刻まれるのです。

週2回の運動による身体がそれを支えています。

ヘミングウェイ

「私の記憶する過去は、未来になって初めて創られ、そのときに過去として心に刻まれるのです」

どの未来のことなのだろう？　つまり、74歳のこの男は、果たして何年後の現在を想定して「過去として心に刻まれる」などと言っているのだろう？

そういえば石原さんは、「誰もそうとは知っていても、最後の未来について自分自身のものとしては信じようとはしない。しかし、予感するようにはなる」と書いている（『「私」という男の生涯』幻冬舎、2022年）。80歳を過ぎていた石原さんの思いである。

もちろん最後の未来というのは死のことである。では、今の私は最後の未来について予感しているだろうか？

石原さんは上記の直前に「七十の半ばを過ぎて折節に自分の老いを感じ認めるようになると、誰しもがその先にあるもの、つまり死について、それも誰のものならぬ自分自身のこととして予感し意識するようになるようだ」と書いている。

私はもうすぐ70の半ばを過ぎる。しかし死を予感しても意識してもいない。それは自分の老いを感じ始めていないからなのだろうか。

いや、私は今年に入って顧問弁護士を相手に遺言書の相談を始めたくらいなのだから、自分の死を予感し意識しているということではあるのだろう。日常生活のうえでも、たとえば歯と歯の間の隙間が大きくなってくると食事のたびに感じさせられるし、なんということがなくても簡単に咳きこむ。朝ベッドを出るのに腰が痛い。どれも老いの兆候に違いない。それどころか老いそのものかもしれない。

「週2回の運動による身体」があるがゆえに、私は老いを認めないでいられるつもりでいるのだろうか。だから自分自身の死を予感しないのだと言い張るのだろうか。

そうなのだろう。たぶんそうに違いない。

私は、66歳から運動を始めた。殊に4年前コロナになってからは1回を増やして週2回にした。その定期的運動のおかげで筋肉量が増えていることを感じている。触ればわかる。大腿筋や大臀筋は確実に太く強くなっている。これから先、もっともっとそうなるだろう。

しかし、筋肉と内臓は違う。筋肉が強くなっても、内臓や血管が元に戻るわけではない。老化は多かれ少なかれ日々確実に進んでいる。

でも、自分自身のものとしての死が近づいていると信じてはいない。いや、別に信じられないわけではないし、理窟もよくわかっている。ただ実感がないというだけなのだろう。

これまでの何十億の死もそれぞれの人によってそのように迎えられたのだろうか。

では、私はいつになったら過去を思い出したいという気になるのだろうか？

「現在の時点で創りだす昔についての記憶」が過去だとすれば、私はいつになったらその時点が現在であるとして、過去なるものを創り出すときがついに来たと考えるつもりでいるのだろうか？

たぶん、私は途方もない野心家なのだ。滑稽なほどに、と言ってもよい。

だから、未だ来ていない74歳以降の未来の或る時点を、最後の時点である死の直前と思い定め、そのときになって初めて過去として認知し創り出すつもりでいるのだ。だから、私にとって当面のところ過去などというものは存在するはずがない。未だ来ていないのだから、過去として創り出していないのだから。

だがそうはうそぶいてみても、「2歳か3歳のとき」のこととして平成31年の年賀状に書いている若松の小石海岸での記憶は、既に来た過去についての記憶として心のなかにあるのではないか？

ある。そのとおり。

しかし、未だ来ていない過去についての記憶は未だ存在しない。その過去こそが自分にとって最も重要な過去なのだと言い張るつもりなのだ。

その過去は、「30代の父親が私を両腕に抱いて、腰より下くらいまでの海に立っていました」という過去の事実を含む、もっともっと長い人生のほとんど全体にわたる、長い長い過去の最後尾の部分になるのだろう。

そのときになったら、ひょっとしたら、私は小石海岸で泣いていなかったという過去を思い出すようになってしまっているかもしれない。

そう、未来の或る時点で私が過去をそう「創り出せば」、それが過去になってしまうのだから、そうなることはあり得ることだ。たとえばヘミングウェイがそうだった。

なんにしても重要なのは、過ぎてしまった時間ではない。これから来る時間、やがて過去になってしまうところの、しかし今の時点では未だ来ていないところの未来の時間なのだ。

そこまでの日々には、どれほど甘美な人生の瞬間が待っていることか。

私の心はときめかずにはいない。どんな至福の瞬間が私を待っているのかという期待、胸の高鳴り。

しかし、或る意味では恐ろしい話だ。

私は22歳のときに要町にある鉄筋コンクリートのマンションの小さな部屋、1Kのバストイレ付の快適な区画に引っ越した。月2万9000円の家賃だった。それまでの6畳の木賃アパート暮らしで隣人の気配を常に感じていた生活からは、私にとってなんとも夢の空間への飛躍だった。

小岩に住んでいた郵便局に勤めているという若い夫婦が大家さんだった。その方の公団住宅にあるご自宅に伺い、その後は奥さんが更新のために私の1Kの小さな区画に見えたこともある。

何人かの大切な方を迎えた。初めて出前をしてくれた近くのABCという洋食屋の店員の方は、凄いね、6階なのにエレベータがないんだ、と弾んだ息で半ば感心したように言ってくれた。

私は結婚するまでの3年間、そこに住んでいた。いま思い返すとたったの3年。それからもう49年。鈴木さんという名の大家さんとは、ずっと年賀状を交換していた。今年も差し上げた。

その間に過ぎた時間。そこでは司法試験も受けたのだった。カップヌードルにネギを刻んでたくさん入れ、さらに生卵を入れてかき混ぜる。スープまで飲んでしまえば完全食品だと一人納得し得意がっていた。司法試験の日もその朝食を摂った記憶がある。

しかし、あそこでの日々の記憶は、死ぬ直前には、過去として回想されないかもしれない。

ヘミングウェイがフィッツジェラルドのくれた『日はまた昇る』出版に際しての貴重な助言、そのおかげで素晴らしい作品に仕上がったことをすっかり忘れてしまったように。私にとっては大事な青春の輝きだったのに。

ちなみに冒頭の「毎日が新しい日です」というのはヘミングウェイの言ったという

Every day is a new day. の訳である。彼の『老人と海』のなかに出てくる。

私には、『移動祝祭日』の末尾、本当は裕福だった最初の妻ハドリーとの生活について、「初めてのパリ生活は、こんな風に二人とも貧しくてもとても幸せだった」と書かずにおれなかった理由がわかるような気がする。私はその部分を原文で29歳の11月11日に読んでいる。それは私が検事をしていたころで、豊かになりたいと願って弁護士に転職することに決めたころのことだ。

3回離婚し4回結婚したヘミングウェイにとって、その最初のパリでの生活ほどの倖せは、どんなことも、ノーベル賞すらも、もたらしてはくれなかった。であればこそ、自殺する直前のヘミングウェイが自分の61年の人生での最も大切な記憶として心に抱いていた「過去」がこれ、パリの日々だった、ということなのだろう。

人はそのように考え、記憶し、死んでしまうものなのだ。

牛島 信（うしじま・しん）
作家／弁護士。1949年生まれ。東京大学法学部卒業後、東京地検検事、広島地検検事を経て弁護士に。現在、M&A、コーポレートガバナンス、不動産の証券化、情報管理などで定評のある牛島総合法律事務所代表。日本生命保険社外取締役、NPO法人日本コーポレート・ガバナンス・ネットワーク理事長、一般社団法人東京広島県人会会長。小説『株主総会』『少数株主』（ともに幻冬舎文庫）他著書多数。

本書は「Japan In-depth」に掲載された連載に、加筆・修正したものです。
JASRAC 出 2501993-501

ブックデザイン：bookwall
本文DTP：美創

年賀状は小さな文学作品

2025年4月15日　第1刷発行

著　者　牛島 信

発行人　見城 徹

編集人　森下康樹

編集者　杉浦雄大

発行所　株式会社 幻冬舎
〒151-0051　東京都渋谷区千駄ヶ谷4-9-7
電話：03(5411)6211(編集)　03(5411)6222(営業)
公式HP：https://www.gentosha.co.jp/

印刷・製本所　中央精版印刷株式会社

ISBN978-4-344-04428-9　C0095

この本に関するご意見・ご感想は、下記アンケートフォームからお寄せください。
https://www.gentosha.co.jp/e/